KB093477

영혼을 단장해드립니다,
챠밍 미용실

## 영혼을 단장해드립니다, 챠밍 미용실

ⓒ 사마란 2024

초판 1쇄　2024년　6월 10일

지은이　사마란

| | | | |
|---|---|---|---|
| 출판책임 | 박성규 | 펴낸이 | 이정원 |
| 편집주간 | 선우미정 | 펴낸곳 | 도서출판 들녘 |
| 기획이사 | 이지윤 | 등록일자 | 1987년 12월 12일 |
| 편집진행 | 이동하 | 등록번호 | 10-156 |
| 디자인 | 하민우·고유단 | 주소 | 경기도 파주시 회동길 198 |
| 편집 | 이수연·김혜민 | 전화 | 031-955-7374 (대표) |
| 마케팅 | 전병우 | | 031-955-7384 (편집) |
| 경영지원 | 김은주·나수정 | 팩스 | 031-955-7393 |
| 제작관리 | 구법모 | 이메일 | dulnyouk@dulnyouk.co.kr |
| 물류관리 | 엄철용 | | |

ISBN　979-11-5925-866-4(03810)

고블은 도서출판 들녘의 장르문학 브랜드입니다.
값은 뒤표지에 있습니다. 잘못된 책은 구입하신 곳에서 바꿔드립니다.

영혼을 단장해드립니다,

# 챠밍 미용실

사마란 장편소설

# 차례

프롤로그  7

챠밍 미용실  22

펠리치따 오피스텔  45

101호  54

꿈  75

해피  82

영일 슈퍼  105

판  122

미끼  136

만규  147

꿈 공장  156

첫 임무  195

석훈  213

옷고름  241

讖孕  250

거래  287

보름달  298

작가의 말  306

프
롤
로
그

칠흑처럼 어두운 골목길을 달리고 달렸다. 머리카락은 땅에 푹 젖었고 온몸에서 열기가 훅훅 올라왔다. 아무도 쫓아오지 않는다는 걸 느끼고 나서도 한참을 더 어둠 깊은 곳으로 몸을 숨겼다. 이상하리만큼 깜깜한 동네였다. 살인마가 쫓아온대도 더는 뛸 수 없을 정도로 숨이 차오르고 나서야 걸음을 멈췄다. 시원한 물 생각이 간절했다. 나는 주위를 둘러보았지만 그 흔한 편의점 하나도 보이지 않았다.

"뭐 이런 거지 같은 동네가 다 있어?"

거친 숨을 몰아쉬며 몇 걸음 걷다 보니 시커먼 골목에 환한 간판 하나가 시선을 끌었다. 황금빛으로 찬란하게 빛나는 촌스러운 간판이었다. 시골 장터에나 어울릴 법한 이런 미용실에 들어가고 싶은 마음은 없지만 당장 한잔의 물을 마실 수 있다면 내 발로 경찰서라도 들어가고 싶은 심정이었으므로 미용실의 문 손잡이를 잡아당겼다. 짤그랑거리는 소리가 울리자 붉은 소파에 비스듬히 팔을 괴고 앉아 있던 키가 큰 미용사가 고개를 돌려 나를 바라보았다.

"어서 오세요. 챠밍 미용실입니다."

미용사는 나를 향해 이를 드러내고 활짝 웃었다. 어쩐지 부자연스럽고 기묘한 미소였다. 미용사는 내 행색을 보고 놀란 듯 눈을 크게 뜨더니 호들갑을 떨었다.

"어머, 손님, 무슨 일이래요? 이 땀 봐! 이리 앉으실까요? 시원한 차 한 잔 드릴게요. 어쩐지 오늘 귀한 손님이 오실 것 같아서 미리 차게 식혀두었답니다."

미용사는 냉장고 문을 열고 옅은 갈색빛이 도는 물이 담긴 유리 물병을 꺼내 종이컵에 따랐다. 종이컵에 찻물이 차오르는 몇 초간의 시간이 세상에서 가장 긴 시간처럼 느껴졌다. 물이 다 담기기도 전에 내 손이 먼저 물잔을 잡아채는 바람에 찻물이 바닥에 흘렀다. 미용사가 안타까운 얼굴로 '아이, 아깝게'라고 하는 것도 신경 쓸 처지가 아니었다. 차가운 액체가 목구멍을 타고 위장으로 들어가니 좀 살 것 같았다. 갈증이 심해서 정신없이 마시긴 했지만 맛이 영 거슬렸다. 먹을 땐 비위가 상할 만큼 맛이 없었는데 이상하게 더 많이 마시고 싶어졌다. 미용사가 나를 향해 물병을 살짝 들어 올리며 말했다.

"한잔 더?"

종이컵을 미용사에게 내밀고 고개를 끄덕였다. 미용사는 종이컵이 넘치기 직전까지 차를 따랐고 나는 급히 입에 대고 목구멍으로 털어 넣었다.

"근데 이거 맛이 왜 이래요?"

"별로예요? '본심초'라는거예요. 이거 아주 귀한 차인데. 차가 꼭 맛으로만 먹나요. 필요하면 먹기도 하는 거죠. 하지만 좋은 것도 너무 많이 마시면 안 좋답니다. 갈증이 좀 가셨으면 앉아 보실까요? 머리가 땀에 푹 젖었으니 샴푸부터 해드릴게요."

이런 싸구려 미용실은 쳐다본 적도 없지만 어쩐지 머리를 좀 다듬어볼까 하는 생각이 들었다. 나는 순순히 그녀가 가리키는 샴푸 의자에 누웠다. 미용사는 수건을 접어 눈을 가리더니 물의 온도를 맞춰 내 머리를 부드럽게 감겼다. 적당히 미지근한 물이 땀에 젖은 머리를 시원하게 씻겨 내려갔다. 살 거 같았다.

"어딜 그렇게 가는 중이시길래 숨이 턱에 차도록 뛰셨어요?"

대답하기 싫었다. 대답할만한 사정도 아니었다. 하지만 생각과는 다르게 입이 절로 움직였다.

"공항이요."

부드럽게 머리를 만지는 미용사의 손길이 긴장을 풀게 한 것인지도 모르겠다. 확실한 건 나도 모르게 그냥 입에서 말이 줄줄 나오고 있다는 것이었다.

"공항에는 왜요?"

"도망을 가야 해서요. 가진 돈을 다 써버리는 바람에 엄마 집에 가서 돈을 훔쳐 나올랬는데 경찰들이 잠복하고 있었나 봐요. 안방 서랍에 있던 금붙이 몇 개 겨우 챙겨서 가까스로 도망쳤어요. 이거 가지고는 얼마 버티지도 못할 건데 큰일이에요."

말을 마치자 여자가 나를 일으켜 세우더니 수건으로 머리를 감싸고 미용 의자에 앉혔다. 옷은 여전히 땀범벅이었지만 땀에 젖은 머리라도 감으니 개운한 기분이 들었다.

"도망이요? 아니 왜 도망을 가요? 젊은 애 엄마가 뭘 그렇게 잘못할 게 있다고."

"그러니까요. 내가 뭘 어쨌다고 저 난리인지 모르겠어요. 인생 망치고 억울한 건 나거든요? 남자 하나 잘못 만나서 인생을 망쳤어요, 제가."

다시 볼 일 없는 사람이니 무슨 말을 해도 괜찮을 것 같았다. 막 억울한 이야기를 하려는데 도어벨이 짤랑거리는 소리가 들렸다. 미용사는 아까처럼 가면을 쓴 것 같은 얼굴을 하고 반갑게 인사를 하고는 새로 온 남자 손님을 향

11

해 아까 자기가 앉아 있던 붉은 소파에서 기다리기를 권했다. 이런 낡은 미용실에도 손님이 꽤 있는 모양이었다.

"저희 가게가 은근히 손님이 많은 편이랍니다. 특히 밤에는요."

"밤에 손님이 더 많이 오는 미용실이 있다구요?"

"여긴 아주 특별한 미용실이니까요."

내 마음을 읽기라도 한 것처럼 미용사가 싱긋 웃었다. 환하게 웃는 것 같지만 어쩐지 섬뜩한 기분이 들어 당장 일어나 도망치고 싶은 생각이 들었다. 미용사는 내 어깨를 지그시 누르며 낮은 목소리로 귓가에 속삭이듯 말했다.

"그래서, 인생을 망쳤다니, 어떻게요?"

도망갈 시간도 없이 미용사는 젖은 머리를 수건으로 탈탈 털고 손질을 시작했다. 사각사각. 가위가 머리카락을 잘라내는 소리가 들렸다. 머리를 자르다 말고 도망칠 수는 없으니 포기하고 신세타령이나 해야겠다 싶은 마음에 입을 열었다.

"제가 열아홉 살에 결혼을 했거든요. 결혼식도 못 올리고, 그냥 같이 산 거지만요. 어린애가 뭘 알아요. 그냥 술집에서 옆 테이블 아저씨들이 수작을 걸길래 술이나 얻어 마시려고 같이 놀아준 거죠 뭐. 서른 살 넘은 아저씨였지만 술도 잘 사주고 옷도 사주고 나한테 잘해주고 하니까 몇 번 만나다가… 아, 씨발, 애가 생겼어요. 재수없게. 나는 그

12

냥 수술하겠다고 하는데 자기가 잘해준다고 시집오라고
하도 난리치니까. 엄빠도 중학교 때부터 사고만 치던 딸을
데려간다니까 얼씨구나 하는 표정으로 허락해주는 거 있
죠? 시집가서 애 낳으면 철들지도 모른다나 뭐 그런 핑계
를 대면서. 골칫덩이 사라져서 기뻐 죽겠다는 표정으로요.
나도 뭐, 늙은이지만 용돈도 잘 주고 맛있는 것도 잘 사주
고 하니까 그냥저냥 나쁘진 않겠다 싶어서 아저씨 집에 들
어가서 살았어요. 근데 막상 그 집에 들어가니까 애 가졌
다고 술도 못 마시게 하고 담배도 못 피우게 하고 아주 죽
는 줄 알았다니깐요. 아, 씨발 정말 재수가 없을라니까. 애
낳으면 당장 술부터 마셔야지 하고 버텼어요. 아 근데 씨
발, 애 낳으니까 이건 뭐 더 지랄이야. 지옥이 따로 없는 거
에요. 술 담배 할 수 있음 뭐해요? 시도 때도 없이 박박 울
어대는 새끼 하나가 24시간 나를 괴롭히는데. 낳을 때도
그렇게 고생을 시키더니 그건 일도 아냐. 하루죙일 계속
울어대는데 사람이 돌겠는 거예요. 남편이란 새끼는 일 한
다고 맨날 늦게 들어오고 그 쪼끄만 건 맨날 울고 싸고 토
하고. 그냥 길에다 갖다버리고 싶은 걸 꾹 참고 게임 같이
하던 애들이랑 만나서 술 마시고 같이 피시방 가고 그러면
서 스트레스를 풀었죠."

　말하면서도 슬슬 짜증이 올라왔다. 그날 그 남자의 꼬드
김에 넘어가지 않았더라면 내가 이 모양 이 꼴이 되었을

리가 없었다. 기껏해야 배달 오토바이를 끌고 와서 선심 쓰듯 태워주는 또래 남자애들만 보다가 자동차로 데리러 오는 돈 잘 쓰는 직장인 남자를 보니 혹했던 것뿐이었다. 아직 창창한 미래가 있는 나를 졸지에 방구석에서 애나 키우는 아줌마로 전락시킨 그 남자가 양아치 아닌. 그뿐이 아니다. 애를 낳으니 몸매도 다 망가져서 거울을 볼 때마다 다 깨버리고 싶다. 정말 스트레스가 너무 심해서 정신적 손해보상이라도 청구하고 싶은 심정인데 왜 그 남자는 벌을 받지 않고 내가 이 고통을 당해야 하는지 억울하고 열받아서 정말 살 수가 없었다.

"술 마시고 피시방 갔다고 문제가 됐을 리는 없지 않아요? 젊은 애 엄마."

내 말을 알아듣는 거 같아서 반가웠다. 그 남자는 나한테 맨날 지랄했다. 돈 좀 벌어온다고 더럽게 유세였다. 엄마도 어쩌다 집에 오는 날엔 정신을 좀 차리라고 잔소리를 해대서 집에 오지 못하게 했다. 전화도 차단했다. 시부모란 사람들은 말할 것도 없었다. 그 남자한테 노인네들을 집에 들이는 날엔 죽여버릴 거라고 했다. 그 남자는 화를 냈다. 내가 이렇게 된 게 누구 때문인데 적반하장도 유분수지, 지가 왜 나한테 지랄인지 모를 일이다.

"그죠, 아줌마? 제가 뭘 그리 잘못했다고. 술 마시고 피시방 가는 것도 죄예요? 저도 그게 기가 막히다니까요?"

"술 마시고 피시방 가는 건 죄가 아니지. 젖먹이 어린 자식을 집에 방치하고 간 게 죄지."

"그럼 애새끼를 데리고 가요? 아, 씨, 짜증나게."

나는 고개를 획 돌려 미용사를 노려보았다. 미용사가 놀란 것처럼 어깨를 움츠리더니 손에 들고 있던 가위를 트롤리에 내려놓았다. 미용사의 얼굴에 아까의 미소는 사라지고 입꼬리 한쪽을 올린 채 한심하다는 듯 나를 내려다보았다.

"집에 두고 가는 것보단 데리고 가는 게 좀 나으려나. 적어도 죽으라고 내던지는 모양새는 아니니까. 둘 다 개차반인 건 매한가지지만. 게다가 너, 두고 나간 게 다는 아니잖아?"

"아, 씨, 그건 내가 아니고 걔가 그런 거구요. 아, 등신 같은 게 시끄러우니까 하지 말랬더니 애새끼를 자꾸 집어 던져 가지고."

"걔? 너 말고 누가 그런 건데?"

"있어요. 전이찬이라고, 같이 게임하는 앤데, 그 새끼가 그런 거에요."

"걔가 너희 집엔 왜 왔는데?"

"그 남자가 카드를 막았어요. 돈도 안주고. 그래서 집에서 만났죠."

"내연남이야?"

"그냥 뭐 좀 만나는 사이? 나 이혼하면 걔가 나랑 결혼한다고 하긴 했어요. 근데 뭐 존나 웃긴 게, 지 밥벌이도 못하는게 무슨. 내 카드에 빌붙어 먹는 새끼가 졸라 웃겼다니까요."

이찬이는 나랑 동갑이었다. 애새끼한테 콧물약을 먹이면 잠을 잘 자는 걸 알게 된 후론 약을 먹여놓고 신나게 게임을 했다. 게임을 같이 하다가 알게 된 이찬이가 자기랑 사귀자고 했다. 이찬이는 내가 애 엄마여도 상관하지 않았다. 내가 술에 취해도 줄담배를 피워도 잔소리하지 않았다. 걔랑 있으면 숨통이 트였다.

"그래서, 남편 출근한 집에 외간 남자를 불러들여 뒹굴다가 아직 돌도 안된 아이를 집어던져서 갈비뼈랑 팔이 부러지게 한 건 전이찬이라는 정신 빠진 놈이고, 자지러지게 우는 그 애를 집에 덩그러니 두고 밖에 나가서 죽게 만든 건 니네 년놈들이 같이 한 짓이란 거지?"

"뼈가 부러졌는지 내가 어떻게 알아요? 내가 의사도 아닌데?"

목소리가 갈라져 나왔다. 몸에 한기가 느껴지고 자꾸만 목이 타들어 갔다. 미용사의 등 뒤로 푸른 불빛이 보였다. 푸른 불빛에 비친 미용사의 얼굴이 무섭게 일그러졌다. 등 뒤로 올라오는 푸른 불빛이 점점 커졌다. 나는 자리에서 벌떡 일어났다. 미용사가 나를 향해 천천히 걸어왔다. 나는 겁에 질려 뒷걸음질 치는 것밖에는 아무것도 할 수 없었다. 불빛에서 어마어마한 열기가 뿜어져 나와 점점 목이 타들어 갔다. 미용사가 손을 뻗어 내 목을 잡자 엄청난 고통이 느껴졌다. 입에서 비명이 절로 터져 나왔다. 연기와 함께 타는 냄새가 진동했다. 고통에 머리가 하얗게 되는 것 같았다. 손으로 만질 수도 없을 만큼 지독한 통증이었다.

"아. 씨발! 뭐하는 짓이야! 경찰! 경찰 불러! 구급차!"

내가 할 수 있는 건 갈라진 목소리로 악을 쓰는 것 밖에 없었다. 여전히 등 뒤로 푸른 불이 솟구치는 미용사는 손을 덜덜 떨고 있었다.

"이 금수만도 못한 것아. 얼른 저 문을 열고 나가라. 내 눈앞에서 당장 사라져!"

나는 문 쪽을 향해 내달리다 소파에 앉아 있는 남자의 발에 걸려 바닥을 뒹굴었다. 목 언저리의 피부가 옷에 쓸려 끔찍하리만치 아팠다. 아무리 아파도 당장 저 문을 열고 달아나야 했다. 좁아터진 미용실 출입문이 이렇게도 멀다니 이해할 수 없었다. 나는 가까스로 문 손잡이를 잡고 급하게 밀었다. 정신없이 밖으로 뛰어나와 한숨을 돌렸다. 미친 여자가 잡았던 목 언저리는 불에 데인 상처처럼 진물이 흘러나오고 있었다. 가만히 있어도 욱신거렸다.

"씨발!"

목청껏 소리를 질러봤지만 목소리가 제대로 나오지 않았다. 목이 타들어 가는 고통은 여전했다. 내가 잡히는 한이 있어도 저 미친 여자를 경찰에 신고해서 단단히 벌을 주겠다고 다짐했다. 미용실 이름이 기억나지 않아 뒤를 돌아본 순간 나는 그 자리에 주저앉았다. 밖은 세상이 다 빨려 들어갈 것 같은 어둠 뿐이었다. 황금색으로 빛나던 간판은 어디론가 사라졌다. 간판 뿐 아니라 어둡던 골목도, 꺼진 가로등도, 길가에 세워져 있던 자동차도 아무것도 없는 칠흑 같은 어둠만이 내 눈에 가득했다.

"뭐… 뭐지? 이게 어떻게 된 거지?"

아까부터 느껴지던 갈증은 점점 더 심해졌다. 물 한 모금만 마시면 살 것 같았다.

"물… 물을 찾아야 해."

나는 가까스로 다리에 힘을 모아 일어섰다. 발걸음을 떼는 순간 생각났다. 붉은 소파에 앉아 내 발을 건 그 남자의 얼굴. 분노에 붉게 물든 그 얼굴은 그 남자였구나. 그는 내 인생을 망쳐놓고도 모자라 지옥 끝까지 쫓아온 걸까. 빽빽거리며 울기만 하던 자기 새끼에 대한 복수를 하기 위해서였나보다.

온 사위가 다 어둠이라 어디로 가야 할지 막막했지만 참을 수 없는 갈증이 목을 조여왔다. 물을 찾아 어디라도 가야 했다. 정처 없이 그저 걷는 것 말고는 할 수 있는 것이 없었다. 힘겹게 발걸음을 떼어본다. 자꾸만 눈물이 흘렀다.

당신은 낯선 길을 걷고 있어요. 허름한 주택가 골목을 지나던 검은 고양이가 당신과 눈이 마주쳐도 도망가지 않고 유유히 활보하는 곳. 처음 보는 동네인 것도 같고 언젠가 한 번쯤은 와 본 것도 같은 그런 동네. 길을 걷다 황금색 미용실 간판이 보일 땐 조심하세요. 화려한 간판에 이끌려 작은 미용실 앞에 멈추면 키가 크고 호리호리한 여자가 전면 통유리를 등지고 앉아 있답니다. 비스듬히 머리를 괴고 소파에 앉아 티브이를 보고 있던 그녀가 고개를 돌려 당신과 눈이 마주치면 어쩐지 머리를 다듬어볼까 하는 생각이 들 거예요. 문을 열고 들어가면 그녀가 함박웃음을 지으며 당신을 맞이하겠죠.

어서 오세요. 이곳은 '챠밍 미용실'입니다.

## 챠밍 미용실

점심시간이 지났는데 개미 한 마리 얼씬거리지 않았다. 오늘 장사는 공칠 모양이다. 미용실 전면의 큰 창으로 따듯한 햇살이 공기를 덥혔다. 유난히 추웠던 겨울이 물러가고 봄이 오는지 저 멀리 아스팔트 위에 아지랑이가 피어올랐다. 어제 몸살 기운이 있다던 비너스 호프집 사장은 아직 문을 열지 않았다. 습관처럼 켜 놓은 티브이에선 패널들이 가득 모여 광고인지 정보인지 모를 건강보조식품 이야기를 입술에 침 발라가며 떠들어댔다. 말만 들으면 만병통치약인가 싶을 정도로 관절에도 좋고 혈액 순환과 고혈압에 특효라더니 갱년기 여성에게 꼭 필요한 뭐시깽이가 많이 들어있다고 호들갑을 떨었다. 갱년기 장애로 불면증에 시달리던 여자가 효과를 봤다며 누가 봐도 연기임이 분명한 대사를 내뱉을 때였다. 시큰둥하던 미용실 주인의 마음에도 호기심이 비집고 들어왔다.

"하나 사 볼까?"

휴대전화를 들어 초록 창에 검색어를 넣자 광고비를 받았음이 분명한 블로그 게시글이 족히 수백 개는 줄을 지었다. 쇼핑 카테고리 쪽에는 제조사도 제조국도 상품명도 용량도 가격도 천차만별인 제품들이 줄을 섰다. 보는 것만으로도 눈이 아른아른하고 어지러워 그녀는 휴대전화를 소파에 내팽개쳐버렸다.

"갱년기 증상도 없으면서 이런 건 왜 혹하는 거야."

미용사는 고개를 젖히고 눈을 감았다. 간밤에 손님들이 어찌나 많이 왔던지 눈알이 얼얼할 지경이었다. 아주 오랜 시간 켜켜이 퇴적된 피로는 잠깐의 단잠으로 이기기엔 벅찬 것이었다. 사람의 몸도 아니면서 날이 갈수록 피로가 쌓이는 것은 사람과 매한가지라니 퍽 서글픈 일이었다.

"여어, 밤새 안녕하신가?"

휴대전화를 던지고 다시 티브이를 보는 사이 도어벨이 짤랑거리며 도깨비가 들어왔다. 도깨비 복덕방의 주인이라 다들 그냥 '도깨비'라고 부르는 자였다. 그의 입에서 나온 '안녕'이라는 단어가 새삼 우습게 느껴져 자기도 모르게 피식 웃음이 났다.

"왜? 밤새 죽었으면 싶어서?"

"죽기나 하고?"

도깨비는 저벅저벅 들어와 미용 의자를 미용사 쪽으로 돌리더니 털썩 앉았다. 그도 꽤 피곤했던 모양이다. 도깨비의 얼굴이 60대 노인처럼 보였다. 미용사는 슬그머니 비타민 음료병을 내미는 그의 손을 멀뚱히 바라보았다.

"오다 주웠어."

말없이 병을 받아 든 미용사가 따닥, 철제 뚜껑을 돌려 한 모금 들이키려다 병을 노려보았다. 도깨비가 의뭉스러운 미소를 지었다.

"독 안 탔어. 그거 먹고 죽으면 내가 제일 비싼 화환 보내줄게."

"보내지 마. 화환 치워줄 사람도 없어."

미용사는 큰 결심이라도 하듯 작은 병을 입에 대고 고개를 들어 미지근한 음료를 삼켰다. 꼴깍. 시큼하고 들쩍지근한 액체가 식도를 타고 넘어갔다. 신맛 덕에 몸서리가 쳐졌다. 나이가 들어가는지 전과 다르게 신 음식을 잘 못 먹게 된 건 알았지만 비타민 음료마저 진저리 치게 될 줄은 생각지도 못했던 일이라 쓸쓸한 감정이 들었다.

"화환, 요즘은 꽃집에서 배달해줬다가 다 걷어간대. 걱정하지 마."

"그걸 걷어가서 뭐 하려구?"

"재활용한다지 아마?"

장례식에 쓴 화환을 걷어다가 개업식에도 쓸 거란 생각에 미용사는 코웃음이 났다. 죽을 리도 없지만 죽는대도 장례식이 없을 텐데 별 시답잖은 대화였다. 빈 유리병이 덜그럭 소리를 내며 휴지통에 떨어졌다.

"왜 왔어?"

이유 없이 미용실에 올 도깨비가 아니었다. 특히나 손에 무언가를 들고 왔다면 오다가다 들렀을 리가 만무했다. 미용사의 매서운 눈길에 도깨비는 괜한 헛기침을 해댔다.

"흠. 흠. 여기 주인이, 월세를 올려야겠대."

"그래. 손에 뭔가를 들고 왔을 때부터 이상하더라."

미용사가 땅이 꺼질 듯 한숨을 내쉬었다. 서울 인근에 위치한 낡은 이 도시에도 재개발 바람이 불었다. 차량정체만 아니면 서울 시내까지 한 시간 안에 도착할 수 있는 지역이라 비싼 서울 집값에 쫓기듯 이주하는 사람들이 늘면서 덩달아 천정부지로 집값이 치솟았다. 미용실이 자리잡은 현월동은 이 도시에서도 제일 낙후한 동네였다. 이 낡은 건물은 언덕배기 중간에 위치한 데다 동네 전체가 허름한 주택이나 상가들이 많아 세가 저렴한 편이었고 그 덕에 외국인 노동자들이 많이 거주하는 빈촌이었다. 재개발 소식에 너도나도 낡은 집을 헐어 원룸이나 투룸을 짓는 곳이 늘어나면서 집값이 조금씩 들썩이기 시작했단 이야긴 미용실에만 박혀 있는 그녀의 귀에도 심심치 않게 들려왔다. 누구 누구네가 은행에서 무리하게 빚을 내서 집을 짓다가 하루아침에 빈털터리가 되어 타지역으로 떠났다는 이야기도 간간이 떠돌았다. 가겟세 인상은 언제고 올 일이라고 생각은 했지만 막상 말을 전해 들으니 가슴이 답답해졌다. 미용사는 십만 원 정도는 어떻게 되지 않을까 속으로 셈을 하며 물었다.

"얼마나?"

말이 떨어지기가 무섭게 기다렸다는 듯 도깨비가 답했다.

"이십."

"뭐라고?"

미용사가 등을 바짝 곧추세웠다. 1층은 상가, 2층부터는 살림집인 이 건물은 네모반듯하지 않고 코너 쪽 모퉁이 부분을 깎아 올려 직사각형이 아니라 사다리꼴 형태였다. 1층 모퉁이에 위치한 두 평 반짜리 미용실 자리는 자리도 좁고 애매한 자투리 공간이라 활용도가 좋지 않을 뿐더러 들어오는 장사마다 쫄딱 망해나간 자리여서 도깨비터라는 소문이 났다. 도깨비는 그 터의 기를 눌러줄 사람이 있다고 주인을 구슬려 저렴하게 세를 내주었다. 동향으로 난 통창으로 오전엔 이글거리듯이 해가 들고 정오를 지나면 실내등 없이는 사물이 분간되지 않을 만큼 어두워지는

데다 창문 하나 없이 여름엔 덥고 겨울엔 북풍한설이 몰아치는, 그야말로 저렴한 것 말고는 장점이 하나도 없는 자리였다. 지금 그 저렴한 임대료의 오십 퍼센트를 올려달란 말을 들은 것이다.

"갑자기 월세를 그렇게 많이 올리는 건 무슨 경우래?"

"그래도 여기 꽤 오랫동안 월세가 고정이었잖아. 한 번 올려줄 때도 됐지."

"그냥 이 자릴 빼."

"에이. 왜 이러시나. 여기만큼 가격 저렴한 도깨비터가 그리 흔한 줄 알아? 네가 더 잘 알 거 아냐."

도깨비가 난처하다는 듯 손사래를 쳤다. 미용사가 조용히 일어나 정수기에서 찬물을 따르고 그 물을 손에 든 채 도깨비 앞에 섰다.

"이봐. 옛날에나 돈 좀 만졌지 지금은 하루 벌어 하루 사는 게 동네 미용실이라고. 집주인한테 십만 원 정도면 생각해 본다고 전해."

이 일을 지긋지긋하게 오래 했지만 요즘처럼 불경기인 적도 없었다. 도시가 재개발된다고 소문나면서 마케팅에 능한 프랜차이즈 미용실들이 번화가 목 좋은 자리에 지점들을 냈다. 젊은이들은 돈을 몇 배로 더 주고서라도 최신 기술을 익힌 젊은 헤어 디자이너들을 찾았다. 자주 이발을 해야 하는 나이 든 남자들은 값싼 남성 전용 미용실로 빠졌다. 이 미용실의 손님이라곤 주로 단골 할매랑 아줌마들, 아직 이성에 눈을 뜨지 않은 어린 남학생들 뿐이었다. 게다가 이 일은 부업에 가까운지라 미용실 자리를 유지하기만 하면 됐지, 하고 체념한 지 오래였다.

"판은, 입 다물고 계약이나 지키라고 계속 모른 척할 거래? 인간 세상에서 먹고 사는 게 해결이 되어야 계약을 지키지. 복지정책 개선하라고 계약자들이 민원을 꽤 넣는다던데."

"판이 그런 소리에 눈 하나 깜짝할 신이야?"

"…아니지."

"이미 수결한 계약을 지키는 건 계약자의 몫이라는 게 판의 일관된 답변이야. 알잖아. 판의 모든 계약은."

"불공정 계약이지."

미용사는 왼쪽 팔을 슬그머니 붙잡았다. 요즘 들어 스트레스를 받거나 신경을 쓰면 표식이 박힌 곳 주위에 통증이 오곤 했다. 도깨비가 왼쪽 팔을 붙잡는 그녀를 흘끗 바라보았다.

"왜 그래."

"판 생각하니까 열이 받나, 아님 나이가 들어 그런가. 자꾸 여기저기 아프네."

"몸 아껴가며 일해. 나이 무시 못 한다?"

"말 잘했네. 그 무시 못 할 나이에 밤낮으로 일하는 것도 힘든데 갑자기 월세를 그렇게 올려달라고 하면 내가 기분이 어떻겠니? 응?"

미용사의 표정을 본 도깨비가 아차 싶었는지 얼굴에서 웃음을 싹 지우고 양손을 들어 손바닥을 보였다.

"진정해. 난 그냥 말을 전할 뿐이야. 네 말도 집주인에게 전해주긴 하는데 이건 어디까지나 집주인 맘이라 죽어도 올려야겠다면 나라고 무슨 수가 있겠어. 한낱 복덕방 주인이. 그리고 우리 복지에 불만이면 판에게 직접 얘기해."

"말하나 마나라며."

"응. 그렇지."

미용사가 그를 한 대 때릴 듯이 주먹을 들었다. 도깨비는 좁은 가게 가운데 서 있는 그녀를 피해 문 쪽으로 걸어 나가면서 어깨를 툭 쳤다.

"가서 한 번 따져 보던가."

"계약서 얘기 나오면 할 말 없는 거 한두 번 겪나. 게다가 거기 가려면 얼마나 개고생인데. 너 내가 어차피 안 갈 거 아니까 하는 말이지?"

언성을 높이는 그녀에게 건성으로 손을 들어 인사한 도깨비가 문밖으로 유유히 걸어 나갔다. 도깨비가 나간 자리엔 도어벨 소리만 울릴 뿐이었다. 미용사는 손에 쥐고 있던 찬물을 단숨에 들이켰다.

"뭐 하나 쉬운 게 없구나."

멍하니 통유리에 흰색과 검정 시트지를 붙인 촌스러운 그림을 바라보았다. 세월을 증명하듯 색이 바래고 군데군데 그림이 떨어져 나간 곳도 있었다. 키가 크고 깡마른 미용사가 이 자리에서 미용실을 운영한 지도 벌써 수십 년째다. 이 일을 한 지는 그보다 훨씬 더 오래되었다. 새로운 가게가 들어오고 나가는 그 오랜 시간 동안 이곳에서 누군가는 울고 누군가는 웃고 누군가는 화를 내고 누군가는 기뻐하며 머리를 맡겼다. 이곳은 챠밍 미용실. 도깨비 복덕방 주인이 도깨비로 불리듯 그녀 역시 그냥 챠밍으로 통한다. 본명을 아는 사람은 아무도 없다. 이름을 궁금해하는 사람도 없었다. 창문 밖 골목으로 검은 고양이 한 마리가 지나가며 늘어지게 하품을 했다.

봄이 오니 낮이 조금 길어졌다. 챠밍은 여섯 시가 넘어서야 뉘엿뉘엿 지는 해를 바라보며 차를 마셨다. 오후에 커트하는 남자 손님 두 명, 파마하는 뜨내기 하나가 왔을 뿐 매출이 영 엉망인 날이었다. 사는 건 예나 지금이나 퍽 고달픈 것이라 챠밍은 이런 존재가 된 후에도 생활비에 시달리는 신세가 한심하단 생각을 했다. 도깨비는 여러 개의 빌라, 오피스텔, 원룸을 이곳에서 멀리 사는 주인들 대신 관리하고 있었다. 돈 좀 있다는 인간들은 어디 붙어 있는지도 모르는 서울 인근의 지방 도시에 오래된 아파트나

다세대주택을 사들여 재테크를 한다고 했다. 그들의 예상은 적중했다. 공장이 많은 이 도시는 기약 없던 재개발이 시작되었고, 여러 가지 이유로 드나드는 사람이 많다 보니 도깨비도 덩달아 쏠쏠하게 복비를 번다는 소문이다. 그에 비해 종일 서서 머리 만지고 몇 푼 버는 미용실은 분명 불리한 조건이다. 웃돈까지 얹어가며 줄을 설 만큼 잘 나가던 때도 있었지만 지금은 월세도 겨우 내는 판이었다. 챠밍은 호접몽 같은 그때를 떠올리며 쓴웃음을 지었다. 남의 머리 만지는 직업이 이렇게 흔한 직업이 될 거라고는 상상도 못했던 시절, 새벽부터 늦은 밤까지 일을 해도 집에 돌아가면 피곤한 줄도 모르고 행복한 웃음을 짓던 시절이 있었다. 다시는 돌아가지 못할, 이제는 기억도 희미하지만 언제인지 모를 생의 마지막까지 잊을 수도 없는 한때였다. 기쁨이라곤 없는 억겁의 시간을 힘겹게 살아내며 생활비 걱정까지 해야 하는 요즘 같은 때에는 남들 다 한다는 재테크라는 것을 했더라면 이런 고생은 덜 할 수 있지 않았을까 생각할 때도 있었다. 그렇지만 돈을 많이 벌어서 뭘 할 것인지를 생각하면 이내 그 부질없음에 머리를 젓곤 했다.

피곤과 짜증을 간신히 억누르고 간판의 불빛을 바꿨다. 푸른색 간판에 불이 들어오면 드디어 챠밍 미용실의 본업이 시작된다. 간판이 푸른색으로 바뀌자마자 미용실은 특별한 손님들로 문전성시를 이룬다. 문이 열리고 도어벨이 짤랑거리면 미소로 챠밍이 그들을 반긴다.

"어서 오세요. 챠밍 미용실입니다."

챠밍은 고단함을 잊으려는 듯 한껏 톤을 높인 목소리로 손님을 맞이했다. 푸른색 불을 밝힌 후에 찾아오는 손님들에겐 그림자가 없다. 밤은 망자들의 시간이다. 챠밍은 망자가 이승의 사람들의 꿈에 나타나거나 저승길에 오르기 전 몸단장을 도와주는 일을 한다.

"어머? 오랜만에 들르셨네?"

문을 열고 들어온 첫 손님에게 챠밍이 알은체 했으나 그는 어두운 얼굴을 하고 말없이 미용 의자에 앉았다. 곧 울 것 같은 표정이었다.

"부인 병세가 많이 안 좋은가?"

남자는 조용히 고개를 끄덕였다.

"오늘 밤을 넘기기 힘들 것 같아요."

"그렇게 그리워하던 마나님을 곧 만날 수 있겠네. 이렇게 어깨 축 늘어뜨리고 있지 말고 좋은 것만 생각하자구."

챠밍은 양손으로 남자의 어깨를 툭툭 치며 애써 밝은 목소리로 위로했다. 남자의 이름은 염경수였다. 그는 절에 다니던 어머니가 점찍어 놓은 처녀를 소개받고 한눈에 반했다. 열렬한 구애 끝에 집배원이던 염경수가 서른 살, 부인인 최하나가 스물다섯 살이 되는 해 주지스님의 주례로 결혼했다. 연년생으로 아이 셋을 낳고 알콩달콩 잘 살았으나 막내가 백일이 막 지났을 무렵 심장마비로 쓰러진 그는 다시는 눈을 뜨지 못했다. 젖먹이 아이를 품에 안고 상을 치른 부인은 지방 도시에 내려와 보험 외판을 하며 악착같이 아이들을 키웠다. 바쁜 와중에도 아이 셋을 남기고 일찍 가버린 남편의 극락왕생을 애타게 기원하는 부인 덕에 염경수는 미용실 문지방이 닳도록 들락거린 단골이었다. 최하나는 힘든 세월을 잘 이겨내고 세 아이 모두 번듯하게 성장해 이제야 한숨 돌리나 싶을 때 갑작스레 유방암 판정을 받고 투병을 한다고 했다. 최근 몇 주 뜸하다 싶더니 부인의 병이 악화된 모양이었다.

"착한 사람은 복을 받는다는데, 우리 착하디착한 찬주 엄마는 왜 이렇게 모진 삶을 사는 걸까요. 부처님이 이렇게 원망스러울 수 없네요."

"쌓은 덕은 소멸되는 게 아니라고 들었어. 아이들이라도 복을 받겠지."

"그럴까요? 아이들이라도 행복할 수 있다면 원망하지 않겠습니다."

염경수는 입을 다물더니 눈시울을 붉혔다. 챠밍은 그에게 티슈를 뽑아 내밀고 트롤리를 가져와 머리를 다듬을 준비를 했다. 챠밍의 손길이 지나갈 때마다 그의 모습에 생기가 돌고 빛이 났다. 단장이 끝나자 그는 허리를 굽혀 인사했다.

"그동안 애 엄마가 의식이 없어서 만나지 못했어요. 지금 이승을 떠나기 전 아주 잠깐 의식이 돌아왔는데 저를 애타게 찾고 있다고 하네요."

"이렇게 그리워하는 부부인데, 얼른 만나러 가."

"네. 그동안 너무 감사했습니다."

"다신 안 올 것처럼 인사를 하시네?"

"이젠 올 일이 없죠. 큰 애가 네 살에 제가 죽어서, 아이들 기억엔 아빠가 없어요. 홀어머니도 이승에 안 계시고 이제 저를 그리워할 사람은 아무도 남지 않았으니 이게 마지막 인사가 될 것 같네요. 그래서 말인데, 제 몫의 구슬은 다 드리고 갈게요."

염경수는 바보 같은 얼굴로 씨익 웃었다. 눈가가 촉촉했다. 살아생전에도 욕심부릴 줄 모르고 성실했던 사람이었다. 챠밍은 그의 얼굴을 보다가 한숨을 푹 쉬었다.

"나도 벌 만큼 번다니까. 내가 일한 만큼만 받으면 충분해. 그러지 말고 잠깐만 기다려 봐. 내가 부처님은 만난 적 없는데 친분이 있는 신이 몇 있어서 마지막 선물을 줄 수 있을 거 같아. 당신이 가진 구슬이면 충분할 거야."

챠밍은 전화기를 들어 어딘가로 전화를 걸었다. 잠시 후 피곤한 얼굴의 도깨비가 미용실 문을 열고 들어왔다.

"잘 땐 개도 안 건드린다는데 너는 맨날 오밤중에 전화냐.”

“잘 때 아니고 먹을 때 아냐?”

“어쨌거나 개는 건드리면 안 된다는 뜻 아니겠어? 내가 개는 아니지만, 네 부탁 들어주느라 내 일을 제대로 못하는 거 어떻게 생각하냐?”

“응, 괜찮다고 생각해. 그래서 어떻게 됐어?”

“특별주문 넣어서 제대로 전달했대.”

대답을 한 도깨비가 하품하며 미용실 문을 나섰다. 챠밍은 뒤통수에 대고 ‘땡큐’라고 소리를 지르고는 미소를 띠며 염경수를 돌아보았다.

“착하게 살아온 당신에게 주는 내 선물이야. 부인에게 얼른 가봐. 물론 당신이 잘 살아서 충분한 양의 구슬을 갖고 있어서 가능한 일이었지만.”


최하나의 병실에는 인공호흡기의 펌프 소리와 맥박을 알리는 기계음만이 들렸다. 가족들은 어머니의 임종을 지키려 만사를 팽개치고 모였다. 큰딸 찬주가 엄마의 손을 붙들고 눈물을 흘렸다.

“엄마… 우리 키워줘서 고마워. 다음 생에는 꼭 내 딸로 태어나줘…. 엄마가 우리한테 한 것처럼 나도 엄마를 많이 사랑할게….”

찬주의 말이 채 끝나기 전에 가족 모두가 흐느껴 울었

다. 삐—하는 기계음이 울리고 마침내 숨을 거둔 최하나의 입가엔 희미하게 미소가 보이는 듯했다. 그들은 서로 위로하며 장례 절차를 준비했다. 병원 부설로 마련된 장례식장에 빈소가 차려지는 동안 잠시 대기 의자에 앉아 있던 삼 남매는 그간 너무 피곤했던 듯 동시에 선잠이 들었다.

낯설지만 어딘가 익숙한 아파트였다. 낡은 집안 곳곳엔 알록달록한 한글 브로마이드며 모빌, 아기 장난감들이 있었다. 삼 남매는 어리둥절해 이곳저곳을 둘러보았다.

"애들아, 밥 먹자."

익숙한 목소리에 셋은 일제히 고개를 돌렸다. 그곳엔 최하나가 환한 얼굴로 양팔을 벌리고 아이들을 부르고 있었다. 아프기 전의 건강한 모습이었다.

"엄마!"

"얼른 와라. 찬주야. 찬형이, 찬수도 얼른 와."

삼 남매는 얼른 달려가 엄마를 안았다. 최하나는 그런 아이들의 머리를 쓰다듬으며 행복한 미소를 짓다가 자신의 옆에 서 있는 남자를 불렀다.

"이리 와요. 우리 애들이에요. 너무 잘 컸죠?"

셋은 멀뚱히 그 남자를 바라보았다. 그러다 큰딸 찬주가 못 믿겠다는 듯 입을 열었다.

"아…빠?"

"그래, 아빠야. 얼굴이 제대로 기억 안나지? 찬주, 찬형이 찬수야, 아빠가 너무 일찍 가서 미안하다. 그래도 잘 자라줘서 너무 고마워."

염경수는 눈물을 글썽이며 고개를 끄덕였다. 삼 남매는 놀란 표정으로 염경수에게 다가가 그를 따뜻하게 안았다.

"응, 사진으로만 봐서. 사진 속 얼굴 그대로시네."

"그러게, 사진 그대로셔. 나보다 젊어 보이시네."

"그러고 보니 여기, 어릴 적 우리 살던 집이네? 와. 신기하다."

일가족은 서로 얼싸안고 눈물을 흘리다가 밥상 앞에 앉아 도란도란 식사를 했다. 식사를 마친 후, 염경수와 최하나는 손을 꼭 잡고 삼 남매에게 인사했고, 거의 동시에 잠에서 깬 형제들은 서로의 얼굴을 바라보며 말을 잇지 못했다. 삼 남매는 부모가 좋은 곳에 갔구나 하는 생각을 하며 이 일을 가슴에 담아두기로 했다. 그들은 평생을 착하고 바르게 살 것이다. 챠밍의 말처럼 부모가 차곡차곡 쌓은 덕은 아이들에게로 이어져 모두 큰 탈 없이 일생을 누리게 될 터였다. 염경수와 최하나는 미용실에 와 곱게 단장을 한 후 챠밍에게 깊숙이 절을 하고 저승으로 떠났다. 손을 꼭 잡고 걷는 그들의 뒷모습을 보는 챠밍도 흡족한 미소를 지었다. 최하나 역시 미용실의 단골이 될 것이 분명했다.

이곳은 챠밍 미용실. 낮에는 산 자를 위해 머리를 만지고 밤이 되면 망자의 단장을 도와주는 미용실이다. 산 자들이 미용실에서 누구인지 모를 미용사에게 자신의 머리를 맡기고 그저 그런 이야기부터 은밀한 이야기까지 가지 각색의 말들을 내뱉듯이 죽은 자들도 백열등에 몰려드는 벌레들처럼 찾아와 잘려 나간 머리카락 같은 사연을 털어놓고 간다. 아무에게도 털어놓지 못한 비밀을 말해도 탈이 나지 않을 적당한 거리의 낯선 사람이 필요한 자들이 모여드는 공간. 산 사람에게나 죽은 사람에게나 미용실은 그런 곳이다.

낮보다 훨씬 더 바쁜 밤의 시간이 지나고 새벽 동이 틀 즈음에서야 미용실의 셔터를 내렸다. 그녀는 노동법에서 정해준 근로 시간의 두 배가 훌쩍 넘는 노동을 마치고 퉁퉁 부은 다리로 바로 옆에 붙은 건물의 옥탑방으로 돌아간다. 먼지가 켜켜이 쌓인 문패가 달린 건물의 입구엔 온갖 잡동사니들이 가득 쌓여 있다. 폐지를 모아 생계를 잇는 아래층 노인의 물건이다. 생명을 다한 사물들의 공동묘지 같은 모양새는 우중충한 건물을 더 을씨년스럽게 만들었고 양심 없는 사람들은 이 건물 앞에다 망가진 가전제품이나 폐가구 같은 것을 함부로 부려놓곤 했다. 제대로 처리하지 않은 음식물 쓰레기부터 각종 잡동사니까지 쌓여 눈살을 찌푸리게 만들었다. 챠밍은 모른 척 옥상으로 올라갔다. 그런 것은 다른 세계에 속한 일이었다. 퉁퉁 부은 다리를 질질 끌고 한참 계단을 올라가면 보이는 4층 건물 위 옥탑방이 죽은 것도 산 것도 아닌 그녀의 육신이 누울 수 있는 유일한 공간이다. 잠시 눈을 붙여볼까 할 때 아랫집에서 목청 높인 욕지거리가 들려왔다.

"저 노인네 또 시작이네."

매일 같이 듣는 목소리인데도 적응하기 힘들었다. 노인의 목소리가 잦아들자 다른 소리로 시끄러웠다. 또 수도가 터진 모양이었다. 이집 저집에서 우르르 몰려나와 수도 계량기를 들춰보고 떠들어댔다. 이곳은 자주 터지는 수도 덕에 전기세보다 물세가 더 나왔다. 여기 주민들은 모르겠지만, 저건 한 맺힌 한 영혼 때문이다. 외로움과 그리움에도 흘리지 못하는 눈물 때문이다. 업자를 불러 수리한 지 몇 개월 안 되었는데 또 터졌다고 계량기 앞에 모여 수런대는 사람들의 소음이 챠밍의 귓속을 파고들어 뇌를 헤집는 것 같았다. 아랫집 노인네의 목청이 제일 크게 들렸다. 때를 만났다는 듯 질러대는 악다구니에 그 누구도 대꾸하지 않았다.

"하루도 조용할 날이 없구나."

챠밍은 이불을 끌어다 머리끝까지 덮었다. 감은 눈이 시큰했다. 불면은 어제오늘의 일이 아니지만 도무지 익숙해질 수 없는 것이었다. 그녀가 세상에서 제일 부러운 말은

'베개에 머리가 닿자마자 나도 모르게 잠이 들었어요'라는 말이었다. 손안에 쥐고 있는 작고 투명한 구슬을 바삭 깨뜨려 비로소 잠이 들었다. 제발 일분 일초라도 오래 잠들기를 바라며 챠밍은 꿈도 꾸지 않는 깊은 잠 속으로 빨려 갔다.

잠들 때 빌었던 소원은 이루어지지 않았다. 깜깜한 의식 저 아래에서 무자비한 손아귀에 잡혀 끌려 나오듯 잠에서 깼다. 이번에는 아까와는 다른 소음이었다. 몽롱한 의식을 뚫고 젊은 남자들의 목소리와 기합, 물건 끄는 소리 등이 들렸다. 누군가 이사를 가거나 오는 모양이다. 벽에 걸린 시계가 8시 30분을 가리키고 있었다. 아침 일찍인 걸 보니 이사를 나가고 있을 것이다. 이 오피스텔은 워낙 저렴한 가격 덕에 터줏대감 여덟 집 말고는 싼 가격만 보고 온 뜨내기들이 자주 들락거렸다. 카랑카랑한 목소리의 주인공은 아마 201호 여자일 것이다. 6개월 전쯤 중년의 여자 둘이 이사 왔다. 한 대여섯 살쯤 나이 차이가 나 보였는데 나이가 더 많아 보이는 여자는 작달막한 키에 통통하고 말이 없었고 키가 조금 크고 마른 여자는 말투가 억셌다. 모녀 사이는 분명히 아니고 자매 사이는 결단코 아닌 두 사람의 동거는 이 오피스텔 사람들의 궁금증을 일으켰다. 건물 1층엔 이 집이 생긴 이래 가장 오래 거주하고 있는 노인들이 사는 집이 세 집이나 있어서 자기들끼리 모여앉아 둘은 어떤 사이인가 자주 토론을 했다. 아무리 토론해도 딱 부러지는 결론이 나지 않자 퇴근을 하는 두 사람을 붙잡고 할머니 두 분이 꼬치꼬치 캐묻는 통에 마른 여자가 당신들이 무슨 상관이냐고 신경질적으로 대답하는 걸 들은 적 있었다.

둘은 오래된 동성 커플이었다. 예전에 살던 저 아랫지방 소도시의 대형 마트에서 일을 하다가 눈이 맞았다. 통통한 여자의 결혼생활은 불행했고 그리하여 매일 우울한 표정이었다. 내성적인 성격의 여자는 불행한 결혼생활로 인해 더욱 말 없고 눈에 띄지 않는 사람이 되었다. 존재감 없이 사는 것에 익숙한 통통한 여자는 키가 크고 마른 여자가 사람들을 휘젓고 다니는 것을 보며 동경을 느꼈다. 키가 큰 여자는 저 멀리 지방에서 여학교에 다니던 때부터 자신이 남자에게 관심이 없다는 것을 알고 있었다. 이야기의 전개를 위해 꼭 필요한 우연처럼 혹은 필연처럼 다른 사람이 모두 퇴근하고 둘만 남았을 때 키 큰 여자를 동경하던 통통한 여자는 별일 없으면 같이 술 한잔하자는 말을 뱉은 후 자신도 깜짝 놀라 얼굴이 붉어졌고 마트 근처 고깃집에서 삼겹살 몇 점에 소주와 맥주를 맛있게 말아먹던 키 큰 여자가 노래방에 가자고 통통한 여자의 손을 붙잡았을 때 맞잡은 손에선 전기가 흐른 듯했다. 노래방에 들어가 어영부영 노래를 두어 곡 부르던 두 사람은 누가 먼저랄 것도 없이 키스를 했고…. 음. 그다음 이야기는 둘만의 밀어로만 남겨놓자. 통통한 여자는 남편과의 사이가 걷잡을 수 없이 틀어졌다. 매일 같이 싸우다가 남편이 나가 죽으라고 소리를 지른 그날 밤, 통통한 여자는 제가 낳은 아이 둘을 내팽개친 채 집을 나와 키 큰 여자와 살림을 차렸다. 싸우는 날이 아주 없지는 않았지만, 고집불통에 가부장적이었던 남자보다야 비슷한 사고방식을 가진 키 큰 여자와의 생활이 만족도가 높았다. 싸구려 집을 전전해야 하는 가난만 아니라면 그들은 세상에서 가장 행복한 커플이었을지도 모른다. 어쨌거나 1층의 눈치 없는 할머니들이 그들의 관계를 꼬치꼬치 캐물은 그날 이후 두 사람은 이웃들과 인사도 하지 않은 채 찬바람을 일으키며 살다가 집에서 발견한 바퀴벌레 한 쌍에 화음 맞춰 비명을 지르더니 그 길로 도깨비 복덕방에 달려가 집을 내놓았더랬다. 날이 화창한 어느 봄날, 그들은 뒤도 돌아보지 않고 펠리치따 오피스텔을 떠났고 이삿짐이 오고 나는 소리에 챠밍은 그날도 잠을 설쳤다.

수면 구슬이 무색하게 일찍 눈뜨는 바람에 챠밍은 열 시가 좀 넘어서 바로 옆에 붙은 건물의 미용실로 출근했다. 따끈한 햇살이 내리쬐는 오후가 되자 미용실 통유리 밖으로 이삿짐을 실은 용달차가 지나가는 것이 보였다. 이번에는 누군가 새로 이사를 들어오는 모양이다. 오늘 하루는 조용하긴 글렀구나, 라는 생각을 하며 챠밍은 믹스커피를 홀짝이다 숨을 크게 몰아 쉬었다.

"아?"

오늘 이삿짐 소음으로 일어나기 전 꿈을 꾼 것이 문득 떠올랐다. 너무 놀란 나머지 숨을 쉬는 것도 잊고 입을 벌리고 있다가 기침을 토하듯 숨을 쉬었다. 챠밍이 전화기를 들고 버튼을 누를까 말까 망설이다 내려놓았다. 꿈을 꾼 지 너무 오래되어 꿈인지 기억인지도 확신할 수 없었다. 괜히 일을 크게 만들어 피곤해지고 싶지는 않지만 모른 척 하기에는 짐짓 신경이 쓰였다. 챠밍이 미용실의 문을 열고 휘파람을 불자 한참 지나서 검은 고양이 한 마리가 어슬렁거리며 나타났다.

"플루토. 판한테 내가 면회를 신청한다고 좀 전해줄래?"

검은 고양이가 챠밍을 바라보더니 입을 쩍 벌려 하품을 하고는 뒤돌아 천천히 사라졌다. 챠밍은 고양이의 뒤통수를 바라보며 한숨을 쉬었다. 창밖의 오후는 다시 이삿짐 소리로 시끄러워졌다.

그날 저녁 플루토가 판의 전갈을 입에 물고 챠밍 미용실 앞에서 작게 울었다. 챠밍이 문을 열자 플루토는 늘어지게 하품을 하더니 어슬렁대며 골목 저쪽으로 사라졌다. 작게 돌돌 말린 종이에는 이렇게 적혀 있었다.

## 한가해지면

"재수 없어, 정말!"

챠밍은 종이를 구겨 골목 저쪽으로 던져버렸다. 골목 건너편에서 바닥을 쪼던 비둘기 서너 마리가 챠밍이 던진 종이를 향해 모여들어 부리로 쪼아대다 이내 뒤돌아 다른 먹이를 찾아 나섰다. 챠밍은 찬물을 벌컥벌컥 마시고 소파에 앉아 씩씩거렸다. 판이 한가해지는 날은 세상이 멸망하는 그날까지 없을 것이다. 그러니 판이 챠밍을 만나러 내려오는 일 또한 없다는 뜻이었다.

## 펠리치따 오피스텔

날이 점점 더워지고 있었다. 여름이 다가오는 발소리라
도 들리는 듯이 한 집 두 집 창문을 여는 소리가 자주 들렸
다. 아까부터 열어둔 창문으로 시원한 바람이 불어와 어쩐
지 행복한 기분이 들었다. 행복이란 게 별거 없구나. 느지
막이 일어나 라면으로 배를 채우고 누울 손바닥만 한 공간
하나가 이토록 만족감을 줄 수 있다니, 의명은 새삼 사는
게 별거냐 싶은 마음이 들었다.

의명은 한 달 전 이곳에 이사를 왔다. 고시원보다 조금
나은 원룸에서 5년을 버티며 겨우 모은 돈으로 전세는 어
림없는 이야기였다. 경기도의 중소도시에 대기업이 자리

를 잡고 연구소와 공장이 세워지자 젊은이들이 속속 유입
되었다. 그들이 결혼을 하고 아이를 낳고, 그렇게 인구가
늘고 재개발 바람이 불면서 집값이 터무니없이 뛰었다. 그
무서운 기세는 재개발지역 옆구리에 붙은 오래된 집들까
지 덩달아 세를 올리는 결과를 낳았다. 전세나 월세 물건
보다 수요가 더 컸기 때문인데 매매가가 오르는 수준보다
훨씬 더 가파른 속도였다. 의명은 평생 월세에 치여 아무
것도 못하겠다 싶은 마음에 저렴한 전세를 찾아 부동산을
기웃거렸다. 부동산 업자들은 가난한 의명을 새로 지은 아
파트형 빌라로 끌고 다녔다. 그녀는 대출을 이억 넘게 받
으면 이렇게 밝은 집에서 살 수 있겠네요, 라고 말하고 싶
었다. 우물쭈물 팔천 정도에 구할 수 있는 전세는 없을까
요, 물으면 중개업자들은 난감함과 실망감이 역력한 표정
으로 변했다. 의명이 살던 곳은 창문 하나 없는 방에 부엌
이라 말할 수도 없는 이상한 싱크대가 하나 딸린, 그나마
화장실이 따로 있는 게 어디냐 싶은 원룸이었다. 그 싱크
대에서 할 수 있는 요리라고는 휴대용 버너에 끓이는 라면
뿐이었다. 싱크대 옆에 냉장고 들어갈 공간이 없어서 침대
머리맡에 둔 작은 냉장고가 작동할 때마다 깜짝 놀라 잠
이 깨곤 했다. 의자를 놓을 공간도 마땅치 않아 등받이 없
는 동그란 간이의자를 놓고 책상을 사용했고 늘 허리가 아
팠다.

"우리나라는 결혼할 때 부모가 사준 집이 없으면, 평생 제대로 된 집 못 사. 월급쟁이가 월급을 한 푼도 쓰지 않고 십 년 넘게 모아야 집 살 돈이 된다더라. 그거도 대기업 다니는 놈들한테나 먹히는 말이지. 우리 남편처럼 작은 회사에서 잘리지만 않길 바라며 월급 받는 놈들한텐 고작 십 년 갖고 되겠어? 씨발, 이게 나라냐?"

의명은 오랜만에 만난 친구 정희가 비닐장갑을 낀 손으로 닭발을 흔들며 하던 말을 떠올렸다. 어린아이를 키우느라 만날 시간이 없어 실로 오랜만에 만난 친구였다. 정희는 사랑에 눈이 멀어 가난한 남자한테 시집간 게 한이라고, 너는 적어도 전세라도 얻어오는 남자한테 시집가라며 먹던 닭발 양념이 섞인 침을 튀겨댔다. 점심 약속이었지만 두 사람은 닭발에 생맥주를 벌컥벌컥 들이켰다. 의명은 아들 키우는 엄마가 된 정희의 거칠어진 말투에 넋을 잃었다. 결국 두 시간 반 동안 정희의 시댁 욕, 남편 욕, 육아의 고통을 들어주다 자기 이야긴 한마디도 못하고 헤어졌다. 아이가 어린이집에서 돌아올 시간이라며 부랴부랴 집으로 향하는 정희와 헤어진 의명은 결혼을 한 것도 아니요, 뭔가 이룬 것도 아닌 자신의 신세가 처량했다. 어떤 남자를 만나서 결혼을 해야 하는지 정희에게 한참 훈계를 듣고 왔지만 소심한 성격에 낯선 남자에 대한 막연한 공포심을 가진 의명에게 연애란 건 자신이 그리는 웹툰에서나 볼 수 있었다. 대낮에도 불을 켜지 않으면 아무것도 보이지 않는 4.8평짜리 원룸에서 평생을 혼자 늙어갈 것이라는 생각에 눈물까지 찔끔 흘렸다. 좁고 답답한 집으로 들어가기 싫어 정처 없이 걷다가 사는 곳과는 거리가 좀 떨어진 성당 앞 외진 육교 너머에 처음 도착했다. 오래된 주택가 사이로 새로 지었거나 짓고 있는 건물이 드문드문 보였다. 지어진 것이나 짓고 있는 것이나 약속이나 한 것처럼 필로티 구조를 취하고 있었다. 좁은 공간에 법으로 규정된 주차장을 구겨 넣으려면 어쩔 수 없는 모양이었다. 그 가녀린 다리가 어찌나 불안해 보이는지 지진이라도 나면 폭삭 무너지진 않을까 걱정하며 작은 구멍가게가 있는 모퉁이를 돌았다. '영일 슈퍼'라는 낡은 간판을 단 가게 앞에 놓인 파라솔에는 추레한 할아버지 셋이 이른 저녁부터 소주병을 기울이고 있었다. 입구 옆쪽에 놓아둔 의자에는 외국인 노동자가 맥주캔을 들고 알아들을 수 없는 말로 시끄럽게 통화를 했다. 뒤로는 허름한 상가가 이어졌다. 대부분 낡고 닳은 간판을 달고 자세히 보지 않으면 문을 닫은 건지 연 건지 모를 모양새였는데 딱 한 집만 새 간판을 달고 있었다. 아이러니하게도 간판 이름은 '도깨비 복덕방'이었다. 부동산도 아니고 복덕방이란 말은 퍽 오랜만이어서 의명은 피식 웃음이 났다. 순간 이런 낡고 후미진 동네라면 의명이 살만한 저렴한 집이 있지 않을까 하는 생각이 들었다. 의명은 복덕방 앞에서 서성이다 큰맘을 먹은 듯 심호흡을 하고 복덕방 문을 밀었다.

"저… 여기 전세 시세가 어떻게 되나요?"

모기처럼 작은 소리였다. 복덕방 주인은 그녀를 물끄러미 바라보다 입을 열었다.

"어떤 집을 찾는데요?"

매력적인 저음이었다. 의명은 또래거나 서너 살 위로 보이는 연배의 남자에게 이렇게 말하는 게 조금 창피했다.

"싸… 싼 전세요. 부엌에서 바… 밥을 해 먹을 수 있는 싼 전세."

자기도 모르게 말이 주춤댔다. 도깨비 복덕방의 주인이라 '도깨비'라고 불리는 그 남자는 무표정한 얼굴로 원하는 금액을 묻더니 안경을 고쳐 쓰며 컴퓨터를 들여다보았다. 그 가격으론 어림도 없을 텐데… 라고 중얼거리는 소리가 의명의 귀에 명확하게 꽂혔다. 역시 괜한 짓을 했나 후회를 할 즈음 그가 의자에서 일어섰다.

"흠. 현월동에 밥해 먹을 수 있는 집이 하나 나오긴 했어요. 아. 여기가 현월동이에요. 가볼래요?"

도깨비를 따라 쫄래쫄래 따라간 집은 오래되고 빛바랜 4층짜리 빌라였다. 1층 앞 주차 공간엔 너저분한 잡동사니가 어마어마하게 쌓여 있어 폐가인가 의심이 들 정도였다. 그가 201호 앞에 서더니 열쇠로 문을 열었다.

"세입자들이 다 출근해서 나한테 열쇠를 맡겼어요. 한 번 찬찬히 둘러봐요."

건물 전체가 우중충했지만 무려 방이 두 개였다. 들어온다면 큰 방은 침실로 쓰고 작은 방은 책상과 의자만 넣어 작업실로 쓸 수 있었다. 반면에 거실 없이 복도 비슷한 작은 공간은 활용도가 애매했다. 현관문 바로 옆에 위치한 부엌도 터무니없이 작았으나 어차피 혼자 살 것이고 밥과 간단한 찌개 말고는 의명이 할 줄 아는 것도 없으니 크게 문제 될 건 아니었다.

"이런 집은 당장 계약하지 않으면 금방 나가요. 보시다시피 말도 안 되게 싸게 나온 거라서. 현월동이 전체적으로 싸긴 하지만 여긴 진짜 좋은 가격에 나온 거야. 집주인은 지방에 살아서 집 관리는 나한테 전적으로 맡기고 있으니 문제 있으면 나한테 이야기하면 되고."

계약하지 않을 이유가 없었다. 1층의 공간마다 쌓인 너저분한 잡동사니들이 신경 쓰이긴 했지만 의명의 좁은 인간관계와 기질을 보았을 때 밖에 나갈 일은 별로 없을 터였다. 두 사람은 복덕방으로 돌아가 일사천리로 가계약을 했다. 다행히 의명이 살던 집도 수월하게 빠졌다. 약간의 전세대출은 어려움 없이 통과됐다. 의명은 사람답게 사는 삶에 반걸음쯤 다가선 기분이었다. 이삿짐이 많지 않아 용달을 불렀다. 잔금을 치르기 위해 도깨비 복덕방에 들렀을 때, 주인은 이상하게 전에 봤을 때보다 약간 나이가 들어 보였다. 그냥 옷차림 때문일지도 모르겠다고 생각했을 뿐 개의치 않았다. 다시 볼 일이 없을 복덕방 주인에게 신경 쓰고 싶지도 않았다. 복덕방 주인 말고도 머리를 아프게 하는 일은 도처에 널려 있었다. 바퀴벌레를 보고 허겁지겁 이사를 나가는 동성 커플은 먼 지방으로 이사를 간다며 오전 중으로 잔금을 줄 수 있는지 물었고 의명이 미리 이삿날 아침에 보증금 반환이 가능한지 물었을 때 집주인도 흔쾌히 그러겠다고 말했으나 이사 당일에 갑자기 말을 바꿔 짐을 다 뺀 것을 확인하기 전까지는 못 준다고 버텼다. 덕분에 이삿짐센터에서 짐을 실을 동안 보증금을 받아 송금하고 한갓지게 이사를 치르겠다는 계획이 틀어졌다. 용달 사장과는 생각보다 짐이 많다고 추가 요금을 요구하는 바람에 옥신각신했고 인터넷 기사는 미리 예약을 했음에도 그날 예약이 많다며 다음 날 인터넷을 연결해주겠다고 했다. 요즘 세상에 이런 서비스 기사가 어디 있나 싶을 정도로 무례하고 뻔뻔한 사람이었다. 울먹이며 정희에게 전화하자 정희가 펄펄 뛰며 본사에 항의 전화를 넣은 후에야 일이 해결됐다. 정희는 '넌 그래서 어떻게 이 세상을 살아갈래'라며 한심하다는 듯 혀를 찼지만 이런 문제에 부딪힐 때마다 나서서 도와주는 고마운 친구였다. 의명은 이사 한 번에 완전히 녹초가 되었다.

이사를 하다가 입구 담벼락에 먼지가 뽀얗게 쌓인 문패를 발견했다. 촌스러운 서체로 '펠리치따 오피스텔'이라고 적힌 문패였다. 오래되고 낡은 빌라 건물에 붙은 이름치곤 거창하고 이국적이었다. 펠리치따는 이탈리아어로 '행복'이라는 뜻이었다. 핸드폰으로 검색을 해본 의명은 저도 모르게 웃음이 났다. 이름도 이름이지만 귀신 나올 것 같은 이 낡은 건물이 오피스텔이라니 여러모로 아이러니했다.

계약하던 날 몰랐던 것들이 눈에 띄었다. 오피스텔이란 이름값이라도 하는 듯이 주거용으로 쓰기엔 불편한 것이 많았다. 화장실이 너무 작아 세탁기를 넣으면 샤워할 공간이 빠듯했다. 사무용으로 공간을 분배했는지 방 하나는 너무 컸고 하나는 너무 작았다. 두 방 사이의 애매한 공간은 말 그대로 복도의 역할 말곤 할 것이 없었다. 그래도 괜찮았다. 이제는 월세를 내지 않아도 되니까. 집밥을 만들어 먹을 수 있으니까. 편안한 의자에 앉아서 작업을 할 수 있으니까. 의명은 모든 것이 용서될 것 같았다.

이사를 할 때 의명이 가장 먼저 마주친 이웃은 아랫집 할아버지였다. 그는 왜소한 체구에 오른쪽 다리를 절었다. 그는 의명을 보더니 선한 웃음을 얼굴 가득 띠며 목인사를 했다. 의명도 마지못해 억지웃음을 지으며 고개를 끄덕였다. 불도 켜지 않은 101호의 컴컴한 문 안으로 빨려 들어가

듯 사라지는 노인의 뒷모습을 잠시 바라보았다. 그 문 옆으로 한가득 쌓인 온갖 잡동사니를 보니 주차장이며 뒷마당에 잔뜩 쌓여 있는 고물들은 저 집의 물건임이 분명했다. 다 치워달라고 하고 싶은 마음이 굴뚝 같았지만 그저 한숨만 푹 내쉬었다.

파란만장한 이사를 끝내고 잔금을 치른 후 용달차가 빠져나갈 때 누군가 고함을 지르는 소리가 들렸다. 격앙된 소리였다. 차를 탕탕 두드리기까지 했다. 의명이 문을 열고 빼꼼히 내려다보니 아랫집 할아버지가 고래고래 소리를 지르고 있었다.

"여기 나가면서 기둥을 쳐서, 지금 다 무너지게 생겼잖아!"

트럭은 이미 주차장을 빠져나가고 할아버지의 뒷모습만 보였다. 한참 욕설이 들리더니 노인도 담벼락 옆으로 사라지고 조용해졌다. 잠시 후 노인이 만 원짜리 몇 장을 들고 절뚝거리며 걸어왔다. 그 얼굴에 비친 웃음이 아까와는 다르게 섬뜩해 보였다.

## 101호

의명은 새로 일감을 받았다. 전보다 나은 환경에서 작업을 할 수 있으니 욕심을 부렸다. 전부터 연재하는 웹툰 말고 교육만화와 어느 지방의 홍보만화, 간단한 일러스트까지 전부 수락했다. 이렇게 열심히 벌다 보면 금세 더 나은 환경의 집으로 이사 갈 수 있을 거란 기대가 의명을 행복하게 했다. 이사 오면서 장만한 '책상보다 더 비싼 의자'는 허리를 단단하게 받쳐주고 팔걸이의 높이와 각도까지 조절되어 안락했다. 의명은 의자 하나에 이렇게 쾌적할 수 있다는 게 감격스러워 흥이 났다. 단가가 높아 급하게 받은 일의 마감이 촉박해서 밤샘 작업을 한 후 라면 하나를 끓여 먹고 잠이 들었다. 한참 단잠이 들었을 때 날이 더워 열어둔 창문을 넘어 큰 소음이 들렸다. 다닥다닥 붙여 지은 담벼락이 울림통 역할을 하는지, 바로 옆에서 고함지르는 것보다 더 큰 소리였다. 분명 욕설인 것 같은데 한마디도 알아들을 수 없었다. 고성은 30분 넘게 계속되었다. 의명은 다시 잠들기 위해 이불을 머리끝까지 뒤집어 써 보았다. 쟁쟁한 소리는 이불을 가볍게 뚫고 고막을 두들겨댔다. 끝날 거 같지 않던 소리가 겨우 사라진 후에도 머리가 깨질 듯이 아팠다. 견디다 못해 두통약을 털어 넣고 뒤척이다 겨우 잠이 들었는데 꿈자리가 사나웠다. 꿈에서 작업을 하다 맘대로 풀리지 않아 고전하고 있을 때 소매 끝에서 지네 한 마리가 스멀스멀 기어 나왔다. 현실에서 벌레를 보면 건물이 떠나가라 소리를 질렀을테지만, 꿈에서는 맨손으로 덥석 내리쳐 죽였다. 그러자 모니터 뒤에서 두 마리가 더 기어 나왔고, 그걸 잡아 죽이니 벽에 서너 마리가 또 기어 나왔다. 의명은 적의에 가득 차 정신없이 지네를 잡아 화장실 변기에 넣었다. 변기 안이 온통 지네로 가득했다. 죄다 죽어버리길 바라며 변기 물을 내렸는데 물이 변기 밖으로 넘쳤다. 지네도 같이 넘쳐흘렀다. 지네가 화장실을 넘어 온 집 안을 가득 메웠다. 발등을 타고 올라오는 지네의 근질거리는 감각에 질려 소리를 질렀다.

잠에서 깼다. 온몸이 축축하게 식은땀에 젖었다. 열려 있는 창문에서 저녁 찬바람이 들어와 추위에 떨었다. 창문을 닫으면서 아래를 내려다보았다. 낮은 담장 위를 걷던 검은 고양이 한 마리가 의명과 눈을 마주치더니 슬그머니 도망쳤다. 몸이 으슬으슬하고 식은땀이 흘렀다. 아무래도 몸살이 난 거 같아 편집자에게 마감을 조금 늦춰달라고 연락을 한 뒤 침대에 다시 누웠다.

지네가 다리를 기어오르는 감각이 생생했다. 지네는 한 번도 본 적이 없건만, 눈을 감은 의명의 머릿속에 지네의 다리 하나하나까지 떠올랐다. 멀리서 아랫집 노인의 욕설이 들려오는 거 같아 잠을 잘 수 없었다. 그녀는 이사 후 처음으로 이 집에 온 게 잘한 건가 후회했다.

일상적인 날들이었다. 때때로 아랫집의 고성이 의명의 작업을 방해했다. 날이 따뜻해지면서 아랫집에서 함부로 방치한 쓰레기들에서 악취도 심하게 났다. 창문을 열어 놓으면 불쾌한 냄새와 함께 확성기를 틀어놓은 것 같은 욕설이 들려왔다. 한국어와 중국어가 섞인 욕설 사이에서 물건을 집어던지는 소리도 들렸다. 이어폰의 볼륨을 높이면 그럭저럭 참을 수는 있다가도 예민한 날엔 창문을 벌컥 열고 조용히 하라고 소리를 지르고 싶은 충동에 시달렸다. 스토리 작가의 클레임이 부쩍 늘다보니 신경도 예민해졌다. 그러니까, 의명은 매일 창문을 벌컥 열고 '씨발, 조용히 좀 해'라고 소리 지르고 싶은 충동에 시달렸다고 말하는 것이 정확하겠다. 슈퍼 마켓에 다녀오다 절뚝거리는 할아버지를 만나면 억지로 인사를 했고 뒤돌아서면 의명의 심연 깊숙한 곳에서 살의가 끓어올랐다. 노인의 눈가에 굵은 주름 사이로 비겁함이 깊게 패어 있었다. 매일 폐지를 주우러 다니는 할머니와 어두컴컴한 방안에서 작은 등 하나를 켜고 하루 종일 무언가를 만지고 있는 저 할아버지의 더러운 러닝셔츠가 떠올라 팔에 소름이 돋았다. 진절머리 나. 불도 안 켜고 굴속 같은 집에서 종일 놀고먹기만 하는 기생충 같으니⋯. 콱 죽어버리면 좋겠어. 암적인 존재⋯ 세상 하나 쓸모없는 새끼⋯. 그녀의 머리에 온통 저주의 말로 가득 찼다.

"의명 씨, 이번 화 그림이 왜 이래요⋯?"

의명이 오랜만에 사무실에 들러 편집장과 인사가 끝나자마자 그가 물었다. 의문이 가득한 얼굴이었다.

"아⋯ 그림이 이상한가요?"

"아뇨, 의명 씨가 워낙에 작화는 잘하니까 작품 질이 떨어지거나 그런 건 아닌데, 뭐랄까."

편집장은 잠시 생각에 잠겼다.

"조금, 어두워졌달까요."

작품에 대한 지적을 받는 일은 작가에게 일상이지만 매번 적응이 안되었다. 의명의 눈에는 이전과 크게 달라진 것이 없어 보였다.

"어… 전보다 색감이 조금 톤다운 되어서 그럴까요."

"아뇨, 아뇨. 색감은 오히려 더 고급스러운 느낌이라서 맘에 들어요. 그런 거랑은 조금 다르게 뭐라고 하나…."

편집장이 손사래까지 치더니 고개를 갸웃 꺾고 한참을 생각했다.

"인물들 표정이 묘하게 달라졌다고 해야 하려나…."

의명이 편집장과 미팅을 끝내고 집에 돌아오는 길에 잡동사니로 어지러운 집 앞 주차장 어딘가에서 고양이가 발정난 소리를 냈다. 어린애가 우는 소리와도 흡사한 그 소리도 아랫집 할아버지 고함 만만치 않은 스트레스를 주었다. 그녀는 집에 오자마자 컴퓨터를 부팅하고 작업파일을 열어 자세히 들여다보았다. 의명에게는 그저 같은 인물들의 얼굴이었다. 첫 화부터 본다면 미세하게 그림체가 달라지긴 하지만 다른 작가들에 비해 변화가 큰 편이라고는 할수 없었다. 의명이 이걸 업으로 삼은 5년 동안 그림체가 안정적인 것이 최대 강점이란 이야기를 주로 들어왔기에 오늘 편집장의 이야기를 가볍게 넘길 수 없었다. 이런저런 고민을 하다가 작업을 시작했다.

"스토리 작가도 가만히 있는데 편집장이 나서서 시비야, 왜."

한참을 작업하다 보니 새벽이었다. 외출할 때 입었던 옷을 갈아입지도 못한 채였다. 작업속도가 엄청났다. 의명은 이대로면 주말은 넷플릭스를 틀어놓고 쉬어도 괜찮겠다 싶은 마음에 흡족함을 느꼈다. 주변이 고요했다. 가끔 저 멀리서 차가 지나가는 소리가 들릴 뿐 고약한 할아버지의 고함도, 고양이 울음도 취객의 주정도 들리지 않았다. 예전엔 미처 생각 못한 이런 고요함이 이토록 소중한 것이구나 하고 의명은 깨달았다.

또 꿈을 꾸었다. 집에서 청소를 하고 있는 의명 앞에 새끼 고양이 한 마리가 나타나 야옹거렸다. 귀엽게 생긴 노랑 줄무늬 고양이였다. 의명이 너는 누구니? 하고 물으니 야옹 하고 대답했다. 아기 고양이가 서툰 걸음으로 의명의 발을 타고 올라왔다. 그 모습이 너무 예뻐서 하던 청소도 내팽개치고 흐뭇하게 바라보았다. 고양이가 고개를 들어 의명을 향해 야옹야옹 울기 시작했다. 왜 그래? 배고파? 하고 물으니 야옹야옹야옹 대답했다. 뭘 줄까? 하고 물으니 야옹야옹야옹야옹 울었다. 고양이는 집요하게 의명을 바라보며 야옹거렸다. 참을 수 없는 소음이었다. 틀어막은 의명의 귓속으로 더욱 커진 고양이의 울음소리가 파고들었다. 참지 못하고 발을 들어 고양이를 걷어찼다. 작은 고양이는 힘없이 저쪽으로 나가떨어지면서도 야옹야옹 울어댔다. 누군가 문을 두드려 현관문을 열었다. 아무도 없었다. 문을 닫고 다시 돌아보니 고양이 대신 어린 남자애가 쪼그리고 앉아 고양이 같은 눈으로 의명을 바라보고 있었다. 넌 누구야! 하고 소리를 지르는 의명에게 대답 대신 아이가 작은 입을 열어 야옹야옹 소리를 냈다.

깨어났을 때 의명의 귀를 뚫고 들어온 건 고양이가 아니라 어린아이가 우는 소리였다. 할아버지의 욕설 섞인 고함은 보너스였다. 귀마개를 찾다가 귀를 틀어막고 이불을 뒤집어 써 봐도 고막을 파고드는 소리는 점점 더 의명의 뇌를 긁었다. 아이의 울음소리는 끝없이 계속되었다. 의명은 이불을 뒤집어쓰고 어떻게 하면 그 영감탱이 입을 닥치게 할 수 있을까 상상했다. 상상은 끝도 없이 치달았다. 누군가가 죽기를 이렇게 간절히 원한 적은 없었다. 머릿속 글자가 '죽어버렸으면'에서 '죽여버리고 싶다'로 변한 순간 그녀는 노인의 비열한 웃음을 떠올렸다. 아이가 울음을 넘어 괴성을 질러댔다. 의명은 눈을 꽉 감았다. 주먹이 벌벌 떨렸지만 할 수 있는 일은 아무것도 없었다.

소란이 그쳤을 땐 이미 저녁 어스름이 깔렸다. 의명은 끓어오르는 감정에 지쳐 까무룩 잠이 들었다.

보일러가 말썽이었다. 샤워를 하려고 하는데 온수가 나

오지 않았다. 의명은 찬물로 머리만 겨우 감고 슬리퍼를 끌고 도깨비 복덕방으로 향했다. 복덕방 앞에서 주인 남자가 담배를 피고 있었다. 오늘 그의 모습은 영락없는 중년 남자였다. 저 사람에게만 시간이 두 배로 흐르나 하는 생각을 하며 의명이 엉거주춤 인사를 했다.

"안녕하세요. 저 펠리치따 오피스텔 201호 이사 온 사람인데요."

들릴 듯 말 듯한 목소리였다. 도깨비가 눈을 가늘게 뜨고 잠시 의명을 바라보더니 알은체를 했다.

"아. 부엌 있는 집 구해달라던 아가씨? 그래, 그 집 가서는 밥 잘해 먹고 잘 계신가?"

도깨비는 자연스럽게 말을 놓고 있었다. 기분이 좋진 않았지만 아버지뻘이니 뭐라고 할 말이 없었다. 그냥 용건이나 해결하고 가야겠단 생각으로 입을 열었다.

"아, 아뇨. 갑자기 보일러 고장이 나서 온수가… 문제 생기면 여기 와서 얘기하라고…."

"보일러 수리기사 곧 보내줄게. 전세라 주인이 수리 못해준다고 하면 아가씨가 내야 하는 거 알지?"

의명은 당황했다. 원칙적으로 소모품은 전세 임대자의 책임이라고 하지만 이사한 지 얼마 안 되어 생긴 고장이었다. 목소리 큰 사람이 이기는 거라던 정희의 말을 떠올려 봐도 죄지은 사람처럼 의명의 목소리가 기어 들어갔다.

"예…? 보통은 주인집에서 해주던데요. 이사온 지… 얼마 되지도 않았고….."

"그거야."

도깨비는 피우던 담배를 바닥에 던지고 발로 비벼 껐다.

"주인 맘이지."

던지듯 말을 마치고 침을 탁 뱉더니 복덕방 문을 열며 안으로 들어오란 손짓을 했다.

"들어와서 차나 한 잔 하고 가."

차 같은 거 마실 기분이 아니었지만 도깨비의 말에 토를 달지 못하고 쭈뼛거리다 복덕방 안으로 들어갔다. 의명이 엉거주춤 앉은 소파는 오래되어 가운데가 패어 있었다. 도깨비는 잠깐 기다리라는 말을 하더니 책상에 앉았다. 오래된 모니터가 놓인 책상 구석엔 먼지를 뽀얗게 뒤집어쓴 목각 기러기 하나가 놓여 있었다. 칠이 다 벗겨지고 부리나 꼬리 부분이 군데군데 닳아 있는 걸 보니 아주 오래된 물건임을 짐작할 수 있었다. 이곳과 퍽 어울리지 않는 장식품이었다. 두리번거리는 의명의 눈에 계약서를 쓰던 날에는 있는지도 몰랐던 이상한 그림도 눈에 띄었다. 커다랗게 호를 그리고 있는 바닷가 저편 언덕 위에 하얀 집이 있는 그림이었다. 하늘에는 구름이 가득이었는데 이 아무것도 아닌 그림이 의명에게 뭔가 이상한 느낌을 주었다. 한참 그림을 바라보다 도깨비가 내어준 뜨뜻미지근한 믹스 커피를 들고 훌짝이며 조심스레 말을 꺼냈다.

"저… 아랫집 때문에 미치겠는데 어떻게 안 되나요? 주차장이며 뒷마당에 쌓아놓은 쓰레기 때문에 죽겠어요."

모니터를 들여다보던 도깨비가 고개를 들어 의명을 보더니 의자 등받이에 몸을 기대며 고개를 흔들었다.

"그 집이 좀 심란하긴 하지. 그래도 복덕방 주인한테 그걸 하지 말라고 할 능력이 있겠나? 거긴 구청에서도 두손두발 다 들었지. 고물 주워다 입에 풀칠하는 노인네한테 당장 때려 치우고 굶어 죽으라고 할 거야 어쩔 거야."

도깨비가 난감하다는 듯 손사래까지 쳤다. 어쩔 수 없다는 듯이 말했지만 재미있는 일이라도 본 듯한 어린아이 같은 표정이었다. 의명은 부아가 치밀어 올랐다.

"그, 그 집 혼자 독점하는 마당이 아니잖아요. 게다가 그 집 할아버지가 매일 소리를 질러서 자다가 깨는 게 한두 번이 아니라고요."

순간이지만 도깨비의 눈에 기묘한 미소가 스쳤다.

"노인네가 소리를 지른다고?"

"네. 진짜 죽을 거 같아요."

"시끄럽단 말이지…."

그가 턱을 괴고 서성댔다. 웃는 건지 화난 건지 알아볼 수 없는 얼굴이었다. 해결책까진 아니어도 중재 정도는 해줄 수 있는 게 아닌가 싶어 용기를 쥐어짰다. 의명의 심장은 가슴 밖으로 튀어나올 듯이 쿵쾅거렸다.

"없던 불면증이 생겼어요. 제대로 잔 게 언제인지 기억
도 안 나요. 그 사람들만 사는 집도 아니고, 이제 손자까지
합세해서 소리 지르고 울고 아주 난리에요."

"그 집 손주? 손주가 와 있나?"

도깨비의 표정이 일순간 굳었다. 그의 심각한 표정을 보
며 의명은 말실수라도 한 걸까 걱정이 되었다. 잠시 생각
에 잠기던 그는 억지스러운 미소를 띠며 너스레를 떨었다.

"거참. 손주가 왔으면 미리 얘길 해줘야지. 손자도 수도
요금을 내야 하는데. 좀 경우가 없어, 그 사람들이. 말을 해
도 들어먹질 않고, 규칙이라고는 아주 손톱만큼도 모르는
사람들이야. 목청은 좀 커? 나도 귀청이 떨어지는 줄 알았
다니까? 아, 뭐, 암튼."

표정도 억양도 몸짓도 지나치게 과장되어 우스꽝스러
울 지경이었다. 그는 잠시 말을 멈추더니 누가 보아도 어
색하고 급하게 말을 마무리 지었다.

"아가씨가 참아야지 어쩌겠어. 불쌍한 노인네들이니 참
아요."

의명의 눈에 도깨비의 얼굴이 아까보다 조금 젊어 보였
다. 도무지 나이를 가늠할 수 없는 이상한 얼굴이었다. 얻
은 거 하나 없이 복덕방을 나서는 의명에게 도깨비가 큰
소리로 말했다.

"뻬르 라 펠리치따Per la felicità!"

보일러는 작은 부품이 말썽이었다. 큰 금액이 들진 않지만 계약서 대로 세입자가 부담하라고 연락이 왔다.

"전세잖아. 이런 게 싫으면 월세로 돌리자네?"

도깨비는 이렇게 말을 전했다. 의명은 점점 이 집에 정나미가 떨어지는 기분이었다. 안락하게 느껴졌던 침대가 점점 잠들기 싫은 공간이 되었다. 악몽을 꾸다가 갑자기 들리는 고성이나 아이 울음소리에 깨는 그 기분이 싫어서 커피를 부어 넣듯 마시고 작업을 하는 일이 잦아졌다. 카페인 음료의 빈 캔이 책상 옆에 일렬로 늘어서 있었다. 수면시간이 줄어드니 작업량이 많을 수밖에 없고, 의명의 통장 잔고는 조금 늘고 살은 3킬로가 빠졌다. 갑자기 편집장이 연락해 사무실로 부르더니 안 그래도 부리부리한 눈을 더 동그랗게 떴다.

"무슨 일 있어요? 얼굴이 왜 그래요?"

"잠을 잘 못 자서…."

"의명 씨, 작업하는 게 많이 힘들어요, 요즘?"

편집장은 그녀의 눈치를 살폈다. 의명은 아랫집 할아버지 때문에 돌아버릴 지경이라고 소리를 지르고 싶은 걸 가까스로 참았다.

"스토리 작가한테 연락이 왔는데 더 이상 같이 작업할

수 없겠대요. 말랑거리는 로맨스에 어울리지 않게 인물들이 곧 죽어버릴 거 같은 표정을 하고 있다고. 최대한 빨리 완결 짓고 계약 마무리하자고 하더라고요. 사실 꽤 전부터 불만을 표출했어요. 직접 말하기 뭐하다고 저에게 대신 전해달라더군요. 의명 씨 그림이 뭔가 많이 어두워지고 무거워진 건 사실이거든요."

웹툰을 빨리 끝내려다보니 이야기가 억지스럽게 진행됐다. 갑자기 주인공이 불치병에 걸려 죽으면서 끝나버리는 바람에 우울한 표정만 그려도 이상할 게 없었다. 의명이 허둥지둥 끝내는 마지막 회 작업을 하는 동안에도 아래층에서는 아이 울음소리와 할아버지의 고성이 계속됐다. 지긋지긋한 그 소리가 들려올 때면 단전 저 아래에서 뜨거운 것이 치밀어오르는 느낌이 들었다. 자기도 모르게 눈물이 뚝뚝 떨어졌다. 빨리 끝내고 조금 쉬어야겠단 생각으로 좀처럼 책상에서 일어나지 못했지만 자꾸만 눈물이 나와서 작업속도는 더뎠다. 이른 새벽까지 작업을 하다 깜빡 잠이 든 모양이었다. 부스스 고개를 들어 입가에 흐른 침을 닦아내고 모니터를 본 의명이 소리를 질렀다. 주인공이 병원에서 죽어가는데 만화 속 인물들이 모두 입꼬리를 올리고 웃고 있었다. 눈엔 살기가 가득했다. 그려 놓은 인물들의 얼굴에 익숙한 표정이 숨어 있었다. 소름 끼치는 아랫집 할아버지의 얼굴이었다. 여전히 아랫집에서 할아버지의 악다구니와 함께 아이 울음소리가 들려왔다.

의명은 다 그려 놓은 만화를 수정하느라 이틀을 꼬박 소비했고 포털에 올라오자마자 달린 온갖 악플에 치를 떨었다. 맨정신으로 도저히 잠을 잘 수가 없어서 영일 슈퍼에 가서 소주를 두 병 샀다. 의명이 소주를 집어 드는 동안 입구 쪽의 계산대에선 고등학생으로 보이는 남학생 하나와 주인 할머니가 실랑이를 벌이고 있었다.

"이놈아. 고등학생이 무슨 담배야. 안 팔아."

"에이 할머니. 아빠 심부름이라니까요. 일하고 오셔서 피곤하시다고 저한테 사오래요."

"만규 넌 맨날 똑같은 핑계만 대냐. 안된다고 암튼. 신고 들어가면 내가 벌금 내야 해. 너네 아빤 집에도 잘 안 들어오는데 무슨 아빠 심부름이래. 아빠더러 내려와서 사라고 해 이놈아."

"에이. 저 누나한테 한 번만 봐달라고 하면 되죠. 누나, 신고 안 하실 거죠?"

학생은 변죽도 좋게 활짝 웃으며 의명에게 물었다. '아니, 난 너 신고할거야'라고 할 수도 없어서 의명은 못이기는 척 고개만 끄덕였다.

"할머니, 신고 들어가면 저 누나가 한 거니까 저 누나한테 따져요. 알았죠?"

　남학생은 담배 하나를 들고 지폐와 동전을 테이블에 던지듯 놓더니 문밖으로 휑하니 사라졌다. 문밖에서 꾸벅 인사를 하는 남학생을 향해 '저놈이'라고 앓는 소리를 낸 슈퍼 할머니가 괜한 헛기침을 하며 의명을 흘긋거렸다.

　"흠흠. 젊은 처녀가 아침부터 웬 술이야?"

　겸연쩍게 말을 붙여왔다. 영일 슈퍼는 거의 단골 장사라오는 사람들 대부분이 가족처럼 허물없이 드나드는 터라 그 흔한 '어서오세요'라는 말을 듣기 힘든 가겟방이었다. 몇 번 드나들어 낯이 익었다고 참견을 하는 모양이었다.

　"아…. 잠 좀 푹 자려고요."

　"왜, 무슨 고민이라도 있어?"

　불편한 참견이었다. 보통 때 같으면 그냥 얼버무리고 나왔겠지만 누구라도 붙잡고 하소연하고 싶은 요즘이라 의명의 입에서 말이 술술 나왔다.

　"아랫집이 너무 시끄러워요. 허구한 날 소리 지르고 울고…. 고물은 왜 또 그렇게 쌓아 놓는지. 동네 사람들이 쓰레기장인 줄 알고 집 앞에 온갖 잡동사니를 다 갖다버려서 집이 아니라 폐허 같아요. 정말 너무 힘들어요."

　"아이고. 여기 외국인 노동자들이 많아서 동네가 좀 험하긴 해. 중국인들 목소리가 좀 커? 우리도 윗집에 세를 놨는데 목청이 얼마나 큰지 아주 깜짝깜짝 놀란다니까."

"모르긴 해도…. 우리 아랫집보단 조용할걸요."

왈칵 눈물이 고였다. 슈퍼 할머니에게 하소연을 해도 의명의 마음이 풀리지는 않았다. 힘없이 소주병이 든 봉지를 들고 나가는데 그 뒤통수에 대고 할머니가 물었다.

"아가씨는 어디 살아?"

의명은 할머니를 뒤돌아보고 잠시 고민했다.

"저 아래 사거리 챠밍 미용실 뒤에 있는…. '빌라'요."

소주병이 든 검은 비닐봉지를 들고 터덜터덜 걷는 의명의 시야에 멀리 우중충한 건물이 보였다. 옆 건물 모퉁이에 자리한 미용실의 키가 큰 미용사가 심드렁한 표정으로 가위질을 하다 의명과 눈이 마주쳤다. 미용사는 누가 보아도 가면 같은 미소를 살짝 짓더니 이내 가위질에 몰두했다. 의명은 미용사의 뒤통수를 멍하니 바라보다 정신을 차리고 컴컴한 동굴 같은 오피스텔 입구에 들어섰다. 주차장에 산처럼 쌓아놓은 온갖 고물들 한쪽에 웬 남자아이가 서 있었다. 네다섯 살쯤 되었을까. 아랫집에서 거의 매일 들리는 울음소리의 주인공이었다. 아이는 팬티차림이었다.

"… 안녕?"

허름한 옷차림의 아이는 겁먹은 얼굴로 의명을 쳐다보기만 했다. 많이 따듯해졌다 해도 속옷 차림으로 돌아다닐 날씨는 아니었다. 아이의 허벅지에 시커먼 멍이 눈에 들어왔다. 의명이 해줄 수 있는 것은 없었다. 무기력하게 집에 들어와 소주 몇 잔을 마시고 잠을 청했다. 제발 푹 잘 수 있기를 기도하면서.

잠에서 깼을 때 머리는 깨질 듯이 아팠다. 빈속에 마신 술 덕에 속이 쓰려왔다. 아랫집에선 노인네가 또다시 발광이었다. 아이 우는 소리가 집 안의 공기를 가득 채웠다. 의명은 아까 본 아이의 눈동자를 떠올렸다. 커다란 눈동자는 세상의 슬픔을 그대로 담고 있는 듯 서글펐다. 그건 어린아이가 가져서는 안 되는 눈이었다. 아이의 눈망울 안에 의명의 모습이 보였다. 의명의 아버지는 가난한 집에서 태어나 겨우 중학교를 졸업하고 온갖 험한 일을 전전하다 스무 살 후반에서야 버스 운전을 시작해 중매로 결혼을 해서 의명을 낳았다. 성실했지만 배움이 짧은 게 한이었던 의명의 아버지는 어느 날 술에 취해 들어와 곤히 자는 딸을 깨워 앉혀 놓고 구구단을 외우게 했다. 어린 의명이 외우라는 구구단은 외우지 않고 졸린 눈을 껌뻑거리자 아버지는 옆에 놓인 플라스틱 바가지를 집어 딸의 머리를 내리쳤다. 분홍빛 바가지의 파편이 여기저기 튀고 아버지는 엉엉 우는 딸에게 커서 뭐가 되려고 그러냐고 소리를 질렀다. 의명이 초등학교에 입학한 지 두 달 만의 일이었다. 이후로도 아버지는 술에 취해 들어온 날이면 종종 자는 딸을 깨워 구구단을 외워보라고 다그쳤고 그럴 때마다 멀쩡히 외우던 구구단이 머리에서 하얗게 지워졌다. 아버지는 커서 뭐가 되려고 그러냐고 매번 소리를 질렀다. 어느 날 보다 못한 어머니가 주방에서 들고 온 후라이팬을 휘두르며 애가 지금 중학생인데 구구단 타령 좀 그만하라고 악을 쓰며 대든 후에야 의명은 지긋지긋한 구구단 타령에서 벗어날 수 있었다. 그 분홍색 바가지가 의명의 머리에 부딪혀 사방에 튀듯이 가슴속에서 무언가가 치밀어오르는 것이 느껴졌다.

"아가리 닥쳐! 조용히 좀 하라고! 애는 왜 자꾸 패고 지랄이야? 내가 경찰에 신고할 거야! 여기 너 혼자 사는 줄 알아? 조용히 좀 하라고, 조용히!"

의명이 자기도 모르는 새에 창문을 열고 악을 쓰고 있었다. 사방이 고요해졌다. 참았던 소리를 지르고 나니 두통이 사라졌다. 아직 소주의 취기가 남아 몽롱했다. 의명은 다시 이불을 덮고 깊은 잠이 들었다.

오랜만에 푹 자고 일어나니 살 거 같은 아침이었다. 참을 수 없는 허기가 몰려왔다. 의명은 갑자기 갓 지은 흰 쌀밥에 통조림 햄을 얹어 먹고 싶어 견딜 수 없었다. 헝클어진 머리를 대충 고쳐 묶고 슬리퍼를 꿰어 신고 슈퍼로 향하는 의명은 그 사이 살이 좀 더 빠져 핼쑥한 모습이었다. 라면 몇 봉지와 통조림 햄과 콜라를 들고 계산대에 갔더니 주인 할머니가 말을 붙여왔다.

"아가씨 저번에 어디 산다고 했었지?"

"저 아래 미용실 옆에 있는 펠리치따… 오피스텔요."

의명이 민망한 웃음을 지었다. 펠리치따 오피스텔이란 이름을 알긴 알려나. 거창한 그 이름을 남에게 말하면 이렇게도 창피한 거였구나 생각했다. 할머니는 고개를 갸웃거리며 입을 달싹거리다 물었다.

"저 아래 살구색 건물 맞지?"

"…네."

"그 살인사건 났던 그 집인가?"

"…네?"

의명이 놀라 큰 소리를 냈다. 눈이 튀어나올 것처럼 놀란 의명은 신경도 쓰지 않는다는 듯 슈퍼 할머니가 고개를 갸웃거렸다.

"그 근처 어딘가에서 살인사건이 났었어. 경찰차 오고 난리였었지 뭐야. 누가 죽었다더라…. 남자가 부인을 죽였다던가, 애를 죽였다던가…. 아이구. 오래되니 기억도 가물가물하네."

의명은 무서워졌다. 좁고 오래된 골목길은 지금 사건이 터져도 이상할 것이 없을 정도로 음침했다. 당장이라도 이사를 가고 싶지만 원룸으로 돌아가기엔 늘어난 짐이 부담이었다. 집에 와 밥을 짓고 통조림 햄을 구우면서도 계속 고민했다. 마음이 제자리에 있지 못하고 어디론가 휙 날아갈 것처럼 불안했다. 흰 쌀밥에 햄을 얹어 배부르게 밥을 먹고 눕자 그래도 깃털 하나만큼은 고민의 무게를 덜어낸 기분이 들었다.

눈을 떴다. 방이 어두운 걸 보니 밤이었다. 사방이 고요했다. 부스럭거리는 소리 하나 없는 완벽한 정적이 이렇게도 좋다니. 의명은 가만히 누워 매끈한 고요를 즐겼다. 사람다운 삶에 반걸음 다가섰던 그때의 만족감을 생각하면 그럭저럭 견딜만하지 않을까 하는 생각이 들었다. 오랜만에 좋은 컨디션으로 수월하게 작업했다.

의명이 정신없이 작업을 하고 있을 때, 곧 숨넘어갈 것 같은 아이의 울음소리가 들렸다. 심장이 쿵 하고 저 심연으로 떨어졌다. 순식간에 그녀의 손에 들려 있던 타블렛 펜이 두 동강 났다. 내 안락한 보금자리는 저 괴물이 다 망쳐놓은 거다. 저 새끼만 사라지면 내가 행복할 텐데. 서럽게 울고 있는 저 아이도 행복할 텐데. 의명은 저 괴물의 아가리를 찢어버리고 고요를 되찾고 싶었다. 급하게 서랍을 뒤져 망치를 꺼냈다. 그녀의 손에 들린 망치 끝이 바들바들 떨렸다. 숨이 턱에 찼다. 심장 소리가 바깥의 소음을 뚫고 크게 들리는 것 같았다. 맨발로 아래층까지 뛰어 내려가 101호 문 앞에 서자 너머에서 들리는 아이의 울음소리와 영감탱이의 욕설에 의명의 온몸이 떨렸다.

"문 열어!"

악을 썼다. 악을 써도 아이의 울음과 노인네의 욕설은 그칠 줄 몰랐다. 의명의 명치 끝에서 불덩이가 치밀어 오는 기분이었다.

"열어! 열라고! 이 개새끼야! 문 열어!"

정신없이 소리를 질러도 아무도 대꾸하지 않았다. 이 문을 열고 저 할아버지의 다리라도 부러뜨려버려야 속이 시원할 거 같은 마음이 걷잡을 수 없이 커졌다. 망치로 문을 내리치자 철문에 부딪힌 반동으로 손바닥이 얼얼했다. 두 손으로 망치를 고쳐 잡고 재차 내리쳤다. 문 한가운데가 망치 모서리만큼 파이기 시작했다. 손잡이를 내려치자 고집스러운 은색 손잡이가 덜컹거렸다. 몇 번을 더 내리치니 덜렁거리며 문에서 떨어져 나왔다. 의명이 우악스럽게 잡아 뜯어내고 문을 열었다.

집 안은 어두웠다. 텅 빈 어둠 속에는 할아버지도 어린 아이도 없었다. 눈앞에는 악취를 풍기는 할머니의 시신만이 덩그러니 놓여 있을 뿐이었다.

# 꿈

챠밍은 희부옇게 밝아오는 아침에야 뻑뻑한 눈을 비비며 퇴근했다. 밤새도록 손님이 들락거렸지만 아주 좋은 수면 구슬은 얻지 못했다. 죽을 수도 없는데 죽을 것 같이 힘들다는 생각에 오늘은 가지고 있는 것 중에 가장 좋은 구슬을 사용하리라 다짐했다. 계단을 올라가다가 3층에서 101호 아이와 마주쳤다. 아이는 속옷 차림으로 떠돌다 챠밍을 보더니 302호 벽 속으로 사라졌다. 아이를 부르고 싶었지만 피곤해서 말이 나오지 않았다. 안쓰러운 마음과 피곤한 몸은 원하는 바가 달랐다. 입에서 단내가 나도록 지친 몸뚱이를 끌고 도착한 허름한 한 칸 짜리 방은 사람이 사는 건가 싶게 온기가 없었다. 챠밍이 이곳에 머무르는 시간은 길지 않았다. 잠시 눈을 붙이기 위한 공간을 꼭 유지해야 하나 생각한 적도 있지만 일 년 삼백육십오 일 미용실에서 한 발자국도 떠날 수 없다고 생각하면 소름 돋도록 끔찍한 일이었다.

작은 나무 상자 안에는 탁구공보다 작은 구슬이 열 개 남짓 굴러다녔다. 개중 가장 맑고 투명한 것으로 골라 들고 침대 위에 누워 심호흡했다.

"아… 제발 길게 자자… 제발."

챠밍의 손에 들린 구슬이 가볍게 부서졌다. 부서진 구슬 안에서 희미한 연기 같은 것이 피어올라 챠밍의 콧속으로 들어갔다. 그녀는 금세 깊은 잠에 빠져들었다. 짧은 단잠이 끝나면 언제나처럼 일상이 시작될 것이다. 너무 오래 반복되어 끝나지 않는 악몽 같은 일상이었다.

오늘은 그 일상에 균열이 생겼다. 챠밍이 잠에서 깼을 때 열한 시가 훌쩍 넘은 시간이었다. 평소보다 훨씬 긴 잠을 잔 덕에 미용실 오픈 시간을 지나버렸다. 서둘러 미용실 셔터를 올리고 문을 열자 기다렸다는 듯 아까부터 맞은편 골목에서 목을 빼고 밖을 내다보던 비너스 호프집 여자가 쫓아왔다.

"자기가 웬일이야. 열한 시가 지났는데도 출근을 안 해서 걱정했잖아."

여자는 궁금해서 못 견디겠다는 표정이었다.

"늦잠 잤어."

비너스 호프가 눈을 휘둥그레 떴다. 별명이 따발총일 만큼 말발이 좋은 그녀가 입을 쩍 벌리고 한동안 말을 더듬을 정도로 놀란 모양이었다.

"내… 내가 이십 년 동안 자기 늦잠 자는 거 처음 봤잖아. 어머, 어머, 어디 아픈 건 아니고?"

"아냐, 아프긴."

비너스 호프는 심드렁한 챠밍의 대답에도 굴하지 않고 호들갑을 떨었다. 그리고 기회라도 잡은 것처럼 화색을 띠고 속내를 드러냈다.

"그러게 내가 나이에 장사 없다고 했지? 갱년기에 태반 주사가 그렇게 좋다더라. 자기도 나 따라 요 앞 가정의학과 한 번 가자. 피부관리도 같이 받고."

"난 그런 거 안 해도 돼."

"그런 거 안 해도 되는 사람이 세상에 어딨니? 나이 먹으면 하느님보다 의느님이 더 필요하다잖아. 그러지 말고 행사할 때 나랑 같이 가자니까?"

"노땡큐. 지물포랑 가, 지물포랑."

"아유, 그 여잔 너무 말이 많아서 같이 다니기 불편하다니깐. 혼자 가면 혼자 갔지 지물포랑은 싫어."

챠밍은 웃음이 나는 걸 참았다. 비너스 호프와 지물포의 사이로 말하자면 만나면 세상 반갑다고 수선을 피우다가 뒤돌면 서로를 흉보기 바쁜, 수다스럽기로는 이 동네에서 타의 추종을 불허하는 쌍두마차 같은 사이였다. 둘은 서로를 불편해했는데, 챠밍이 보기엔 둘 다 상대방이 말할 때 치고 들어가기 위해 신경을 곤두세우고 있느라 서로 피곤했기 때문인 듯했다. 비너스 호프는 몇 번이나 챠밍을 조르다 넘어오지 않자 아쉬운 듯 콧방귀를 뀌며 커피믹스를 탔다. 비너스 호프의 주된 대화 주제는 주로 남편 흉보기, 얼마 전 얻은 큰며느리 흉보기, 대기업에 취직한 딸 자랑이었다. 그녀는 커피가 식을 때까지 수다를 떨다가 가게 문을 열 시간이 되었다며 종이컵 안의 액체를 목구멍에 들이붓고 나섰다. 챠밍은 뒤뚱거리는 여자의 뒷모습을 바라보다 이마를 짚었다. 두통이 심했다. 금고 밑 서랍에 있던 진통제를 꺼내 입에 털어 넣었다. 날씨까지 우중충해서 몸이 물에 젖은 솜처럼 무거웠다. 비가 올 것 같았다. 날씨 탓인지 골목엔 인적조차 드물었다. 검은 고양이 한 마리가 텅 빈 골목을 어슬렁대다가 멈춰 서서는 챠밍 미용실을 향해 야옹 울더니 유유히 발걸음을 옮겼다. 챠밍이 황급히 미용실 문을 열고 휘파람을 불었다. 걸음을 멈춘 고양이는 귀찮다는 듯 뒷발로 귀를 긁고 나서 미용실 문 안으로 어슬렁대며 들어왔다. 낡은 소파 위로 폴짝 올라간 고양이가 비스듬히 누워 앞발을 핥으며 사람의 귀로는 들을 수 없는 말을 했다.

— 바쁜데 왜 불러?

"네가 바쁘긴 뭐가 바빠?"

— 난 고양이야. 낮엔 자는 게 일이라고. 낮잠 자러 가는 길이었어.

"그래. 바쁜데 불러서 미안하다, 미안해."

— 할 말이나 해.

챠밍이 잠시 망설였다. 플루토가 재촉하듯 맑고 투명한 눈을 들어 챠밍을 올려다보았다. 반구형 눈은 신비로운 빛이 가득했다.

"너는, 꿈을 꿔?"

— 말이라고 해? 고양이는 깊은 잠을 잘 수 없게 태어났어. 하루 대부분의 시간을 자면서 보내고 자는 시간의 대부분은 꿈을 꾼다고. 인간들이 그걸 모른다는 게 어이가 없네.

플루토는 고개를 절레절레 흔들었다. 제멋대로에 자기중심적 사고를 가진 고양이지만 영물이었다. 그는 이 동네 고양이들과는 거리를 두고 혼자 지내면서 신들의 심부름을 해주고 지냈다. 드물게는 판의 전갈을 대신 전해줄 때도 있었다.

"그럼, 혹시 계약자가 꿈을 꾼다는 얘길 들어본 적은 있어?"

— 아니. 판과 계약한 자가 꿈을 꾸는 건 불가능해.

"만약, 꿈을 꾼다면?"

플루토는 고개를 갸웃거리며 몸을 일으켰다. 앞다리를 쭉 펴고 우아한 몸짓으로 소파에서 뛰어내리더니 문 앞에서 앞발을 들어 어서 열라는 듯 문을 긁었다.

— 불가능하다니까. 만약 꿈을 꾼다면 내가 아니라 신한테 물어야지. 수면 구슬이 제대로 역할을 못한다는 건데. 불량품 아니냐고 따져봐. 난 너무 졸려서 아지트로 가야겠어. 난 고양이니까.

플루토가 떠난 후에도 미용실엔 손님이 없었다. 챠밍은 멍하니 소파에 앉아 손에 든 휴대폰을 노려보았다.

"…해, 말아?"

챠밍은 오늘 아침 두 번째로 꿈을 꾸었다. 처음엔 꿈인지 옛날 기억인지 확실치 않았지만 오늘 아침엔 분명히 꿈이었다. 너무도 선명해서 시간을 거슬러 올라가 다시 그 자리에 있는 것 같았던 꿈이었다. 꿈은 다시는 볼 수 없는 그리운 이를 다시 만날 수 있는 유일한 방법이었다. 꿈을 꿀 수 있다면 이대로도 괜찮지 않은가 잠시 생각했다. 하지만 그대로 두는 것이 정말 나은 일인지 확신할 수는 없었다. 챠밍은 도깨비의 얼굴을 떠올렸다. 분명히 그는 세상 무너진 얼굴을 하고 판에게 끌고 갈 것이다.

그때 마침 미용실 도어벨이 짤랑거리며 손님이 들어오는 바람에 고민은 일단 접어두었다. 주말이라 손님이 많았다. 정신없이 일하는 동안 꿈 생각은 중요하지 않게 느껴졌고 도깨비에게 말했다가 벌어질 일들이 슬그머니 귀찮아졌다. 그곳은 너무 멀고, 너무 피곤한 곳이었다. 빌어먹을 판의 얼굴도 마주하고 싶지 않았다. 여느 때보다 바빴던 산 자의 시간이 끝나고 죽은 자의 시간이 끝날 무렵엔 지칠대로 지쳐서 죽어도 그곳엔 못 가겠다고 생각했다.

　새벽이 끝나갈 무렵 챠밍은 피곤한 몸을 이끌고 미용실 셔터를 내렸다. 그리고 언제나처럼 온기 없는 옥탑방에서 수면 구슬로 하루의 고단함을 달랬다.

# 해피

잘린 다리가 욱신거렸다. 피는 멎은 듯했지만 통증은 더욱 심해졌다. 춥고 배고픈 겨울이 지났으나 깊은 산속까지 봄이 다다르지 못했다. 늙은 개는 야산을 뒤지며 먹이를 찾다 고기를 발견했다. 살아온 날만큼 지혜로운 개였지만 오래 굶은 탓에 성급했다. 고기를 입에 물자 철컹하고 스프링이 튕기며 늙은 개의 왼쪽 앞발을 덮쳤다. 온 힘을 다해 다리를 빼내려고 용을 써보았지만 오랜 들개 생활로 바짝 말라 가느다란 다리는 악어 이빨만큼이나 단단한 쇳덩이에게 붙들렸다. 늙은 개는 젖 먹던 힘까지 짜내어 겨우 다리를 빼냈으나 부러진 뼈 아랫부분은 덫 근처에 떨어졌다. 개는 숨 막히는 고통을 참으며 남은 세 다리로 힘들게 달렸다. 한참을 달리다 지쳐 멈춘 그 자리에 털썩 주저 앉고 나니 이렇게 될 바엔 고기라도 입에 물고 올 걸 하는 후회가 밀어닥쳤다. 잘린 다리의 고통과 오랜 허기의 고통 중 어느 것이 우선인지 몰랐다. 피를 많이 흘려 갈증까지 더해졌다. 힘들게 몸을 일으키자 눈앞이 번쩍이는 것 같은 통증이 쏟아졌다. 겨우 정신을 차렸을 땐 다시 누운 상태 였다. 안간힘을 썼다. 성하지만 성하다고 볼 수 없는 세 다 리로 절뚝이며 걸었다. 눈이 녹아 작은 웅덩이가 생긴 곳 은 질척였다. 더러운 물이어도 늙은 개의 갈증은 풀어줄 수 있었다. 한참 물을 핥다가 진창이 아닌 곳까지 겨우 움 직였다. 갈증은 조금 풀렸지만 이번엔 한기가 몰려와 온몸 이 사시나무처럼 떨렸다.

눈을 떴을 땐 밝은 보름달이 떠 있었다. 잠이 든 건지 기 절을 한 건지 몰랐다. 다만 기운이 없고 추위와 배고픔과 통증이 더 심했다. 숨이 가빴다. 늙은 개의 몸은 열이 펄펄 끓었다. 심한 갈증이 개를 괴롭혔지만 옴싹달싹 할 수 없 었다. 눈을 뜨고 있는 것조차도 필살의 의지가 필요했다. 구름 한 점 없는 맑은 하늘이었다. 상쾌한 밤공기 사이로 별들이 촘촘히 박혀 반짝이고 달은 하늘 가운데에서 늙은 개를 내려다보고 있었다. 눈곱이 덕지덕지 낀 눈가가 축축 하게 젖었다. 참기 힘든 고통이 극에 달했을 때 늙은 개는 아주 작은 소리로 하울링을 했다. 낮고 구슬픈 소리가 어두운 산자락에 울려 퍼졌다. 자신에게 바치는 장송곡이었다. 둥근 달이 점점 커지며 늙은 개에게 내려오듯 그의 시야를 덮었다. 고통이 수그러들었다. 불덩이 같던 몸뚱이는 차갑게 식어갔다. 차가운 들판에 초라하게 누운 몸은 온갖 병과 기생충이 들끓었다. 덫에 다리가 잘리지 않았어도 그리 오래 버티진 못했을 것이다. 육신을 벗어난 영혼은 너무도 가뿐해서 왜 그렇게 오랜 시간 고통뿐인 육신을 이끌고 다녔는지 회의가 들 정도였다. 배가 고프지도 않고 목이 마르지도, 춥지도 않았다. 다리를 절지도 않았다.

늙은 개의 영혼은 걷기 시작했다. 떠돌이 개로 마감한 삶은 죽어서도 마땅한 목적지가 없었다. 그저 걷고 또 걷는 것 말고 달리 할 것이 없었다. 산 아래로 내려오자 인간들의 마을이 보였다. 인간이 사는 곳은 어두운 숲보다 밝았다. 새벽인데도 불 켜진 집들이 드문드문 보였고 간혹 보이는 사람들은 새벽공기를 가르고 어디론가 바삐 걸어갔다. 늙은 개는 사람이 보일 때마다 흠칫 놀라 도망을 가다가 이내 깨달았다. 자신은 이미 죽었고 사람들의 눈에 보이지 않았다. 그러니 놀라 도망칠 필요도 없었다. 목줄 없는 대형견은 사람들의 적이었다. 처음에는 통행량이 그리 많지 않은 휴게소 근처에서 머물렀다. 개의 덩치는 너무나 컸다. 앞발을 번쩍 올리면 성인 남자의 어깨를 훌쩍 넘었고 그때만 해도 윤기 있는 황갈색 털과 탄력 있는 다리가 훨씬 더 위협적으로 보이던 시절이었다. 먹을 것이 있을까 싶어서 서성였을 뿐인데 사람들은 돌을 던지고 잡아 가두려 했다. 신고를 받은 소방관이 커다란 그물을 던진 적도 몇 번 있었다. 개는 영민하고 민첩했기에 돌과 그물을 피해 점점 더 사람 발길이 닿지 않는 산속으로 들어갔다. 숲은 평온하였지만 춥고 배고팠다. 개는 사고로 죽을 때까지 굶주림을 참으며 들개로 살았다. 그리고 죽어서야 사람을 피하지 않아도 되는 존재가 되어 사람의 동네를 마음껏 걸을 수 있게 되었다.

한참을 걸으며 가끔 보이는 사람들을 구경했다. 이젠 가까이 다가가서 냄새를 맡아도 아무도 겁을 내거나 쫓아내지 않았다. 어디까지 걸어야 하는 걸까 하는 의문이 들 즈음 멀리서 환하게 빛나는 푸른색 간판을 보았다. 늙은 개는 사람들의 글자를 몰랐지만 그 환한 빛이 따스해 보였다. 이젠 사람을 피해 도망 다닐 필요가 없으니 저기 잠깐 들어가도 괜찮겠다는 생각이 들었다. 문에 코를 박고 머리에 힘을 주자 문이 살짝 열렸다. 몸을 밀어 넣는 동안 짤랑거리는 소리가 났다.

"에그머니!"

머리를 부풀려 올린 중년의 여자가 화들짝 놀라 벌떡 일어섰다. 이 사람은 내가 보이는 구나. 늙은 개는 잔뜩 긴장해서 털이 곤두섰다. 뭐라도 던지면 있는 힘껏 문을 밀어서 밖으로 도망치려고 네 발에 힘을 팍 줬다. 여자는 벌떡 일어나 늙은 개와 최대한 멀리 떨어진 곳으로 도망가더니 벽에 등을 대고 전화기 버튼을 눌렀다. 여자의 손이 부들부들 떨렸다.

"도… 도깨비. 미용실로 와 빨리. 얼른… 아 몰라! 나 지금 죽을지도 몰라… 얼른 와! 이유 묻지 마! 그 시간에 뛰어!"

늙은 개와 미용실 여자와의 긴장감 넘치는 대치는 한 남자의 등장으로 일단락되었다. 챠밍 미용실 문을 벌컥 연 도깨비가 다그쳤다. 얼굴이 하얗게 질린 여자는 챠밍이었다.

"왜? 또 꿈이라도 꾼 거야?"

숨도 고르지 못한 도깨비가 챠밍의 손가락을 따라 시선을 돌렸다. 그곳엔 덩치가 크고 털이 누런 개 한 마리가 겁에 질린 채 서 있었다. 맥이 풀린 도깨비가 어깨를 축 늘어뜨리며 바닥에 주저앉았다.

"너 지금, 이 개 한 마리 때문에 자는 사람… 어, 자는 날 깨운 거야? 뭔 큰일이라도 난 줄 알고 잠옷 바람으로 뛰어왔는데."

"저게 어디 개야? 송아지지. 저렇게 큰 개가 문을 막고 있는데 어떡해. 이 좁은 가게에서 도망갈 곳도 없고. 내가 신보다 무서워하는 게 개라구."

챠밍은 눈물까지 글썽거렸다. 도깨비는 조심스럽게 늙은 개 쪽으로 다가가 한쪽 무릎을 굽혀 앉았다. 잔뜩 긴장한 늙은 개는 의심 가득한 눈으로 도깨비를 경계했지만 그가 천천히 턱 밑에 손을 넣고 긁어주자 눈을 지그시 감았다. 개를 포함한 모든 동물을 싫어하는 챠밍은 여전히 늙은 개에게서 멀찍이 떨어져 있었다.

"순한 놈이네. 주인 없이 떠돌던 개 같은데?"

늙은 개가 가만히 손길을 받아들이자 도깨비는 양손으로 개의 목덜미와 머리를 쓰다듬었다. 도깨비의 얼굴은 좀처럼 보기 힘든 미소가 가득했다. 오랜만에 느껴보는 사람의 손길이 그리웠는지 늙은 개도 천천히 꼬리를 흔들었다.

— 옛날엔 주인이 있었어. 나한테도.

챠밍과 도깨비가 깜짝 놀라 모든 행동을 멈췄다. 영문을 모르는 늙은 개는 계속해서 꼬리만 흔들었다. 두 사람은 서로 눈을 마주 보았다.

"쟤, 영물이 되었구나?"

챠밍의 말에 도깨비가 고개를 끄덕이며 호응했다.

"그러네."

— 영물이 뭐지?

늙은 개가 생각했다. 십 년이 넘는 오랜 세월 산과 들을 쏘다니며 별과 달과 해와 산짐승과 더불어 산 개는 '영물'이라는 단어를 알지 못했다.

"네가 영물이야. 오랜 시간 수행하듯 살아서 짐승인데도 영이 깊고 짙어졌어. 하긴 그러니 이 미용실에 들어올 수 있었겠지."

— 인간인데… 내 말 알아듣는 거야?

"그래, 들린다고."

늙은 개는 신기했다. 인간과 같이 지낸 시간이 길지 않았지만 도통 개의 말은 한마디도 알아듣지 못하는 것이 인간이었다. 그들은 밥 달라는데 산책을 나가고 놀아달라는데 밥을 줬다. 개가 원하는 걸 해주는 게 아니라 인간들이 해주고 싶은 걸 해주기 일쑤였지만 그런 인간의 사랑을 받고 싶어서 그냥 좋아하는 척 해줬더랬다. 육신이 사라진 지금에 와서야 자기 말을 정확하게 알아듣는 인간들이 눈앞에 있었다.

"아니. 정확히 말하면 인간은 아냐. 그래도 네 말은 다 알아들어. 네가 우리 말을 정확히 알아듣는 것처럼."

— 와. 신기해.

"신기하지? 난 더 신기하네. 망자들이 찾는 미용실에 오는 개라니. 그렇게 긴 시간 이 일을 했지만 이런 경우는 또 처음이야. 어찌 됐건 말이 통하니 저 커다란 덩치도 좀 덜 무섭긴 하네. 아깐 정말 죽는 줄."

긴장이 풀린 챠밍이 다시 소파에 앉았다. 도깨비는 늙은 개 옆에 앉아 목덜미며 옆구리를 쓰다듬었다. 늙은 개는 도깨비 앞에서 기분 좋게 목을 내놓고 꼬리를 살랑였다. 얼마 만에 느끼는 건지 까마득하지만 그 행복감은 어제의 일인 것처럼 생생했다.

도어벨이 짤랑거렸다. 셋은 일제히 문 쪽으로 고개를 돌렸다. 열 살 쯤 되어보이는 여자아이 하나가 피투성이의 모습으로 미용실 안으로 들어섰다. 챠밍은 소파에서 일어나 미용할 준비를 했다.

"현이 왔네. 얼마 전에도 다녀갔는데 또?"

"엄마 아빠가 맨날 맨날 기도를 하셔서요. 꿈에서라도 만나게 해달라고. 근데 개도 키우세요?"

아이는 해맑게 웃었다. 챠밍은 말없이 현이를 의자에 앉히고 일을 시작했다. 손질을 하면 할수록 아이의 모습은 통통하고 피부가 말간 열 살 아이의 모습을 찾아갔다.

"이건 단골한테만 해주는 특별 서비스."

챠밍이 트롤리에 놓인 여러 개의 병 중에서 하나를 골라 내더니 현이의 머리 위에 뿌렸다. 낡고 허름한 점퍼를 입고 있던 아이의 옷은 예쁜 원피스와 고급스러운 반코트로 바뀌었다.

"우와."

아이가 눈을 크게 떴다. 아이의 부모는 가난하지만 부지런하고 성실한 사람들이었다. 물질적으론 부족해도 자녀 셋을 밝고 바르게 키웠다. 현이는 막내딸이었다. 봄 방

학식을 마친 현이는 빨리 집에 가려는 마음에 신호가 바뀌자마자 서둘러 횡단보도로 뛰어들었고, 노란 신호를 무시하고 과속하다 뒤늦게 브레이크를 밟은 차에 치여 결국 꽃 같은 목숨을 잃었다. 교회에 열심히 다니던 부모는 현이가 허무하게 가버린 후 매일 새벽 예배에 참석해 울면서 기도했다. 덕분에 현이는 자주 미용실에 들르는 단골이 되었다.

"행복하게 잘 지내고 있으니까, 이제 그만 편안해지시라고 해. 잘해준 거 없다고 자책하지도 마시고. 엄마 아빠 딸이어서 행복했다고, 그렇게 위로해드리고 와. 엄마 아빠가 너를 마음에서 놔줘야 환생할 기회가 와."

아직은 꿈에서라도 부모를 자주 보고 싶은 아이였지만 어렴풋이 알고 있었다. 죽은 사람을 너무 오래 품고 있으면 삶이 지옥이라는 것을 말이다. 저승에서 만난 신은 현이에게 떠나보낸 이를 너무 그리워하면 삶이 사는 것이 아니게 된다고, 산 자에겐 산 자 나름대로 삶의 무게가 있고 그 무게는 온전히 삶을 향해야 한다고 했다. 아이는 울 것 같은 표정으로 고개를 끄덕였다. 그리고 아주 맑고 예쁜 구슬을 주머니에서 꺼내 챠밍에게 주고는 늙은 개 앞에 주저앉아 품안 가득 안아주었다. 늙은 개는 천천히 꼬리를 흔들었고 아이는 작고 부드러운 손으로 늙은 개를 잠시 쓰다듬은 후 일어나 문을 열고 나섰다. 미용실 문밖에서 기

다리던 야구공만한 흐린 불빛 세 개가 반가운 듯 아이 주
변을 맴돌다 이윽고 아이를 이끌 듯 천천히 방향을 틀어
움직였다. 망자에게 길안내를 하는 길마중이었다. 현이는
손을 들어 불빛과 인사를 나누고 걷기 시작했다. 발걸음을
뗀 작은 아이의 모습이 점점 더 작아졌다.

— 나 해피야.

늙은 개가 그르릉거렸다. 챠밍과 도깨비는 행복하다는
말인가 했지만 늙은 개는 자기의 이름을 소개한 것이었다.

— 옛날에 주인이 그렇게 불렀어. 마당에서 놀다 집 안
으로 들어가면 어린 주인이 날 타고 놀았어. 같이 놀고 같
이 먹고 같이 놀았어. 우린 너무너무 사랑했는데. 어디 가
다가 헤어졌어. 계속 기다리려고 했는데 인간들이 날 잡으
려고 했어. 그래서 도망갔어.

자신을 해피라고 소개한 늙은 개는 그때를 추억하듯 잠
시 말을 멈췄다. 마당이 넓은 시골집은 해피의 천국이었
다. 빨래를 너는 주인 여자의 주위를 돌며 뛰놀다 집 안으
로 들어가면 주인 여자가 '해피, 안돼!'라며 뛰어 들어왔지
만 거실에서 주인 아이를 등에 태우고 돌아다니거나 서로
기대어 누워 있는 모습을 보면 웃음을 터뜨리곤 했다. 아
이와 해피는 집안과 마당을 구별하지 않고 돌아다녔다. 저
녁이 되면 주인 부부가 꼬질꼬질해진 아이와 해피를 나란
히 욕조에 밀어 넣고 깨끗이 씻겼다. 아이는 해피를 베게

삼아 잠들기 일쑤였다.

— 많이 찾았을 거야. 계속 기다렸어야 했는데 사람들이 자꾸 잡아가려고 해서 기다리지 못했어. 날 찾으러 왔을 텐데. 못 기다렸어.

해피가 챠밍을 올려다봤다.

— 나도, 수연이 만나러 갈 수 있어?

해피의 눈빛은 너무나 초롱초롱하고 간절해서 거절하기에 마음이 불편했다. 하지만 미용실은 망자들이 단장하러 오는 곳이라 그녀에게 해피의 소원을 들어줄 만큼의 능력이 없었다. 판은 챠밍에게 신에 준하는 능력을 주었지만 그런 능력은 황금빛 간판을 밝힌 '무의 공간' 안에서만 발휘되는 힘이었다.

"그건 내 소관이 아냐. 난 미용사라고. 그건 네 턱을 만지고 있는 도깨비한테 부탁해야 할 거야. 보통 꿈은 살아 있는 사람의 소망이거든. 망자가 원해서 산 사람의 꿈에 들어갈 땐 특별한 수면 구슬이 필요해. 도깨비가 그 사람이 살아 있는지, 어디 살고 있는지를 알아봐주면 널 알고 있는지, 기억하는지, 그리워하는지 그 미묘한 변수에 의해 꿈 공장에서 맞춤 제작되지. 맞춤 제작 꿈은 판의 직원들에 의해 그 사람에게 주어져. 가끔은 판이 나서기도 하고. 맞춤 제작 꿈이 담긴 수면 구슬은 꽤 비싼데다가 동물이 주문할 수 있는지는 알 수 없어. 처음 듣는 얘기니까."

챠밍의 말이 끝나기도 전에 도깨비가 문밖으로 나섰다. 해피는 도깨비의 뒤통수에 대고 고맙다는 듯 꾸벅 절을 했다.

미용실은 생각보다 바쁜 곳이었다. 해피가 얌전히 문가에 앉아 도깨비를 기다리는 사이 쉼 없이 손님이 들어오고 나갔다. 도어벨이 짤랑거릴 때마다 해피가 고개를 들어 누구인지 확인했지만 도깨비는 생각보다 늦게 돌아왔다.

"오래 걸렸네? 도깨비가 사람 찾느라 오래 걸리진 않았을 거고."

도깨비가 소파에 주저앉아 담배를 꺼내 물었다. 해피는 어느새 그의 발치에 다가와 빨리 말하라는 듯 킁킁거렸다.

"남의 업장에서 담배 피우지 말라니까. 아직 영업도 안 끝났거든?"

"오늘은 걍 둬라 좀. 나 언덕 위까지 다녀왔다고."

"언덕 위? 꿈 공장?"

바닥을 쓸던 챠밍이 깜짝 놀란 듯 허리를 폈다. 영문을 모르는 해피도 귀를 쫑긋댔다. 그 사이 좁은 미용실 안을 담배 연기가 뿌옇게 채웠다.

"판을 만났어."

"판을? 아니, 사람 하나 찾아서 저 송아지만한 개 한 마리 꿈에 밀어 넣는데 판까지 만나?"

"어. 생각보다 어렵네."

말을 하려다 해피를 슬쩍 보더니 도깨비가 미용실 문을 열어 내보냈다. 내보내기 전에 다정하게 목털을 쓰다듬으며 잠깐만 밖에서 기다리라고 말했고 말 잘 듣는 동물답게 해피는 천천히 꼬리를 흔들며 밖으로 나갔다.

"왜? 혹시 내가 무의 공간으로 밀어 넣은 사람이라도 돼?"

"아니. 찾는 건 어렵지 않았어."

도깨비는 잔뜩 목소리를 낮춰 말했다. 챠밍도 도깨비를 따라 들릴듯 말듯한 목소리로 말해야 했다.

"근데 왜?"

"그 수연이라는 애가."

도깨비가 문가를 흘깃거리며 목소리를 더욱 낮췄다. 들릴 듯 말듯한 그 목소리를 듣기 위해 챠밍은 귀를 바짝 들이댔다.

"너무 어릴 때 헤어져서 해피를 기억 못 해. 그 부모가 해피의 존재 자체를 애한테서 지워버렸어. 지금은 다른 개를 키워."

"뭐? 그럼 어떻게 해. 기껏 꿈을 꿔도 모르는 개 한 마리가 나왔다고 생각할 거 아냐?"

"그래서. 판을 만나서 방법을 의논했어. 부모의 기억을 끌어다가 해피를 꿈속으로 밀어 넣으면 된다고는 하는데."

"그럼 되는데 뭐가 문제야?"

도깨비가 한숨을 푹 쉬었다.

"시골 살다가 애 교육 때문에 급하게 서울로 이사하게 됐는데 해피가 너무 큰데다 잡종이라 맡으려는 사람이 없었나 봐. 해피를 휴게소에 유기하고 갔더라고. 애가 울고불고 난리가 나니까 실내에서도 키울 수 있는 소형견을 사주곤 이 개가 그 해피라고 얼러서 사태를 무마했어. 아이가 꽤 어릴 때라서 금방 기억이 지워지고 그 자리를 새로운 해피가 차지하는 바람에 아이 기억에선 저 개랑 지금 키우는 개가 짬뽕이 됐어. 흐릿한 해피와의 추억을 지금 키우는 개와의 추억이라고 생각해. 부모의 기억을 끌어들여서 꿈을 만들면 해피에겐 버림받았다는 상처가 남고 아이한테는 어린 시절 부모가 버린 개에 대한 기억을 남기게 되는 거야. 해피도 아이도 배신감이 어마어마하겠지. 울고불고하는 그 어린애한테 작은 개 한 마리를 내밀고 그 해피가 이렇게 변한 거라고 메소드급 연기를 했더라니까."

"그게 말이 돼? 아무리 애라지만 그걸 믿어?"

"고작 네댓 살이었는 걸. 그 나이니까 가능했겠지."

"하….."

챠밍이 한숨을 쉬며 문밖의 해피를 바라보았다. 해피는 아무것도 모르는 순수한 눈망울로 얌전히 문밖을 지키다 어디선가 날아들어 유리창에 붙은 나방에게 킁킁대고 코를 들이댔다. 도깨비도 나방에게 정신이 팔린 해피를 바라보다 말을 이었다.

"판과 상의를 했어. 어떻게 해야 할지."

빗자루를 바닥에 던지고 소파에 털썩 앉은 챠밍이 도깨비에게 손을 내밀었다. 수백 년의 긴 시간 동안 이 일을 하면서 인간이란 존재에게 진저리치도록 질리는 순간이 있다면 바로 이런 때였다. 둘은 나란히 앉아 연기를 뿜어댔다.

"방법이 있긴 있대?"

"신의 능력으로 어린 시절 무의식 속 기억을 끌어낼 수는 있대. 기억이 불완전하겠지만 해피의 소원을 들어줄 만큼은 되나 봐. 그렇긴 한데."

도깨비는 담배를 끄면서 챠밍의 눈치를 슬쩍슬쩍 살폈다.

"그 망할 판이 또 조건을 걸었구만? 하여간 그 심술쟁이는 뭐 하나 곱게 해주는 법이 없어. 조건이 뭔데 그래?"

"그게."

"그게?"

"차용증."

"뭐?"

"차용증을 발행해 달래."

해피는 문밖에서 갸웃거리며 미용실 안쪽을 바라보다

차가운 시멘트 바닥 위에 엎드렸다. 밖은 아직 추웠고 둘은 추위와 굶주림에 지쳐 육신을 떠난 해피의 영혼이 밖에서 기다리는 것이 신경 쓰였다.

"지가 무슨 사채업자야? 야금야금 계약기간을 늘리다 이제 더 내놓을 게 없으니 차용증? 못 갚으면 내 장기로 장기밀매라도 할 거래?"

더 이상 내어놓을 것이 없다는 챠밍의 말은 거짓이 아니었다. 불면의 밤을 건 판과의 계약은 이미 기한 없는 영원의 계약을 맺은 지 오래였다.

"몰라. 일단은 그게 조건이래. 거절해도 상관없지만 해피의 소원은 들어줄 수 없겠지."

"도깨비, 넌 뭐 없어? 어떻게 그 나 대신 네 손목이라도 좀 걸어 볼래?"

"어허. 왜 이래. 손목 없는 도깨비는 뭐로 먹고 살라고. 게다가 해피는 내 손님 아니고 네 손님인데."

"아… 진짜 지긋지긋해."

"그럼 그냥 해피한테 안 된다고 말을 해."

"대신 얘기해줄 거 아니면 조용히 해. 저 덩치는 황소만 한데 지나치게 무해한 저 눈깔을 보고 그 말 하는 게 쉬운 줄 알아?"

챠밍은 좁은 가게 안을 왔다 갔다 정신없이 뱅뱅 돌았다. 밖에 찬바람을 맞고 있는 해피가 자꾸만 눈에 거슬려 초조했다. 마침내 결심한 듯 도깨비 앞에 선 챠밍이 비장한 목소리로 말했다.

"내가 무기한 종신이 된 지가 언젠데 뭘 더 잃을 게 있겠어. 맘대로 하라고 해. 설마 죽이기야 하겠어? 죽게 해주면 더 고맙고."


수연이 가족은 저녁 식사를 끝낸 후 거실에 모여 과일을 먹었다. 텔레비전에서는 유명한 개그맨들이 길거리를 다니며 사람들을 붙잡고 퀴즈를 내고 있었다. 세 식구가 모인 오붓한 저녁이었다. 소파 아래에서 낑낑거리는 해피에게 수박을 잘게 잘라 먹이던 수연을 향해 엄마가 잔소리를 했다.

"그만 줘. 너무 많이 주면 설사한다."

"불쌍하잖아. 너무 애처롭게 쳐다보니까 죄짓는 거 같단 말야."

수연이 해피를 안아 올리더니 엄마에게 혓바닥을 쏙 내밀고 방으로 들어갔다. 포메라니안 중에서도 유독 몸집이 작은 해피는 수연이의 양손에 쏙 들어갈 정도였다. 침대에 해피를 올려놓고 박수를 치며 놀아주자 신이 난 해피가 폴짝거리며 짖었다. 해피의 짖는 소리는 바람 빠지는 소리처럼 흩어졌다. 아파트에서 발생하는 작은 소음에도 놀라 짖어대는 해피 때문에 이웃의 민원이 끊이지 않아 성대수술을 했기 때문이었다. 수연이가 아주 어릴 때 있었던 일이라 아이는 당연한 듯 해피는 조용한 개라고 생각했다. 암컷인 해피가 자라면서 생리를 시작하자 수연의 부모들은 해피에게 불임수술을 시켰다. 두 번의 수술은 작은 몸이 견디기엔 버거운 것이어서 해피는 쉽게 늙고 쉽게 지쳤다. 한참을 놀고 금방 피곤해진 해피가 수연이 침대 한쪽에서 기절하듯 잠이 들었다. 책상에 앉아 학원 숙제를 마저 하고 친구들과 핸드폰 메신저로 수다를 떨다 늦은 밤이 되어 수연이도 잠자리에 들었다. 수연이의 몸짓에 잠이 깬 해피가 아이의 옆구리로 자리를 옮겨 다시 잠이 들었다.

수연이는 꿈을 꾸었다. 어린 수연이 마당이 있는 집에서 놀고 있었다. 마당에 있는 풀과 꽃을 잡아 뜯고 있는 수연이의 손은 아주 작았고 생각대로 움직여지지 않았다. 고사리 손으로 풀을 뜯어 꽃삽으로 뜬 흙을 섞고 이 빠진 그릇에 담아 꽃으로 장식한 후 뒤뚱뒤뚱 걸어 집 현관 앞에 놓았다. 그곳엔 덩치가 수연이보다 큰 누렁이 한 마리가 엎드려 있었다. 털이 반지르르하고 아름다운 자태였다.

"해피, 먹어."

해피는 심드렁하게 고개를 들더니 수연이가 내민 그릇에 코를 대고 몇 번 킁킁거리다 이내 다시 엎드렸다. 수연이 아장아장 해피의 배 쪽으로 가 혼을 내듯 배를 퉁퉁 두

드렸다.

"밥 왜 안 먹어? 엄마가 편식하지 말라고 했찌?"

잔소리에도 반응이 없자 어린 수연은 누워 있는 해피 위로 기어올라갔다. 해피는 귀찮다는 듯 천천히 일어났고 수연이가 해피 등 위에 엎드려 까르르 웃어댔다. 업고 다니기에 수연은 무거웠지만 해피는 허리의 고통을 참았다. 귀에 들리는 작고 어린 주인의 웃음소리가 좋았다. 오동통한 수연의 손가락 사이로 털이 부드럽게 잡혔다. 아이는 해피의 등에서 내려와 함께 뛰어놀았다. 행복했다. 마당으로 집 안으로 돌아다니며 신나게 노는 동안 수연의 몸이 점점 커졌다. 어느새 수연이 어깨 높이였던 해피의 키가 허벅지 정도의 높이가 되었다. 해피가 앞발을 번쩍 들어 올리자 수연의 키만큼이 되었다. 순간 깜짝 놀란 수연이 해피의 앞발을 잡았다. 잠시 멈칫하던 수연은 별일 아니라는 듯 앞발을 잡은 그대로 함께 춤을 추었다. 뛰고 달리고 놀다가 숨이 차 나무 그늘에서 쉬는 사이 몸집이 작은 포메라니안 하나가 나타나 수연의 얼굴을 핥았다.

"해피!"

수연은 그 작은 개를 안고 뽀뽀했다. 그리고 작은 개와 달리기 경주를 하며 저 멀리 뛰어갔다. 사라져가는 모습을 하염없이 바라보는 해피 옆으로 도깨비가 다가왔다.

"…아쉬워?"

— …아니야.

해피의 눈에 눈물 자국이 선명했다. 해피와 도깨비는 수연이 사라진 언덕을 한참이나 바라보았다.

"이제 가자. 곧 새벽이 밝을 거야."

해피가 말없이 도깨비를 따라 걸었다. 걸으면서도 몇 번이나 뒤를 돌아보았지만 멀어져 가던 수연의 뒷모습은 사라진 지 오래였다.


챠밍 미용실에 돌아온 해피는 아무런 말도 하지 않고 축늘어져 눈을 감고 있었다. 영물이 된 짐승의 슬픔이 얼마나 크고 깊은지 일기예보에도 없던 비구름이 도시를 덮었다. 부슬부슬 비가 내리고 있는 밖은 곧 동이 터올 시간인데도 어두컴컴하기만 했다.

"원한다면, 판에게 부탁해서 수연이 기억 속에 있는 너를 일깨워줄게. 이대로 기억에서 영영 사라지는 거 너무 억울하지 않아?"

보다 못한 챠밍이 말했다. 챠밍은 비오는 날이 너무나 싫었다. 비오는 날은 온몸이 쑤시고 기분이 가라앉았다. 망할 개 때문에 비가 오는 것도 화가 났지만, 그 망할 개의 마음을 아프게 한 더 망할 인간이라는 존재에 더욱더 화가 났다.

— 아니야. 수연이네 가족이 행복했으면 좋겠어. 나 때

문에 행복할 수 없다면 잊어야지. 나를 버린 것도 괜찮아. 나는 덩치가 너무 크고 목소리도 너무 크니까. 나 괜찮아.

챠밍와 도깨비가 서로의 얼굴을 쳐다보았다. 해피는 자신이 버림받은 것을 이미 알고 있었다. 도깨비가 말없이 해피의 목덜미를 쓰다듬자 해피가 도깨비의 손에 기댔다.

— 나 이제, 갈래.

아까부터 미용실 문밖에서 원을 그리며 떠다니던 야구공 크기의 길마중이들이 반갑다는 듯 조용히 움직이기 시작했다. 해피는 일어나 도깨비가 열어주는 문밖으로 나섰다. 길마중이 뒤를 따라 천천히 발을 옮기던 해피가 저 멀리서 뒤돌아 머리를 숙였다. 챠밍과 도깨비는 힘없이 손을 흔들었다. 동물의 표정은 쉽게 알아보기 힘들지만 해피는 분명, 웃고 있었다. 해피의 뒷모습이 사라져갈 즈음 비가 그치고 저 먼 하늘이 희부옇게 밝아왔다. 도깨비가 담배를 하나 꺼내 불을 붙이며 웅얼거렸다.

"주인이 버린 걸 알고 있었으면 말이나 좀 하지. 괜히 재모르게 한다고 판한테 빚만 져서 어떡하냐."

"… 알아도 모른 척 하고 싶었겠지."

챠밍과 도깨비가 점점 환하게 밝아오는 골목길을 한참 동안 멍하니 바라보았다. 평소보다 늦은 시간까지 일하느라 눈이 시큰했다. 얼른 정리하고 들어가 잔다고 해도 빠듯한 시간이었다.

"이봐. 도깨비. 삼신 전화번호 바뀐 거 같던데. 전화번호 좀 줘봐."

챠밍의 말에 문 밖에서 눈을 떼지 못하던 도깨비가 주머니에서 전화기를 주섬주섬 꺼냈다.

"삼신? 연락처가 있나? 나도 삼신이랑 연락 안 한 지 오래돼서. 삼신은 왜?"

"뭐 좀 부탁하게."

"삼신한테? 그 신이야 말로 깐깐하다고 소문이 자자한데. 절대 거저는 일 안 해줄걸?"

"삼신만큼 나한테 빚이 많은 신도 없어. 환생하는 혼 중에 나한테 신세 진 영혼들이 얼마나 많은지 넌 상상도 못할 거다. 어린 아기들은 다루기 영 까다로와서 삼신이 직접 데리고 가끔 왔었는데 내가 인간들 생사에는 관심 두지 않아서 부탁할 일이 없었지 그동안."

삼신은 몇백 년 만의 연락에 깜짝 놀라 점지하던 아이의 성별을 바꿀 뻔했다고 훗날 챠밍에게 두고두고 투덜댔다.

해피의 영혼은 저승에 가자마자 환생의 길을 걸었다. 환생하기 전 삼신이 해피의 입에 수저를 물려주었는데 그 수저 덕에 일평생 먹고 자고 쓰는 것엔 걱정할 일이 없게 될 터였다. 다만 받는 것에 대해 감사할 줄 모르는 망나니여서 부모가 돌아가는 그 순간까지 속을 어지간히 썩일 것이다. 해피는 수연의 늦둥이 동생으로 점지되었다.

해피가 저승길에 오르고 비가 그친 아침 햇살에 반짝이는 골목길을 바라보며 챠밍이 혼잣말로 중얼거렸다.

"개들은 진짜 맘에 안 든다니까. 진짜 내 스타일 아냐. 난 인과응보가 좋더라. 그 인간들도 벌은 받아야지. 이게 내 방식이야."

## 영일 슈퍼

　구름이 낮게 끼어 을씨년스러운 날이었다. 비너스 호프
집 여자가 아기 주먹만 한 참외 두 개를 들고 챠밍 미용실
에 들렀다. 비너스 호프는 작달만한 키에 뚱뚱한 몸집의
여자였다. 남편이 작은 중소기업에 다니다가 IMF 이후 역
병처럼 번진 명예퇴직의 회오리에 휩쓸려 퇴직을 한 후 유
행에 마저 동참하듯 치킨집을 열었을 때부터 가게 일을 시
작했다. 아이들은 아직 다 자라지 않아 엄마의 손길이 필
요했고 생전 처음 해보는 술장사는 생각보다 거칠고 힘들
어서 매일 힘든 하루의 마지막을 남은 치킨에 맥주로 달래
는 바람에 45킬로그램의 대꼬챙이 같던 몸이 20년간 꾸준
히 부풀어 올랐다. 그녀는 미용실의 다 낡은 붉은색 소파

에 퍼질러 앉아 20년을 주야장천 붙어 있으니 얼굴만 봐도 지긋지긋하다며 남편 욕을 실컷 하다가 가게 문을 열어야 겠다고 총총히 돌아갔다. 들고 온 참외는 거의 비너스 호 프의 위장 속으로 사라졌다. 챠밍은 참외 껍질을 그러모아 비닐에 담고 주둥이를 꼭 묶었다. 깨알처럼 작은 초파리들 이 귀신같이 냄새를 맡고 비닐봉지 근처를 맴돌았다. 퇴근 할 때 버릴 생각으로 냉장고에 비닐을 던져 넣었다. 점심 을 대충 때우고 난 후에는 영일 슈퍼 할머니가 와서 오늘 도 파마는 미룬 채 커트만 했다. 할머니가 고생해서 번 돈 으로 기숙학원에 들어간 손자는 작년 시험에서 보기 좋게 낙방하고 올해도 기숙 학원비를 달라고 뻔뻔하게 손을 내 밀었다고 했다.

"할머니. 이제 밑 빠진 독에 물 그만 부어. 두 번 떨어졌 으면 이제 포기해야지. 그 다리로 절뚝거리면서 언제까지 손주 뒷바라지 할 거야?"

"그래도 걔가… 착해서. 나한테 이번이 마지막이라고 사정하는데 어떻게 하겠어."

이제 파마기라곤 하나도 남지 않은 흰머리를 이리저리 둘러보며 영일 슈퍼 할매가 씨익 웃었다. 그 미소가 어찌 나 슬퍼 보이던지 챠밍의 머릿속에 날아다니는 '제 부모한 테 해달라 해야지'라던가 '그 자식 말만 공부한다고 하지 맨날 놀러다니느라 바쁘다'라던가 하는 말들을 지워버렸다. 의뢰는 받되 남의 일엔 참견하지 않는 것이 그녀의 신조다.

"영일 씨는 요즘 잠잠해? 편의점 낸다고 안 하고?"

할매의 표정이 난처해졌다. 영일은 영일 슈퍼 할머니의 큰아들이었다. 큰아들의 이름을 붙여 영일 슈퍼라는 간판을 달고 이 동네에서 장사한 지 벌써 40년이 되었다. 한때 동네 아낙들이 조석으로 드나들던 때도 있었지만 지금은 대형 마트에 밀려 동네 한량들에게 소주나 막걸리를 팔아 근근이 먹고 산다. 할머니는 대답은 않고 머리를 몇 번 쓰다듬으며 이리저리 거울에 비춰보다가 슬그머니 일어났다.

"저녁 때 다 되어 가는데 얼른 일어나야겠네. 자 여기 머리값."

챠밍의 손에 천 원짜리 몇 장을 쥐여 주고는 영일 슈퍼 할머니가 절뚝거리며 문을 나섰다. 평생을 할머니에게 기생하며 살던 큰아들이 영일 슈퍼를 편의점으로 바꾸겠다고 할머니를 달달 볶더니 기어이 쌈짓돈을 내어준 모양이었다. 자식 셋이 번갈아 손 벌리며 사고를 치는 동안에도 저승 가는 길엔 좋은 옷 입고 좋은 관에 누워 마지막 배웅 온 사람들은 좋은 음식 해 먹이고 싶다고 간직한 돈이었다. 영일 슈퍼 할머니의 뒷모습이 퍽 쓸쓸해 보였다.

집에 돌아간 영일 슈퍼 할머니는 같이 사는 큰아들과 며느리에게 저녁을 지어 먹이고 잠자리에 누웠다. 잠이 들기 전 가슴께가 평소보다 뻐근했다. 새벽 세 시쯤 할머니의 심장은 평생 뛰던 움직임을 멈췄다. 죽음은 많이 고통스럽지 않았다. 그게 그나마 위안이었다. 초라하게 누워 있는 자신의 육신을 내려다보며 한 많은 인생을 곱씹던 할머니의 영혼이 홀린 듯 밖으로 나왔다. 반평생을 살던 동네지만 이렇게 늦은 시간의 거리를 본 것은 처음이었다. 가로등만이 지키고 있는 이 골목길은 다신 볼 수 없을 터였다. 마지막 떠나는 길은 그녀의 인생처럼 쓸쓸했다. 한 발짝 걸음을 떼다 문득 옆집을 바라보았다. 떠나기 아쉬운 마음에 옆집 명숙이네 집에 들어가 잠들어 있는 광자 할머니의 머리맡에 앉아 인사를 했다.

"매일 가겟방에 있는 나한테 이거저거 나눠주곤 해서 고마워. 우리 애들이 속 썩이는 거 알면서 내 앞에서 자식 자랑해대는 거 때문에 맨날 심술부려서 미안하고. 너무 일찍 말고 좋은 세월 한참 더 누리다가 나 만나러 와. 알았지?"

광자 할머니는 꿈에도 모를 작별인사였다. 인사를 마치고 나온 조용한 골목에 취객 하나가 지나갔다. 자세히 들여다보니 가끔 슈퍼에 담배를 사러 오는 만규의 아비였다. 말을 붙일 수 있었다면 만규 혼자 저렇게 내버려 두지 말고 신경 좀 쓰라고 잔소리라도 하고 싶었지만 그는 바로 코앞으로 지나가면서도 할머니의 존재를 알아보지 못했다. 할머니는 비로소 자신이 이 세상 사람이 아닌 걸 실감했다.

"이제, 가야지."

정처 없는 발걸음을 옮겼다. 그러다 낯익은 곳의 간판이 환하게 불을 밝힌 걸 보았다. 챠밍 미용실이었다. 푸른색 간판의 불은 골목을 훤히 비추고 있었다.

"이 시간까지 왜 집에 안갔지…?"

고개를 갸웃거리던 할머니는 글썽거리는 눈가를 훔쳤다. 챠밍 미용실은 속이 답답할 때 하소연하러 자주 들르던 곳이었다. 머리를 자르지 않아도 가끔 들러 믹스커피 한잔을 마시며 신세 한탄을 하곤 했다. 그녀가 말은 무뚝뚝하고 거칠게 하는 것 같아도 슈퍼 할머니에게 밉지 않은 지청구를 줄 수 있는 사람이기도 했다. 이 시간까지 가게 문을 열어 놓았으니 고맙단 인사라도 하고 가야겠단 생각에 미용실 문을 열었다. 도어벨의 짤랑거리는 소리가 새벽의 고요를 갈랐다.

"어?"

손님의 머리를 만지고 있던 챠밍이 놀란 소리를 냈다. 엉거주춤 미용실 안으로 들어온 영일 슈퍼 할매는 조금 놀라 눈을 끔뻑이고 서 있기만 했다.

"할매! 여긴 어떻게 온 거야? 세상에."

챠밍은 머리하던 손을 놓고 할머니를 향해 다가왔다. 더 놀란 건 영일 슈퍼 할머니였다.

"미용실은, 내가 보여?"

할머니는 챠밍을 그냥 미용실이라고 불렀다. 사람한테 미용실이라고 부르는 게 뭐냐고 핀잔도 많이 받았지만 영일 슈퍼 할머니에게는 챠밍이란 단어보다 미용실이 더 수월해서 들은 척 만 척 했더랬다. 할머니는 반갑기도 하고 놀랍기도 해서 미용가위를 들고 다가오는 그녀의 손을 덥썩 잡았다.

"참말 보이나 보네. 다행이다, 다행이야."

"보이니까 말을 하지. 일단 손님 보내고 얘기하자. 소파에 잠깐만 앉아 계셔. 지금 손님 금방 끝나."

할머니가 소파에 엉거주춤 앉자 챠밍은 의자에 앉은 중년의 남자 손님에게 가서 바쁘게 손을 놀렸다. 능숙한 손길이 닿을수록 짧은 머리는 잘 정돈되었고 창백하던 손님의 얼굴에 혈색이 돌았다.

"자, 이제 마지막."

챠밍이 잡다한 미용 도구가 가득 담긴 트롤리에서 작은 스프레이 병을 꺼내 향수를 뿌리듯 손님 머리 위에 두어 번 뿌렸다. 미세한 물방울은 공기를 타고 손님 머리와 어깨 위로 내려앉았다. 어쩐지 손님에게 후광이라도 생긴 듯 반짝거리는 느낌이었다.

"와. 정말 멋져요. 젊을 때 못지 않게 화사해 보입니다."

손님은 만족스러운 미소를 지었다. 그리고 주머니에 손을 넣더니 탁구공보다 작은 구슬 하나를 내밀었고 챠밍이 그 구슬을 집어 들었다. 구슬을 들여다보는 챠밍의 얼굴은 피곤에 지쳐 있었지만 일종의 자부심 같은 것이 스며 있었다.

"역시. 올 때마다 좋은 구슬을 얻어서 나도 보람이 있다니까."

"고맙습니다. 가족들에게 인사 잘하고 올게요. 다음에 또 부탁드려도 되죠?"

"당연한 말씀."

단장을 끝낸 손님은 거울에 자신의 모습을 한 번 더 비춰보곤 만족스러운 표정으로 미용실 문을 나섰다. 멍하니 그 모습을 바라보고 있는 영일 슈퍼 할머니의 앞에 놓인 미용 의자에 털썩 앉으며 챠밍이 말을 꺼냈다.

"할머니, 죽은 거야?"

할머니가 작게 고개를 주억거렸다.

"기어이 남은 돈 자식에게 다 뺏기고 저승길 가네."

한숨인지 탄식인지 모를 챠밍의 말 후로 정적이 이어졌다. 죽었단 걸 알고도 아무 느낌이 없었던 영일 슈퍼 할머니는 그제야 서러워 복받치는 감정을 느꼈다. 누구보다 열심히 살았는데 참 복 없는 인생이었다.

"그런데, 나 죽었는데…."

할머니의 말은 앞뒤가 생략되었지만 금방 무슨 뜻인지 알아들을 수 있었다. 챠밍이 피식 웃었다.

"할머니 눈엔 내가 그냥 동네 미용실 아줌마로 보이지?"

그녀가 빙긋이 웃으며 할머니를 마주보았다. 할머니의 얼굴은 고단했던 일생이 그대로 담긴 듯 깊은 주름살이 패어 있었다.

"할머니는 지금 신과 인간을 연결하는 존재랑 이야기하고 있는 거라고. 여긴 낮엔 산 사람들 머리를 해주지만 밤이 되면 죽은 사람들이 단장을 하러 오는 곳이거든. 산 사람 꿈에 들어가기 전이나 죽어서 저승에 가기 전에 들러 예쁘게 단장을 해. 할머니도 저승 가기 전에 예쁘게 하고 가. 안 그래도 어제 머리 잘라주면서 많이 속상했어."

챠밍의 손에 이끌려 미용 의자에 앉은 할머니는 물끄러미 거울에 비친 자신의 모습을 들여다보았다. 먹고 사느라 바빠 자신이 어떻게 생겼는지 어떤 모습으로 늙었는지조차 제대로 모르고 살았다. 통통했던 두 볼은 축 처져 불독 같은 인상이 되었고 반짝이던 두 눈은 빛을 잃고 선도 떨어진 생선 눈알마냥 희부옇게 변했다. 손주 녀석 뒤치닥거리를 하느라 몇 푼이 아쉬워 파마도 못한 하얀 머리는 초라했다. 이렇게 허망하게 갈 줄 알았다면 죽기 전 눈 딱 감고 파마할 걸 하는 후회가 밀려왔다.

"파마… 할 수 있어?"

미용실 챠밍은 고개를 끄덕이곤 할머니의 머리를 만지기 시작했다. 그녀의 손이 지나갈 때마다 초라했던 머리카락은 구불거리며 웨이브가 생겼다.

"할매는 소원 없어? 저승 가기 전에 꼭 만나고 싶은 사람이라던가. 죽기 전에 꼭 해보고 싶었던 거라던가. 하다 못해 못 먹고 죽어 한이 되는 음식이라도."

할머니는 골똘히 생각에 잠겼다. 행복한 것이 별로 없었던 삶이었다. '사는 게 별거냐, 그냥 태어났으니까 사는 거지'라는 말을 주문처럼 외우면서 살았다. 어딘가에 기대고 싶었지만 결국 혼자 일궈야 하는 일생이었다. 딱히 자랑스러운 삶도 아니었지만 크게 여한이 있지도 않은 인생에서 죽기 전 마지막으로 풀어야 하는 소원이라면, 있긴 있었다. 할머니의 흐릿한 눈동자는 먼 과거를 여행하는 듯 작게 흔들렸다.

"나, 열여섯에 시집가자마자 전쟁이 나는 바람에, 전쟁 나간 남편 기다리지 못하고 이 남자 저 남자 만난 죄로 자식들이 뭐라 해도 큰 소리 한 번 못했어."

"아이고, 그거 때문에 여즉 자식 눈치보며 그러고 산 거야? 그게 싫으면 엄마 혼자 고생하게 하지 말고 지들도 어디 나가 신문이라도 돌리던가. 조선시대야? 평생을 할매

한테 손 벌리고 살면서 수절타령이 웬 말이야. 싸가지 없
이."

챠밍이 머리를 만지던 손을 놓았다. 표정이 한없이 착잡
했다.

"그러지 마. 애들이 부모 잘못 만나 그렇지 심성은 착해.
다른 에미 만났으면 잘 살았을 텐데. 내가 딱히 재주도 없
고 배운 것도 없어서 애들 월사금이라도 내려고 이 남자
저 남자랑 붙어 살긴 했는데 그놈들이 어찌나 못되게 굴던
지. 돈 좀 벌어다 준다고 애들 많이도 괴롭혔어. 다 내 잘못
이야. 애들 잘못 하나도 없어."

할머니는 챠밍의 손을 잡으며 고개를 저었다. 아비가 다
른 아들만 셋인 할머니는 자식들의 부양을 받지 못했다.
첫째와 둘째 아들은 계부에게 학대당하며 자란 기억으로
비뚤어졌고 막내는 그 비뚤어진 형들의 구박을 받으며 엇
나갔다. 아들들의 방황하는 시간은 수절하지 못하고 씨 다
른 형제를 낳은 어미를 향한 원망으로 고스란히 쌓였으며
어미가 뼈 빠지게 번 돈을 번번이 탕진하고도 미안한 줄
몰랐다. 되려 어미가 제대로 살지 못해 자기들 인생이 평
생 이 모양 이 꼴인 거라 여기고 그만큼 더 미움을 쌓았다.
할머니는 그런 자식들의 뒷바라지를 하면서도 평생 죄인
처럼 살다 눈을 감았다. 할머니의 죄책감은 자식 셋을 이
고 지고 살만큼 단단했다.

챠밍은 잠시 옛 생각에 멍하니 벽에 걸린 그림을 바라보았다. 자식을 위해선 못 할 것이 없는 존재가 어미였다. 요즘 같은 세상엔 금수만도 못한 어미도 심심치 않게 볼 수 있지만 말이다. 그 금수만도 못한 어미들은 대금을 치를 구슬을 얻지 못했을 테니 챠밍 미용실에 올 수도 없었다. 슈퍼 할머니를 생각하면 답답한 일이었지만 그녀가 간섭할 일은 아니었다. 체념한 듯 한숨을 쉰 챠밍이 다시 손을 놀렸다.

"그래도 자식 편을 드시네. 인간 세상은 아무리 내리사랑이라지만. 암튼 그래서 할머니. 만나고 가고 싶은 사람이나 하고 싶은 건 뭔데? 말해 봐. 내가 해결해 줄 수 있을지도 모르잖아. 아들 꿈에 나타나 로또 번호 알려달라 이런 건 안 되고."

그 말에 할머니는 말을 할 듯 말 듯 입을 열었다 다물기를 반복했다. 챠밍이 부드러운 손길로 할머니의 어깨를 쓰다듬었다.

"뭔데. 괜찮으니까 말을 해봐, 할머니."

"저… 그게."

"뜸 그만 들이고. 뜸 들이다 타겠어. 얼른 말해 봐요."

"내가… 살려다 보니 여러 남자 전전했지만… 그래도 열여섯에 첫 인연 맺은 그이만큼은 잊지 않았어. 전쟁 끌려가면서 내 손 붙잡고 꼭 돌아올 테니 기다리라고 했는데… 그이를 기다리지 못한 게 제일 걸려. 저승 가기 전에 한 번만이라도 만날 수 있을까…?"

할머니의 얼굴이 조금 발그레했다. 챠밍은 고민에 빠졌다. 살아 있다면 크게 어려운 일은 아니다. 그가 할머니처럼 살아남아 우여곡절 겪으며 노인이 되어 할머니를 그리워하는 마음을 간직하고 살고 있다면 어느 날 꿈에 아주 옛날에 헤어진 부인이 나오는 꿈을 꾸게 될 것이다. 아쉬움과 안타까움에 눈을 뜨면 '아, 꿈이구나' 하고 끝이지만 이미 망자가 되었다면 환생의 길을 걸었을 수도 있다. 전생의 기억은 모두 사라졌을 것이고 남자일지 여자일지 짐승일지는 아무도 장담할 수 없다. 일단은 생사를 확인하는 것이 순서였다. 챠밍은 전화기를 들고 어딘가 전화를 걸었다.

"어. 나야. 망자 하나만 찾아줘. 할머니. 그 할아버지 이름이 뭐라고?"

챠밍이 귀에서 전화기를 떼고 할머니를 쳐다보았다. 영일 슈퍼 할머니는 오랜 시간 가슴속에 접어두었던 이름을 머뭇대며 꺼냈다.

"김… 덕춘."

"어디 출신?"

"평안남도 순천. 금천리 살았어."

"응. 평안남도 순천이래. 금천리 살았고. 어…."

챠밍은 다시 한번 귀에서 전화기를 떼고 할머니에게 물었다.

"할머니 이름은 뭐야?"

"순덕. 이순덕."

"부인 이름이 이순덕이었고. 전쟁에 끌려 나간 후로는 연락이 끊겨서 죽었는지 살았는지 모른대…. 왜긴 왜야. 필요하니까 물어보지. 얼마나 걸려? 요즘 저승 시스템 좋아졌잖아. 어. 어 그래, 그 김덕춘 맞아. 아공간행 열차 태워서 보내줘. 지금 바로."

전화를 끊은 챠밍이 서랍장에서 작은 유리병 하나를 꺼내더니 찻잎을 조금 덜어 차를 우렸다. 작은 유리병엔 亞空間(아공간)이라고 적힌 라벨이 붙어 있었다.

"마셔 봐, 할머니."

할머니는 손에 든 차를 한 모금 들이켰다. 따듯하고 들쩍지근한 차가 몸을 데워주는 기분이었다. 이 차는 뭔지 미용실이 어디에 전화를 했는지 정말 옛날에 헤어진 남편을 찾을 수 있는 건지 궁금한 마음이 뭉게뭉게 피어올랐는데 말을 할 틈이 없이 자꾸만 잠이 쏟아졌다.

'죽었는데… 이상하게 잠이 계속 오네.'

눈을 껌뻑거리며 잠을 쫓아 내봤지만 참을 수 없는 졸음이었다. 연신 하품하던 할머니는 곧 잠이 들었다. 잠든 할머니의 눈앞에 부모와 떨어지는 게 무서웠던 열여섯 어린

날의 여름날이 펼쳐졌다. 문지방을 붙잡고 버티다가 끌려가듯 이웃 동네에 도착했었다. 동네 사람들이 왁자지껄 모인 자리였는데 주위가 모두 사라진 것처럼 순덕의 눈엔 한 사람만 보였다. 머리를 짧게 깎고 쌍꺼풀이 없는 순한 인상의 덕춘이었다. 열여덟 덕춘의 눈에도 밤새 울어서 얼굴이 퉁퉁 부은 순덕이 고깝게 보이진 않았다. 식을 치르고 일찌감치 차려진 신혼방의 깨끗한 이부자리에 누워 서툰 몸짓으로 첫날밤을 치른 다음날부터는 서로 마주치면 누가 먼저랄 것도 없이 얼굴이 발그레해졌다. 퍽 살가운 신혼부부라고 동네에 소문이 자자했다. 좋은 시절은 1년을 채우지 못하고 큰 전쟁이 나면서 끝났다. 지금의 이 나라를 두 동강 낸 전쟁이었다. 남편은 전쟁에 끌려 나갔고 그후로 소식이 끊겼다. 이젠 얼굴도 가물거리는 덕춘이 순덕이의 눈앞에 서 있었다. 이게 꿈인가 생시인가 눈을 껌뻑이다 문득 생각이 났다. 순간 순덕의 표정에서 미소가 사라지고 눈물이 맺혀 있었다.

"왜 이제야 와요."

순덕의 원망에 덕춘이 그저 빙긋이 웃었다.

"말없이 웃기만 할거유. 대답 좀 해봐요. 나 혼자 남겨놓고 어디 갔다가 이제사 나타났어요. 나 당신 없이 이 험한 세상 살아내느라 너무 힘들었어요."

순덕의 눈에 눈물이 흘렀다. 덕춘은 양손을 들어 순덕의 얼굴을 맞잡고 흐르는 눈물을 닦아주었다. 덕춘의 손이 따듯했다.

"살아 있다면 언젠가 당신 소식이라도 알 수 있겠지 싶어서 죽지 못하고 살았어요. 소식 한 줄이라도 듣고 싶어서. 왜 꿈에서조차 단 한 번도 찾아오지 않는 거예요. 난 평생 당신 기다렸는데."

덕춘이 넓은 가슴으로 순덕을 안았다. 순덕은 따뜻한 그의 품에서 한참을 울었다. 순덕을 토닥이던 덕춘이 힘들게 말문을 열었다.

"끌려가자마자 제대로 된 훈련도 없이 총 한 자루 쥐어주더니 전쟁에 나가라더라구요. 첫 전투에서 허무하게 죽었어요. 적군이 정신없이 밀려 들어와서 시신 수습도 못했지. 전사 통지서가 갔을 땐 당신이 이미 그 집을 떠나 남으로 피난 온 후였대요. 그러다가 휴전이 되었으니 소식을 알릴 방도가 없었어요. 힘들게 살고 있는데 내 생각하면 당신 더 마음 아파할까 봐. 이미 죽어버린 남편 못 잊고 찾아 다닐까 봐…."

두 사람은 서로 부둥켜안고 울었다. 한참을 울다가 얼굴을 잊을세라 서로의 얼굴을 다시 바라보았다. 이렇게 생겼었구나…. 사진 한 장 남기지 못한 덕춘의 모습은 순덕의 기억에서 가물거렸는데 이렇게 앞에 놓고 보니 어제 헤어진 것처럼 또렷했다. 덕춘의 선한 눈매와 강팍한 입술까지 하나하나 손가락으로 더듬어 기억하려는 듯 손가락으로 만져보았다. 순덕은 서글퍼졌다.

"당신은 이렇게 똑같은데. 나는 쭈그렁 할머니가 돼서 내가 저승에 가도 못 알아보겠네요."

덕춘은 부드러운 미소를 지으며 고개를 가로저었다.

"아니에요. 분명히 알아볼 수 있어요. 그러니까 걱정 말아요. 걱정 말고 와요. 헤어졌던 시간보다 몇 곱절로 나랑 같이 있어요. 오는 길 조심해서… 얼른 와요."


할머니는 미용의자에서 눈을 떴다. 두 눈은 얼얼할 정도로 부어 있었다. 자신이 죽은 것도, 방금 덕춘을 만난 것도 모두 꿈만 같아서 옆에 서 있는 챠밍을 바라보며 눈만 끔뻑거렸다. 키가 껑충한 미용실 챠밍이 할머니를 내려다보며 미소 지었다.

"할아버지는 잘 만났어? 할아버지가 저승에서 할머니 기다렸대. 환생할 기회가 여러 번 있었는데 할머니 꼭 만나야 한다고 계속 기다렸대."

"응. 나 이제 죽어도 여한이 없어."

"음? 할머니 벌써 죽었는데?"

챠밍의 말에 두 사람은 실없이 웃었다. 이젠 갈 길을 가야 할 시간이었다. 할머니는 어딘가 불편한 표정으로 눈치를 보았다.

"고마워. 정말 고마워. 근데… 내가 죽어서 돈이 없는 데…."

"할머니 손에 이미 갖고 있네."

영일 슈퍼 할머니 손에는 어느새 탁구공보다 작은 구슬 하나가 있었다. 구슬은 옅은 핑크빛을 띠었다.

"이 구슬이면 충분해."

할머니는 말없이 챠밍의 손을 잡았다. 오랜 세월 쉼 없이 일을 한 챠밍의 손은 거칠었지만 따뜻했다. 챠밍이 할머니가 잡은 두 손에 힘을 꽉 주었다.

"그래. 얼른 가 할머니. 길마중이가 아까부터 기다리고 있네."

미용실 문밖에는 아까부터 길마중이들이 재촉하듯 움직이고 있었다. 할머니가 천천히 문을 열자 길마중이 셋이 할머니 근처를 빙빙 돌며 반겼다. 이윽고 하나가 앞장서고 나머지 두 개가 할머니를 재촉하듯 옆에서 떠다녔다. 할머니는 조심스레 한 걸음 발길을 떼었다. 저 검고 끝없는 어둠으로 점점 작아지는 그 뒷모습을 보며 챠밍이 작게 중얼거렸다.

"할아버지가 할머니를 못 알아보는 일은 없을 거야. 걱정 마. 내가 혼신의 힘을 다해서 단장시켜 드렸으니까."

챠밍 미용실 문 밖을 나서는 할머니의 모습은 열여섯 그때 그 모습이었다.

판

"거, 집을 내놓겠다고? 계약기간 한참이나 남았는데."

도깨비가 담배 연기를 내뿜으며 말했다. 오늘의 도깨비는 노인이라도 해도 될 만큼 늙어 보였다. 의명은 손에 들린 미지근한 믹스커피를 한 모금 들이켰다. 입이 써서 달달한 커피 맛이 느껴지지 않았다.

"아랫집 고독사한 할머니 때문에 찜찜해?"

도깨비가 아직 장초인 담배꽁초를 마시던 녹차가 조금 남은 종이컵에 넣었다. 치익, 소리와 함께 마지막 숨을 뱉듯 연기가 피어올랐다. 의명이 종이컵을 탁자에 내려놓으며 기어들어 가는 소리를 냈다.

"그것도 그렇고⋯ 여러 가지로요."

처음 이사 올 때의 생기는 어디론가 다 빨려 들어가고 퀭한 눈가에 마른 모습이었다. 그녀는 벽에 걸린 기이한 그림을 바라보았다. 바닷가 저편의 언덕 위 하얀 집에서 무언가 움직이는 걸 본 것 같았다. 눈을 껌뻑이며 비벼보았다. 정신과 의사는 그녀에게 신경쇠약이라고 했다. 그간 펠리치따 오피스텔에서 겪은 것들이 불안한 심리와 스트레스로 인한 호르몬의 불균형이 가져온 착각이라며 신경안정제를 처방에 해주었다. 안정제 덕인지 명치 아래서 끓어오르던 분노의 크기가 절반 정도는 줄어든 것 같았다. 의명은 모든 것이 환상일 것이라고 스스로를 다독였고 그 집만 벗어나면 나머지 반의 분노도 사라질 것이라 믿었다.

"근데⋯ 사장님. 저, 저번에 사장님이 거기 할아버지가 산다고⋯."

의명의 눈에 원망이 가득했다. 정말로, 따지고 싶은 심정이었지만 따지지도 못했다. 도깨비가 묘한 웃음을 띠며 소파 뒤로 몸을 기대더니 담배를 하나 더 꺼내어 입에 물고 대답했다.

"응. 살았지. 내가 관리하는 빌라만 해도 여섯 개나 되다 보니 세입자 상황까지 일일이 파악하긴 쉽지 않아. 그 노인은 중국인 억양인 데다 다리를 저니까 분명히 기억이 나긴 했는데 내가 세 얻어준 사람들이 죽었는지 살았는지까지 다 기억하긴 힘들다고."

별일 아니라는 말투에 의명은 벌떡 일어나 소리를 지를 뻔했다. 그 집에서 매일 있지도 않은 사람과 인사를 하고 그 귀신이 내는 소음에 잠도 제대로 못 잤노라고 하고 싶었지만 가슴만 벌렁거릴 뿐이었다. 시시비비를 가리는 것보다 의명에게 가장 시급한 건 빨리 그 지옥 같은 집을 벗어나는 것이었다.

"집이나, 빨리 빼 주세요."

의명이 체념하듯 한숨을 쉬었다. 도깨비는 낡은 수첩을 뒤적이며 물었다.

"이사 나가는 날짜가 언제지?"

"집 빠질 때까진 부모님 댁에 있을 거예요."

도깨비가 물끄러미 그녀의 얼굴을 쳐다보다 이내 수첩으로 눈길을 돌렸다.

"그래. 가서 몸 좀 추스르는 게 낫겠어. 몰골이 말이 아니네."

의명은 재차 애원하듯 집을 빨리 빼달란 부탁을 하며 일어났다. 이삿짐을 뺄 때까지 다시는 펠리치따에 들어가지 않을 생각에 짐을 챙겨 복덕방에 들른 터였다. 커다란 캐리어를 끌고 도깨비 복덕방을 나서는 뒤통수에 대고 도깨비가 소리치듯 말했다.

"그냥 헤어지기 서운한데… 우리 또 만나요. 뻬르 라 펠리치따!"

의명이 소름끼치는 듯 어깨를 움츠리며 고개를 돌려 복
덕방을 바라보았다. 의명보다 서너 살 정도 많아 보이는
젊은 남자가 어린아이 같은 표정으로 담배에 불을 붙이고
있었다. 의명은 무거운 캐리어를 힘껏 잡아당겨 똑바로 세
우곤 정신없이 걸어가며 다신 생각도 하기 싫다는 듯 세차
게 머리를 흔들었다. 악에 받친 듯 요란한 소리를 내는 가
방을 끌고 정류장으로 향하는 동안 좁은 육교 밑을 지나다
키가 큰 남자의 팔을 스쳤다. 남자는 사과를 하지 않고 의
명을 뚫어지게 쳐다보았고 의명은 무슨 용기인지 질세라
그를 노려보았다. 그러고는 그 이상한 남자를 까맣게 잊
었다.


대낮의 미용실은 한가로웠다. 봄이다 싶었던 날씨는 어
느덧 여름에게 자리를 내어주었다. 새벽이 자취를 감추자
마자 푹푹 쪄댔다. 아직 손님의 발길이 없는 가게에 일찌
감치 에어컨을 틀기 뭐해서 켜놓은 선풍기에서 더운 바람
이 불었다. 통유리를 등지고 할 일 없이 티브이나 보고 있
던 챠밍이 열어 놓은 문으로 들어서는 인기척에 등을 곧추
세웠다가 도깨비를 보고 다시 소파에 기댔다.

"손님인 줄."

"뭐야. 그렇게까지 박대할 필요는 없잖아?"

"헛소리할 거면 꺼지셔."

그가 어깨를 으쓱하더니 미용 의자에 털썩 앉아 담배를 입에 물었다. 그 모습을 본 챠밍이 도깨비 입에 물린 담배를 낚아채 쓰레기통에 던졌다.

"남의 업장에서 뭐 하는 거야. 복덕방에서나 피워."

"아. 참. 이승이지."

"노망이야? 하긴 노망이 나도 한참 날 나이긴 하지."

머쓱한 표정으로 도깨비가 헛기침을 했다. 두 사람은 익숙한 듯 어색하게 한참을 앉아 있었다. 침묵이 지겨워질 즈음 심드렁한 표정의 챠밍이 정적을 깼다.

"피곤하니까 빨리 본론만 말하고 꺼져."

"아… 흠. 그러니까… 음. 집주인이 월세 기어이 올려받아야겠대."

"그건 저번에 와서 말해줬잖아. 요즘 그거 때문에 예민하니까 성질 돋구지 마셔."

"아. 그랬나? 그랬지."

다시 정적이 흘렀다. 참지 못하고 먼저 입을 뗀 건 이번에도 챠밍이었다.

"왜 온 거야. 할 말도 없으면서. 설마 청혼이라도 하려고 온 거야?"

"허. 너 드디어 미쳐가는구나."

"옛날에 네가 그랬었단다. 나랑 혼인해주겠다고."

챠밍의 빈정거림에 도깨비가 인상을 찌푸렸다.

"그땐 혼례가 뭔지도 모를 때였어. 네가 하도 죽상을 하고 있으니까 한 말이지. 흑역사는 잊어 달라고."

"그래서 할 말이 뭔데? 할 말 있음 하고 얼른 나가. 너 거기 있음 손님들이 왔다가도 돌아간다. 한 푼이라도 더 벌어서 월세 내야 해."

챠밍의 채근에도 도깨비는 창밖을 보며 뜸을 들이고만 있었다. 기다리다 지친 챠밍이 그냥 내쫓아야겠다 생각할 즈음 드디어 그가 입을 열었다.

"판이."

다시 정적이 이어졌다. 분위기는 무겁게 가라앉았다.

"판이 새 일거리를 줬어."

챠밍은 입을 떡 벌리고 도깨비의 얼굴을 쳐다봤다. 도깨비는 입만 벙긋거리며 '왜? 뭐?'라고 하더니 따가운 눈길을 피했다. 트롤리 안에 꽂힌 여러 개의 미용가위가 차갑게 빛났고 도깨비는 등골이 서늘해지는 기분이 들었다. 그는 슬그머니 챠밍 옆에 놓인 트롤리를 멀찍이 밀었다.

"나 죽지도 못하고 밤낮없이 오백 년을 일했어."

"알지."

"말이 오백 년이지 남들보다 두 배로 일한 걸 따지면 거의 천년이나 진배없지."

"안다고."

"근데 뭘 또 시켜?"

"판의 마음을 내가 어찌 알겠어. 우리가 언제 표준근로 계약에 맞게 일했나."

"하! 기가 막히네."

코웃음을 치며 소파에서 일어난 챠밍의 등 뒤로 시퍼런 연기 같은 것이 올라왔다. 도깨비가 황급히 챠밍의 등 뒤로 손을 뻗어 퍼런 연기를 손으로 거둬들였다. 무서운 표정으로 좁은 가게 안을 서성이던 챠밍이 갑자기 걸음을 멈추었다.

"이번엔 또 뭔데? 어디 들어나 보자."

"사람 하나 데려오래."

"그 망나니 신이 드디어 미친 거야? 낮에도 밤에도 이 미용실에 처박혀 일만 하는 나한테 말 같지 않은 소릴!"

챠밍이 몸을 숙여 얼굴을 바짝 들이댔다. 챠밍의 등 뒤로 또다시 불꽃이 안개처럼 피어올랐다. 챠밍의 분노가 먹구름을 불러오고 있었다. 갑작스런 돌풍으로 날아간 영일슈퍼의 파라솔이 골목을 휘저으며 굴러다녔다. 몸을 뒤로 제낀 도깨비가 진정하라는 듯 챠밍의 어깨를 툭툭 쳤다.

"안 미쳤대. 너희 빌라 201호 아가씨. 집도 안 빠졌는데 펠리치따 101호 노인 귀신이랑 고독사한 그 집 할머니 시체를 보고 넋이 나가서 어제 내뺐어. 그렇게 부모님 집으로 가는 길에 성당 앞 육교를 지나다 판이랑 부딪혔다더라고."

챠밍 등 뒤에서 피어오르던 푸른 불꽃이 순식간에 사그라들었다. 챠밍은 눈을 껌뻑였다.

"판이… 그 아가씨를 봤다고? 아니면 몸이 부딪혔다고?"

"몸이. 그러더니 노려보더래."

"말도 안 돼. 사람이 판이랑 부딪혔다니. 게다가 노려봤다면 판이 보였단 거잖아."

"그러니까. 그 아가씨 펠리치따에서도 101호 노인이랑 그 집 애를 보고 대화까지 했어."

"그럼, 영매네?"

도깨비가 고개를 끄덕였다.

"그런데 그 아가씨를 그냥 가게 둔 거야?"

도깨비가 담배를 하나 꺼내 입에 물었다. 이번엔 챠밍도 그를 말리지 않았다. 좁은 미용실 안은 금세 연기가 가득 차 뿌옇게 시야를 가렸다.

"정말 정말 오랜만에 만나는 강력한 영매인데, 결정적으로 계약을 할 이유가 없었어. 그래서 간다고 나서는 걸 말리지도 못했지. 인정에 호소한다고 될 일이야 이게? 아가씨, 봉사하는 셈 치고 신의 일을 좀 해보는 건 어때? 이럴 수도 없잖아."

"그렇지. 아쉬운 쪽이 판에게 부탁하는 게 일반적이지.

그런데 말야."

다시 차분한 표정으로 소파에 앉은 챠밍의 낡은 슬리퍼가 발끝에 걸려 까닥거렸다. 도깨비는 무표정하게 담배 연기를 뿜으며 챠밍의 발끝을 바라보았다.

"나도 아쉬운 게 없는데, 왜 판의 요구를 들어줘야 하지? 차라리 여기 월세를 내주면 내가 어떻게든 잡아 오겠네. 판한테 전해줘. 꺼지라고."

"빚진 게 있을 텐데… 라고 판이 말했어."

챠밍은 얼마 전에 미용실에 다녀간 황소만큼 큰 개의 커다란 눈망울을 떠올렸다. 바보같이 착한 짐승의 소원을 들어주느라 또다시 판에게 덜미를 잡혔다. 판은 어떤 경우에도 공짜가 없는 신이었다.

"넌 나 안 말리고 뭐 했어?"

"말려도 안 들었을 거잖아. 판이 깔아놓은 수작 빤히 보이는데 제발로 걸려드는 거 말리기도 지쳤어. 바보도 아니고 매번…."

챠밍이 도끼눈을 뜨고 도깨비를 노려보았다. 여기서 몇 마디 보탰다간 어떤 사달이 날지 모르는 일이었다. 도깨비는 조용히 입을 다물고 챠밍의 화가 수그러들기만을 기다렸다. 한참 후에서야 골목을 휘젓던 돌풍이 잠잠해지고 영일 슈퍼집 아들이 다른 집 주차장에 굴러 들어간 파라솔을 주우러 뛰어가는 것이 미용실 전면의 통창 너머로 보였다.

"그 아가씨는 왜 데려오래?"

화가 누그러들긴 했어도 여전히 날이 선 목소리였다.

"이승을 떠도는 망자들을 데려오게 할 거래. 영안이 깨어 있고 그림을 그리는 사람이라 그만한 적임자가 없다나."

"저승사자들은 뭐하고?"

"저승사자가 못 데려간 망자들 있잖아. 자기가 죽은 줄 모르고 이승에 미련이 너무 강해 명부가 소용없는 망자들의 수가 너무 많아지고 있어. 그 아가씨가 그걸 해결할 수 있을 거라던데?"

"이게 뭐 좋은 거라고 이런 거지 같은 불공정계약에 내 손으로 죄 없는 아가씨를 끌어들여. 우리가 개입하지 않으면 그 아가씨는 평범하게 살다가 평범하게 결혼하고 아이 낳고 평범하게 죽어서 나에게 오겠지. 이쁘게 단장하고 저승길에 오를 사람 인생을 망치고 싶지 않아. 빚을 져도 등가교환의 원칙은 지켜야 하는 거 아니냐? 나도 양심이 있고 상도가 있…."

"판이."

도깨비가 챠밍의 말을 막아섰다. 그는 한숨을 쉬듯 마지막 연기를 뱉어내고 다 피운 담배를 바닥에 던져 발로 밟아 껐다.

"그 아가씨가 '무기한 종신계약'을 맺게 되면, 네 계약을 해지해주겠대."

"아….."

챠밍은 말문이 막혔다. 잠시 멍하니 서 있던 챠밍이 굳은 표정으로 빗자루를 들고 와 도깨비가 바닥에 비벼 끈 꽁초를 치웠고 도깨비가 그런 그녀의 행동을 눈으로 좇았다. 평소라면 빗자루가 날아와야 마땅한 상황이었다. 챠밍의 행동을 바라보는 도깨비의 표정엔 착잡함이 어렸다. 빗자루를 원래 자리에 곱게 세워놓은 챠밍이 작은 한숨을 쉬었다.

"그냥 종신도 아니고 '무기한 종신계약'이라. 나처럼 무기한으로 일해 줄 종 하나 데리고 오면 날 놔주겠단 소리네."

"뭐 그렇지. 알다시피 일꾼에 목메는 신이라."

둘은 잠시 침묵했다. 이번에도 침묵을 깬 건 챠밍의 한숨 섞인 말이었다.

"그 처녀를 나락에 빠뜨리면 내 지긋지긋한 삶을 끝낼 수도 있단 거네."

"…지긋지긋했어?"

"…좋아서 이렇게 살았겠니. 인간들은 죽음이 축복인 걸 모르겠지. 필연적으로 죽으니까. 불로초를 찾아다닌 진시황도 절대 죽을 수 없는 처지가 되면 죽기 위해 필사적이었을걸."

"한 번 생각해봐. 판은 아주 성급한 신인 거 너도 알지?
그가 변덕 부리면 지금 이야기한 조건을 언제 철회할지 모
른다는 것도."

"그 변덕쟁이는 그러고도 남지. 그래서 그런가. 나 꿈을
꿨어."

챠밍은 대수롭지 않다는 듯 말을 던졌지만 도깨비는 놀
라 벌떡 일어났다.

"뭐?"

"판이 계약에 꼼수를 부린 건지… 계약이 변한 건지. 아
니면 내가 죽을 병이라도 걸린 건지."

혼잣말인 듯 중얼거리는 챠밍을 바라보는 도깨비가 얼
이 빠진 듯 서 있다가 갑자기 챠밍의 왼쪽 팔을 잡았다.

"왜?"

"좀 봐봐."

도깨비가 챠밍의 왼쪽 옷소매를 바짝 걷어 올리자 팔오
금 안쪽으로 여러 개의 원과 선이 어우러진 문신 같은 것
이 보였다. 그는 얼굴을 바짝 들이대고 문양을 살폈다.

"외간 여자 팔을 붙들고 뭐해. 그만해."

챠밍이 불편한 표정으로 소매를 내리자 도깨비가 물러
났다. 겸연쩍게 헛기침을 하는 도깨비의 표정엔 의문이 가
득했다.

"아니, 계약자가 꿈을 꾼단 이야기는 한 번도 들어본 적

이 없어. 계약사항에 변동이 있는지 보느라."

"신경 쓰지 마."

"신경을 어떻게 안 써?"

"언제부터 그렇게 날 걱정했다고 그러셔."

챠밍이 콧방귀를 뀌었다. 별일 아니라는 듯 웃어 넘기려
했지만 진지한 표정으로 턱을 어루만지는 도깨비의 얼굴
을 보니 괜한 소리를 한 건 아닌가 후회되었다. 챠밍은 과
장된 표정을 지었다.

"아이고, 별 일이야 있겠어. 죽고 싶어도 죽지 못하는 존
재인 거 니가 더 잘 알잖아. 그냥 옛날 기억일 뿐이야. 피곤
해서 그랬겠지."

"옛날 기억, 뭐…?"

도깨비의 질문에 챠밍은 잠시 말을 멈추었다. 길고 긴
세월이 흘러도 어제 일처럼 생생한 순간이었다. 잊고 싶었
지만 잊을 수 없었던, 잊을 수 없기에 모른 척하고 살았던
과거의 기억을 담아둔 상자를 잠시 열어 본 기분이었다.

"그냥, 옛날."

챠밍이 대수롭지 않다는 듯 대답했다. 분명 대수로운 일
임을 직감했지만 다그쳐도 말해줄 리 없다는 걸 챠밍을 오
랜 시간 보아온 도깨비는 잘 알고 있었다.

"혹시라도, 다시 꿈을 꾸게 되면 꼭 이야기해라. 알았
지?"

"예, 예, 여부가 있겠니?"

건성으로 대답하는 챠밍을 바라보는 도깨비의 표정이 그 어느 때보다 어두웠다. 미용실 문을 열고 나오자 미지근하고 습한 공기가 도깨비를 덮쳤다. 이른 더위를 식혀 줄 소나기라도 올 모양이었다. 도깨비 복덕방을 향하는 그는 노인의 얼굴을 하고 있었다.

챠밍은 소파에 앉아 소파 등받이에 팔로 머리를 괴고 상념에 젖었다. 도깨비를 처음 만난 건 아주아주 오래 전 일이다. 그땐 챠밍도 도깨비도 어린아이였고 매일이 즐거웠다. 서낭당 아래에 나란히 앉아 도깨비는 어린 챠밍이 조잘대는 이야기를 들었다. 하루는 이마에 커다란 뾰루지가 난 챠밍을 보고 배꼽을 잡고 웃다가 서낭당 아래로 굴러떨어진 도깨비 머리에 큰 혹이 생겼고 그 땜빵이 아직도 머리에 남아 있다고 했다. 영원할 것 같았던 호시절은 불공평하게 흘렀다. 챠밍은 인간이었고 도깨비는 신이었기 때문이다.

챠밍은 머리를 흔들어 자꾸만 떠오르는 기억을 털어냈다. 때마침 문이 열리고 손님이 들어왔다. 미소를 활짝 보인 챠밍이 애써 밝게 외쳤다.

"어서 오세요. 챠밍 미용실입니다!"

# 미끼

챠밍은 희부옇게 밝아오는 아침에야 뻑뻑한 눈을 부비며 퇴근했다. 좁은 미용실에 앉을 곳이 없어 선 채로 기다리는 손님이 있을 정도로 바쁜 날이었다. 간밤엔 영일 슈퍼 할머니가 다녀갔다. 할머니의 얼굴이 달처럼 환하게 빛이 나서 챠밍은 한시름 놓았다. 영일 슈퍼 할머니는 첫 남편과 함께 저승에서 평안을 찾았다. 두 사람은 사람으로 환생하기를 포기하고 저승에서 평안히 머물다 머지않은 어느 날 깊은 산 경치 좋은 기암절벽에 소나무 두 그루로 태어나기로 정했다고 했다. 미용실에 들른 건 큰아들 영일 씨의 꿈에 나타나기 위해서였다. 산 자들의 간절함이 망자를 부르는 경우는 흔했지만 큰아들 영일 씨의 간절함은 죽은 어미에 대한 그리움이 아니었다. 그의 간절함은 형제간에 생긴 재산싸움 때문이었는데, 차남과 막내가 유산을 삼등분하자고 덤비는 통에 미리 유언장을 써두지 그랬냐는 원망을 하기 위해 어미를 소환했다. 영일 씨 덕에 부아가 치민 챠밍은 할머니를 단장시켜 보내며 영일 씨의 다음 소식은 동네 아줌마들에게 들을 테니 다신 미용실에 오지 말기를 당부했다. 할머니는 그저 배시시 웃을 뿐이었다.

"자식이란 게 그래. 웬수 같을 때도 있고 어찌 저리 애미 맘을 몰라주나 죽도록 서운하기도 한데, 그래도 미안하고 걱정되는 건 죽어서도 마찬가지네. 열 달을 속에 품고 있다가 내 품에서 젖을 물리던 순간의 그 감정을 평생 잊을 수 없어서 그런가."

할머니의 말에 챠밍은 조용히 입을 다물었다. 세상 어디에서도 반박할 말을 찾을 수 없을 것 같았다. 할머니는 옥색 한복을 단정히 차려입은 모습으로 자식들을 만나려고 미용실 문을 나섰다. 영일 씨는 꿈에 나타난 어머니가 온화한 미소로 머리를 쓰다듬어주자 어린아이처럼 엉엉 울었다고 했다. 그렇다고 해서 영일 씨가 개과천선을 했다는 아름다운 이야기는 아니었다. 꿈에서 깬 영일 씨는 동생들에게 전화를 걸어 간밤 꿈에 엄마가 나타나 슈퍼는 평생을 모신 큰아들에게 주겠다는 유언을 남겼다며 뻥쳤다. 동생들은 여전히 유산 지분을 찾기 위해 변호사와 상담하고 다

니고 있지만 할머니의 예금은 이미 영일 씨의 수중에 들어
갔으므로 얼마 안 되는 변두리 슈퍼의 보증금을 삼등분 해
봤자 소송비가 더 나올 거 같아 포기할 확률이 높았다.

여느 때처럼 수없이 많은 망자들이 다녀가자 녹초가 되
었다. 여름의 새벽은 일찌감치 검은 빛을 몰아내고 있었
다. 부지런한 사람들이 출근하는 발걸음을 서두르는 모습
이 간간이 보였다. 얼른 지친 몸을 이끌고 눕고 싶은 마음
이 간절했지만 챠밍은 멍하니 소파에 앉아 손에 든 휴대폰
을 노려보았다.

"…진짜 해, 말아?"

챠밍은 어제 아침 세 번째로 꿈을 꾸었다. 한참을 고민
하던 챠밍이 결심한 듯 전화기를 소파에 던졌다. 대신 미
용실 정리까지 다 끝낸 후 황금빛 간판의 불을 밝혔다. 그
리고 수납함 안쪽에 잠금장치가 달려 있는 작은 상자를 꺼
냈다. 상자는 먼지가 뽀얗게 쌓여 있었다. 챠밍은 서랍 안
에서 꺼낸 열쇠 꾸러미에서 가장 작은 열쇠로 그 상자를
열었다. 안에는 길이가 서로 다른 향 세 개가 들어 있었다.
그중 중간 정도 길이의 향을 하나 꺼내 불을 붙이자 연기
가 미용실 안을 가득 채웠다. 미용실 안이 연기로 자욱해
지고 짤랑거리는 소리와 함께 문이 열렸다.

"무슨 일이지?"

키가 큰 남자가 미용실 안으로 들어섰다. 순정 만화에서

나 볼 수 있는 쉬폰 블라우스에 빌로드 조끼까지 고풍스러운 정장 차림을 한 그의 얼굴은 눈동자가 이상하리만치 커서 사람이 아니라 짐승 같은 느낌을 주었다. 챠밍은 소파로 손을 뻗으며 그에게 앉기를 권했다. 남자는 불쾌한 표정으로 퉁명스럽게 답했다.

"앉을 시간이 있겠나? 용건을 말하게. 내가 여기 소환될 만큼 중대한 일이길 바라네."

"혼자 바쁜 척하는 건 여전하네요. 저도 심심해서 부른 건 아닙니다만. 정중하게 부탁드렸더니 한가해지면 온다는 쪽지 따위나 주길래 어쩔 수 없이 강제소환을 했죠."

"바쁜 척이 아니라 바쁜 거야. 이젠 집무실 책상과 물아일체가 되는 기분이라네. 내가 이렇게 말하고 있는 이 순간에도 내 일거리가 차곡차곡 쌓이고 있어. 얼른 용건을 말해보게."

"바쁘시다니 단도직입적으로 말하죠. 제가 요즘 꿈을 몇 번 꿨습니다만."

"자네 지금 농담을 하는가?"

남자가 큰 눈을 더 부릅뜨며 챠밍에게 바짝 다가섰다. 무서운 기세였지만 챠밍도 지지 않고 남자에게 얼굴을 들이밀었다.

"이보세요. 나도 당신 못지않게 바쁜 사람이에요. 농담 따위나 하려고 퇴근도 못 하고 여길 열었겠어요? 꿈을 꿨다고요. 그것도 세 번이나."

"확실한가?"

챠밍이 눈을 크게 뜨고 고개를 끄덕였다. 남자가 심각한 표정으로 턱을 어루만지며 생각에 잠겼다. 향이 거의 다 타들어가고 있었다. 남자를 바라보는 챠밍의 표정이 초조해졌다.

"그렇게 넋 놓고 있지만 말고 말을 좀 해보시죠?"

"처음 있는 일이라. 나라고 모든 걸 다 알 수는 없다네. 그나저나 향이 다 탔군. 난 이제 돌아갈 시간일세."

남자가 미소를 지으며 미용실 문을 열었다. 챠밍은 문을 여는 남자와 다 꺼져가는 향을 번갈아 바라보며 다급하게 외쳤다.

"아니 뭐라도 대답을 하고 가야…!"

"모르는 걸 무슨 수로 대답을 하는가. 알아보긴 하겠네."

그는 건성으로 손을 들어 보이며 밖으로 발을 내딛다 할 말이 생각난 듯 뒤를 돌아보았다.

"아. 다음엔 용무가 있으면 직접 와서 말하길 바라네. 오늘처럼 별일 아닌 걸로 소환했다간 가만두지 않을 거야."

향이 마지막 연기를 뿜어내며 꺼지고 도어벨이 짤랑거리는 소리와 함께 남자가 자취를 감췄다. 혼자 남은 챠밍은 멍하니 뿌연 미용실을 바라보다 골목길이 환하게 밝아올 무렵에서야 황금빛 간판 불을 끄고 셔터를 내렸다. 그

리고 언제나처럼 온기 없는 옥탑방에 올라 침대에 누워 천
장을 노려보았다. 분하고 억울해도 그녀가 할 수 있는 것
이 없었다. 챠밍은 상자 속에서 가장 좋은 구슬을 꺼내 꿈
을 꿀 수 없는 잠으로 하루의 고단함을 달랬다.

　노력하지 않아도 해는 뜨고 새날은 밝았다. 같은 일상도
반복되었다. 가만히 있어도 해는 지고 망자들의 시간도 시
작되었다. 산 사람이건 망자건 까다로운 사람들은 어디에
나 있기 마련이라 망자 하나가 더 젊어 보이게 해줄 수 있
지 않냐며 챠밍을 붙들고 통사정을 했다. 아무리 잘라 말
해도 포기할 줄 모르는 손님에게 질려버린 챠밍이 할 수
없이 회춘용 스프레이를 뿌려주자 뒤에서 대기하던 사람
들이 너도나도 공짜 서비스를 요구했다. 그들은 다신 여기
에 발을 못들이게 하겠다는 챠밍의 으름장을 듣고 나서야
볼멘 얼굴로 조용히 돌아갔다. 어스름이 밝아올 즈음 뒷정
리를 하려는데 도어벨 소리가 들렸다. 챠밍은 신경이 곤두
서는 걸 꾹 눌러 참고 영업용 목소리를 냈다.
　"죄송하지만 영업이 끝났습… 아, 난 또 누구라고."
　문을 열고 들어온 것은 도깨비였다. 챠밍이 김빠진 표정
으로 마저 빗자루질을 했다. 도깨비는 미용 의자에 털썩
앉아 담배를 입에 물었다.
　"너 폐가 다 썩었을 거다. 작작 좀 펴."

"나는 신이라 괜찮아."

"잘났다. 그래, 많이 피우셔."

챠밍은 코웃음을 치며 빗자루질을 하다가 미용실 바닥에 모래가 떨어져 있는 것을 보았다.

"웬 모래야?"

"언덕 위에 다녀왔지."

"그 멀리까지 왜? 무슨 일 있어?"

"판이 불렀어. 또 꿈을 꾸면 나한테 얘기하라니까 왜 얘길 안 했어?"

"너 오버할까 봐. 판이 널 거기까지 부른 걸 보면 뭔가 알아낸 거야?"

챠밍이 빗자루를 던지고 도깨비에게 얼굴을 바짝 들이댔다. 도깨비는 담배에 불을 붙여 연기를 내뿜으며 불퉁하게 대꾸했다.

"너 엊그제 무의 공간으로 판을 소환했다면서?"

"응. 아깝게 몇 개 없는 향까지 써서 소환했는데 지도 모른대. 잔뜩 약만 올리고 갔어. 빌어먹을 신."

"그 덕에 야근했다고 하소연하더라고. 어쨌거나 여기저기 연락을 넣어서 알아보긴 했는데 다른 신도 왜 그런지 모르더래."

"그 잘난 척하는 신들도 모르는 게 있네."

"신도 신 나름이지."

챠밍이 도깨비의 얼굴을 빤히 들여다 보았다. 당연한 듯 늘 도깨비와 함께한 세월이 퍽 길었다.

"맞다, 너도 신인 걸 자꾸 까먹네. 하긴 무의 공간에서 일어나는 일은 세상의 어떤 신도 모른다고 했어. 거기서는 내가 신이라고."

"모두에게 잊혀진 공간이니까. 너에게 주기 전까진 판이 관리했는데 판은 그 공간을 써먹질 않았어. 판은 누굴 만나던 일을 시키려고 들지 남는 거 없는 복수를 할 신이 아니거든. 세상에서 가장 잔인한 CEO랄까."

"어휴. 지독한 놈. 근데 판은 어쩌다가 꿈 공장을 맡게 된 거래?"

"몰라. 신들끼리 내기를 했다고만 들었어. 그 바람에 꼼짝없이 떠안게 된 거라고 그러더라고."

"잘난척하는 판도 계약에 묶인 몸이다? 푸하핫."

챠밍이 재미있다는 듯 킬킬거리자 도깨비도 따라 피식 웃었다. 신나게 웃는 챠밍을 보며 도깨비의 표정이 문득 어두워졌다.

"요즘 언덕 위도 난리야. 낮달이 나타났다나. 아무래도 태양이 빛을 잃고 있기 때문이 아닌가 하더라고. 덕분에 삑 하면 비가 내리고 폭풍우가 몰아친다고 하더라."

"낮달? 아니 낮만 지속되는 신들의 영역에 그런 게 왜 나타나?"

"그것도 자기는 모른대."

"걔는 아는 게 뭐래?"

챠밍이 도깨비 옆에 털썩 주저앉았다. 머리가 지끈거렸
다. 도깨비가 담뱃갑을 든 손을 챠밍 쪽으로 뻗자 챠밍이
고개를 저었다.

"됐어. 머리 아파. 넌 신이지만 난 이도 저도 아닌 몸이
라 건강을 챙겨야 한다구."

도깨비가 머쓱하게 손을 거둬들였다. 그가 뱉어 낸 연기
가 좁은 미용실 안을 뿌옇게 채웠다.

"뭐, 확실하진 않지만 무의 공간에서 누군가 탈출하는
정도 급의 이변이면 낮달도, 꿈도 설명이 된대."

"그 밑도 끝도 없는 공간에서 누가 탈출을? 불가능해.
무의 공간은 끝없이 팽창하는 우주보다 더 넓다고."

"그러니까 이론상으로는 그렇다는 거지. 뭐가 빠져나올
만큼 크진 않았지만 얼마 전 차원의 틈이 발견된 적도 있
잖아. 무의 공간엔 정말 아무 문제 없어? 혹시 꿈에 나온
게 무의 공간에 들어간 사람이야?"

"아냐."

챠밍이 피식 웃더니 의문이 가득한 표정으로 자신의 얼
굴을 뚫어지게 쳐다보는 도깨비의 시선을 외면하며 다리
를 주물렀다. 퉁퉁 부은 다리가 저리고 아팠다.

"차원의 틈이 생겼다 한들, 고작 인간 따위가 그 무한대

의 공간에서 그 틈을 찾을 확률은 거의 제로지. 지옥보다
더한 지옥이 거기잖아. 내가 찾아서 데리고 오고 싶어도
대체 어디 있는지를 알 수가 없는걸."

도깨비가 고개를 끄덕이며 어깨를 으쓱했다. 판 역시 신
들의 역사가 기록되기 시작한 순간부터 지금까지 이 세상
에 변고가 있을 때마다 낮달이 나타난 적은 몇 번 있어도
무의 공간을 탈출한 인간은 단 하나도 없었다고 했다.

"참. 판이 201호 처녀는 언제 데려올 거냐고 하던데? 빛
이 있는 걸 절대 잊지 말래. 그리고 커다란 짐승의 눈깔을
잊지 말라던가."

"아, 해피…."

챠밍은 인사를 하고 저승으로 떠나던 해피의 뒷모습을
떠올리며 소파 등받이에 기대어 머리를 뒤로 젖힌 채 눈을
감았다. 꿈에 정신이 팔려 잠시 잊고 있었던 일이었다.

"있잖아."

챠밍이 입을 열었다.

"꿈을 꾸는 거, 좋더라."

도깨비는 챠밍의 말에 대답하지 않고 눈을 감고 있는
그녀를 물끄러미 바라보았다. 태어날 때부터 도깨비였던
그는 이해 못 할 말이었다. 도깨비의 표정이 씁쓸했다. 한
참을 말없이 그대로 있던 챠밍이 갑자기 몸을 벌떡 일으
켰다.

"망할. 판 밑에서 오백 년을 일했더니 나도 닮아 가나 봐. 더럽게도 못돼먹은 판한테, 일단 그 아가씨에게서 잠을 빼앗으라고 해. 그런 미끼도 없이 뭘로 데려올 수 있겠어?"

# 만규

연기가 창밖으로 퍼져나간다. 만규는 잠시 눈을 감았다. 빈속에 피운 담배 덕에 머리가 핑 돌았다. 담배 하나를 다 피우고 창밖으로 꽁초를 튕겨내자 붉은 점이 저 멀리 날아갔다. 창문 아래 우뚝 서 있는 벚나무 가지에 하얀 꽃 대신 하얀 꽁초가 피어 있었다. 휘익 바람이 불어 위태롭게 걸려 있던 담배꽁초 서너 개를 바닥으로 떨궜다. 만규는 뭐라도 먹기 위해 주방으로 갔다. 어젯밤에 사놓은 삼각김밥 하나를 꺼냈다. 봉지라면을 끓일까 생각하다 컵라면을 꺼냈다. 싱크대 위엔 여러 종류의 컵라면 용기가 쌓여 있었다. 몇 날 며칠 비우지 않은 싱크대 거름망 위로 날벌레들이 날아다녔다. 컵라면이 알맞게 불기를 기다리는 동안 삼각김밥 하나를 다 먹어 치웠다. 생활비가 꽤 남아 있지만 만규는 허투루 쓰지 않았다. 지방 공사장을 따라다니는 아버지는 일주일에 한 번 오실지 석 달에 한 번 오실지 알 수가 없었다. 여느 아이들이라면 부모에게 받은 돈으로 쉽게 살 수 있는 것들도 만규에겐 밥값을 아껴 모아야 손에 쥘 수 있었다. 담배를 배운 후론 담뱃값도 부담스러웠다. 하나씩 피우다 보면 하루에 한 갑을 넘기는 날도 있었다. 남은 생활비에서 하루에 한 갑씩 담배를 피우면 밥값은 얼마나 남는지를 계산하며 라면을 입으로 가져가려는 순간 밖에서 인기척이 들렸다.

"누구세요?"

"야. 문 열어."

아버지의 목소리는 아니었다. 다짜고짜 문을 열라고 하는 목소리는 선뜻 누구인지 알 수 없었다. 하긴 아버지였다면 열쇠로 문을 열고 들어왔을 것이다.

"누구신데요?"

"이 새끼가. 얼른 열기나 해."

만규의 등 뒤로 소름이 돋았다. 놀라 머뭇거리는 사이 문밖에서 들리는 목소리는 더 크고 거칠어졌다.

"씨발. 문 빨리 안 여냐?"

만규는 손톱을 물어뜯으며 서성대다 발로 문을 걷어차는 소리에 문고리를 잡았다. 잠시 멈칫거리던 손이 잠금장치를 풀었다. 검은 모자를 눌러 쓴 석훈이 들이닥쳤다. 신발을 함부로 벗고 제집인 양 성큼성큼 들어오더니 집 안을 휘휘 둘러보았다.

"이 새끼, 사람 밖에 세워놓고 기다리게 하는 매너 좀 봐라. 제깍제깍 열어야지 뭐 했냐? 야동이라도 봤어?"

"아, 아니. 라면 먹는 중이라."

석훈은 상 위에 놓인 컵라면을 바라보았다. 그리곤 아무 거리낌 없이 상 앞에 털썩 앉아 라면컵에 꽂힌 젓가락을 집어 들더니 후룩거리며 먹기 시작했다.

"새끼, 겨우 라면이 뭐냐. 라면이. 맛있는 거 좀 먹지."

"어, 그래 거기. 그 편의점 끼고 쭉 올라오다 보면 컴퓨터 수리하는 곳 있잖아. 거기 맞은 편에 있는 빌라 302호… 새끼야 그 앞에서 전화하면 저 새끼 내려보낼 거라고. 말귀를 못알아 쳐먹냐 넌. 후딱 튀어 와, 새끼야."

"명오 그 새낀 공부도 못하고 대가리도 나빠서 그래."

"씨발, 그러는 네 대가린 좋냐?"

석훈이 피우던 담배를 빈 컵라면 그릇에 비벼 끄며 낄낄거렸다. 집안 가득 담배 연기가 자욱했다. 석훈 옆에 비스듬히 누워 티브이를 보며 키득대는 사람은 동현이고 약 30분 전 만규의 집에 도착했다. 둘은 만규의 집 거실을 차지하고 영역표시라도 하듯 여기저기 침을 뱉어가며 큰 소리로 먹고 피우고 떠들어 댔다.

"내가 공부는 못해도 잔대가리는 잘 돌지. 여기 아지트로 삼자는 것도 내 아이디어였다? 이 얼마나 창의적이고 건설적이냐."

"아 그래, 이건 진짜 천재적이다. 잘했다. 김동현."

석훈과 동현은 뭐가 그리 신나는지 배꼽을 잡고 웃어댔다. 거실을 내어주고 주방 쪽에서 쭈그리고 앉아 있는 만규는 울 것 같은 표정이었다. 석훈이 앞에 있는 두루마리 휴지를 만규 쪽으로 던졌다.

"야. 왜 청승을 떨고 있어. 친구가 집에 놀러 왔는데. 손님 대접이 이게 뭐냐. 먹을 거라도 좀 내놔라. 엉?"

만규는 석훈과 동현에게 내쫓기듯 밖으로 나왔다. 근처 편의점에서 냉동 피자와 소시지, 삼각김밥 등을 집어 들고 급식카드를 내밀었다. 집에 돌아와 급식카드로 산 것들을 내려놓자 석훈이 피우던 담배를 만규에게 던졌다. 불똥이 만규의 팔에 닿아 따끔했다.

"아얏!"

"아, 진짜. 뭐 좀 사 오랬더니 편의점에서 사 오냐. 저 새끼 수준하고는 진짜."

"저 새끼가 그렇지 뭐."

놈들은 만규가 담뱃불에 데인 건 본 척 만 척 봉지를 열어 음식들을 먹기 시작했다. 잠시 후 명오까지 들이닥쳐 만규의 집을 점령했다. 그들은 함부로 담배를 피우고 함부로 침을 뱉고 함부로 집안의 물건을 뒤졌다. 무례한 그들의 행동에도 만규는 아무 말 할 수 없었다. 셋은 몰려다니면서 약한 아이들의 돈을 빼앗고 학교에서 몰래 담배를 피우는 불량학생이었다. 만규는 평범하지만 컴퓨터에 관심이 많은 학생이었더랬다. 고등학교를 무사히 졸업하면 아르바이트를 하며 컴퓨터 학원을 다니는 것이 만규의 꿈이었다. 평온하던 만규의 생활은 얼마 전부터 시작된 석훈의 괴롭힘으로 지옥이 되었다. 이유도 알 수 없었다. 딱히 잘못한 것도 눈 밖에 날 만한 사건도 없었는데 밑도 끝도 없는 괴롭힘이었다. 음식을 잔뜩 뒤집어 쓰고 와도 그런 만규를 알아볼 가족은 집에 없었다. 도와달라고 할 사람은 지구상에 단 한 명도 없는 것 같았다. 이제 방학이니 조금만 참자, 어떻게든 졸업까지만 버티자고 견디고 있었는데 어떻게 안 건지 만규의 집마저 차지하고 들어앉아버렸다. 만규의 아주 작은 희망조차 흔적 없이 사라졌다. 태어난 지 스무 해도 되지 않은 친구들은 상상도 할 수 없는 방법으로 만규를 괴롭혔다. 사람은 선하게 태어나지 않는 것이 분명했다.

"야, 담배 좀 사와라."

석훈이 만규를 발로 툭툭 찼다. 만규는 일어나려다가 풀썩 주저앉았다. 다섯 시간 전부터 석훈 패거리들이 차지한 자리 옆에 무릎을 꿇고 앉아 있느라 오랜 시간 피가 통하지 않은 두 다리는 제 다리가 아닌 것처럼 감각이 사라졌다. 바로 옆에 있던 명오가 만규의 뒤통수를 후려쳤다.

"아, 새끼. 졸라 빠져 갖고."

"야 친구한테 그러면 쓰냐. 잘 해줘야지."

뒤통수를 맞고 바닥에 엎어진 만규의 뺨을 찰싹찰싹 때리며 석훈이 뱉은 말에 패거리가 키득거렸다. 모멸감과 분노로 눈물이 쏟아질 것 같았으나 그랬다간 놈들의 조롱과 괴롭힘이 더 심해질 것이 뻔했다. 더 이상 내 집 같지 않은 현관문을 나서자 최악의 미세먼지가 가득한 밤하늘에는 별 하나 보이지 않았다. 낮게 구름이 깔려 비라도 내릴 듯 음울했고 만규의 가슴만큼 답답했다. 만규가 아껴둔 생활비는 이틀만에 절반 가까이 날아갔다. 편의점에서 담배 세 갑과 삼각김밥 하나를 사고 만 원 짜리 두 장을 내미는 손이 바르르 떨렸다. 계산을 마치자마자 데우지도 않은 삼각김밥을 입에 욱여 넣었다. 석훈 패거리들이 집에 들이닥친 후 처음 먹는 끼니였다. 어제 맞은 옆구리가 쿡쿡 쑤셨다. 이대로 도망가고 싶었다. 어릴 적 아버지와 이혼한 어머니는 한 번도 만규를 찾지 않았다. 친척들과는 왕래를 끊고 살았으니 의지할 친척도 없었다. 선생님은 이 일을 해결해줄 수 있을 것 같지 않았다. 경찰에 신고해도 방법은 없을 것이다. 신고했다가 일이 잘 안되었을 때 겪을 일이 너무 두려웠다. 잔인한 악마들은 분이 풀릴 만큼 때리다 그대로 죽으면 동네 야산에 암매장할지도 모른다. 만규에게 주먹은 가깝고 도움은 너무 멀어 실존을 증명할 수 없었다. 악마의 입속으로 들어가는 기분으로 현관문을 열었다. 그곳에 지옥이 있었다.

　만규의 아버지 김길호는 지방에서 일을 끝내고 오랜만에 집에 들어갔다. 집안일을 돌볼 여자가 없는 집구석은 사내들이 내뿜는 노린내가 뒤섞인 담배 냄새가 가득했고 전보다 더 엉망이었다. 길호는 아들이 담배를 피우는 것을 알았지만 모른 체 했다. 길호 역시 중학교 3학년 때부터 동네 형들과 어울려 다니다 담배를 배웠다. 거칠게 자라고 거칠게 살아온 길호에게 사내들의 세상은 원래 그런 것이어서 새삼스럽지 않았다. 아이가 초등학생일 때 도망간 마누라는 얼굴이 하얗고 눈이 큰, 길호보다 세 살 연상의 여자였다. 길호는 여자가 함바집에서 일하는 걸 눈여겨보다가 데이트나 하자고 농을 걸었다. '저는 아홉 시에 일이 끝나요'라는 대답에 너무 놀란 길호가 딸꾹질을 하자 여자가 부끄러운 듯 주방으로 뛰어 들어갔다. 얼마 안 가 둘은 살림을 합쳤고 덜컥 애가 들어섰다. 그들은 혼인신고만 한 채 아들을 낳았다. 여자는 성실했고 부지런했다. 안정적 생활은 길호에게도 만족스러운 것이었다. 그의 일생에 가장 행복했던 시절이었다. 일이 끝나고 간 술자리에서 십장과 시비가 붙어 그의 팔을 부러뜨리기 전까지 말이다. 그는 일자리를 잃었고 모아놓은 돈을 합의금으로 다 털어 넣었다. 속이 상한 나머지 집에 들어앉아 매일 술타령을 하던 그는 부인에게 손찌검을 시작했다. 견디다 못한 부인이 아들을 두고 집을 나간 건 만규가 초등학교 2학년 때의 일이었다. 길호의 방황은 길었고 정신을 차렸을 때 아들은 혼자 다 자라 있었다. 일자리를 따라 지방을 전전하는 아비에게 불만 한 번 토로하는 일이 없는 아들은 어미의 얼굴을 닮았다. 얼굴뿐 아니라 차분하고 선한 눈매며 행동까지도 집 나간 여자를 떠올리게 했다. 얼굴을 볼 때마다 죄책감과 후회가 길호의 마음을 어지럽혔으므로 자식을 가까이하지 못했다. 애틋한 마음은 마음 밖으로 나오지 못하고 길호의 몸 안에 차곡차곡 저장되었다 썩어나갔다. 그리하여 무뚝뚝하고 데면데면한 부자 사이만 남아버렸다. 근한 달 만에 집에 돌아온 길호에게 방에서 나온 아들이 '오셨어요'라고 인사를 하자 그는 고개만 끄덕인 채 씻지도 않고 벌렁 누워 잠을 청했다. 일을 끝내고 사람들과 급하게 마신 소주 기운이 확 올라왔다. 술은 취했는데 눈은 말똥말똥 잠이 오지 않았다. 소주나 몇 잔 더 마시고 잘 생각으로 거실로 나왔다. 길호를 본 아들이 숨죽여 틀어놓은 티브이를 끄고 조용히 일어나 제 방으로 들어갔다. 길호는 만규의 얼굴이 여기저기 터져 있는 것을 보지 못했다. 냉장고 안에 먹을 것이라고는 거의 없었다. 냉장고가 이렇게 텅 빈 적은 없었다. 서툴지만 나름 알뜰하게 살림을 했던 만규였다. 그제야 집안이 유난히 어수선한 것이 길호의 눈에 들어왔다. 고개를 갸웃거렸지만 무심하게 흘렸다. 쉬어 꼬부라진 김치를 꺼내 냉장고에 남은 소주를 마시는 길호의 눈에 이상한 게 눈에 띄었다. 거실에 놓인 탁자 모서리의 얼룩이었다. 말라붙어있는 얼룩은 흡사 핏자국처럼 보였다. 길호는 얼룩을 유심히 보다 이내 관심을 거두고 소주잔을 털어 넣었고, 소주 반병이 더해진 취기 덕에 곯아떨어졌다. 만규는 방 안에서 창문을 열고 조용히 담배를 피우며 새침한 새색시의 눈웃음 같은 초승달을 바라보았다. 오랜만에 피우는 담배였다. 석훈 패거리가 없는 오늘 밤은 편히 잠들 수 있을 것 같았다. 만규는 아버지가 지방으로 언제 떠날지가 두려웠다. 자꾸만 눈물이 나는 것을 억지로 삼켰다.

## 꿈 공장

의명이 눈을 뜬 시각은 아홉 시였다. 밤을 꼴딱 새다시피 하고 환해지는 창밖을 보다 기절하듯 잠에 빠진 모양이다. 잠을 자는 것이 아니라 말 그대로 잠깐 기절한 것처럼 느껴졌다. 부모님은 출근하고 아침 설거지가 개수대 가득 쌓여 있었다. 아버지는 의명이 그림 그리는 것을 못마땅해했다. 그는 출근을 하지 않는 직업은 직업이 아니라고 생각하는 고리타분한 사람이었다. 독립해서 스스로 벌어먹고 산 지 7년 만에 딸이 야반도주하듯 들이닥친 것을 보고 아버지는 혀를 끌끌 찼다. 전세금을 아직 빼지 못했을 뿐이라고 재차 설명했지만 아버지는 갖고 있던 돈을 어딘가에 다 날리고 기어들어온 거라고 혼자 결론 내리고 오랜만에 구구단을 외워보라고 소리를 질렀다. 의명은 주먹을 부들부들 떨며 9단까지의 구구단을 다 외웠다. 그리고 한 번만 더 구구단 이야기를 꺼내면 부모자식 간의 연을 끊겠다고 소리쳤다. 그새 많이 늙고 힘이 빠진 아버지는 헛기침을 하며 앞에 놓인 술잔을 비웠다. 태어나 처음으로 아버지를 이긴 순간이었다.

오피스텔을 떠나 집에 돌아왔지만 마음이 편해지지는 않았다. 오래 비워놓은 의명의 방은 창고처럼 이용되고 있었다. 물건을 대충 치우고 좁은 공간에 밥상을 놓았다. 작업을 하다 자려고 누울 때는 펼쳤던 것들을 치우고 이불을 깔아야 했다. 전보다 더 불편한 자세로 작업을 하다 허리디스크가 도졌다. 그 많은 것들을 매번 풀었다 치웠다 하는 것도 여간 불편한 게 아니었다. 덕분에 일감도 많이 받을 수가 없었고 반의 반도 안 되는 일거리로 통장도 비어갔다. 엎친 데 덮친 격으로 얼마 전부터 도통 잠을 잘 수 없었다. 늘 멍했고 늘 피곤했으며 신경도 날카로워 부모님과 자주 싸웠다. 그렇다고 그 지옥 같은 귀신 소굴로 다시 들어갈 엄두는 나지 않았다. 그 집에 살면서 마주친 사람들 중 누가 사람이고 누가 귀신인지도 확신이 서지 않았다. 매일 인사하던 1층의 할머니들도 귀신일지도 모를 일이었다. 병원에서 준 수면제는 큰 도움이 되지 못했다. 약을 먹고 잠깐 졸기라도 하면 101호 노인이 나오는 악몽을 꾸었다. 그 주름진 얼굴이 바로 눈앞에 있는 것처럼 선명히 재생될 때면 의명은 가위에 눌렸다. 점점 히스테릭해지는 의명을 보며 부모님은 혀를 끌끌 찼다. 의명은 전에 살던 집에서 귀신을 보았단 말은 차마 하지 못했다. 말로 뱉는 순간 정말로 그 존재들이 진실이 될까 두려웠기 때문이다.

도깨비 복덕방 사장에게 전화가 온 건 펠리치따를 떠나고 한 달 반쯤 되었을 때였다. 휴대전화에 뜬 도깨비 복덕방이란 여섯 글자가 어찌나 반가웠던지 의명은 평소보다두 배는 톤을 높여 전화를 받았다.

"집 나갔나요?"

인사말도 없이 궁금한 것부터 튀어나왔다.

— 잘 지냈죠? 집이 나가서 전화한 건 아니고.

실망감의 크기를 잴 수 있다면 아마 한라산만큼일 것이었다. 의명은 힘없는 목소리로 대꾸했다.

"아… 네… 안녕하세요. 그럼 무슨 일로?"

— 내일 여기로 와주면 좋겠는데. 집 문제 때문에 할 얘기가 좀 있어.

의명은 쉽게 대답할 수 없었다. 다신 밟고 싶지 않은 땅이었지만 혹여 집이 쉽게 나갈 방법을 알려줄지도 모른단 생각도 들었다. 다음날 결국 의명은 도깨비 복덕방을 향해 시외버스를 탔다. 화요일이었고, 타들어갈 듯 날은 뜨거웠다. 더위에 지치지 않으려 최대한 천천히 걸었다. 굼뜨게 걸어도 목덜미를 타고 줄줄 흐르는 땀을 닦으며 복덕방 문을 열자 시원한 에어컨 바람이 훅 몰려왔다. 복덕방은 여전했다. 언덕 위 하얀 집이 그려진 그림도 볼 때마다 나이가 달라 보이는 복덕방 주인의 얼굴도 여전히 기이했다. 이번엔 아무리 보아도 중년의 남자였다.

"그동안 잘 지내셨나? 얼굴이 영 말이 아니네?"

늘 그랬듯 종이컵에 담긴 믹스커피를 내밀며 도깨비가 물었다. 이 더운 날 커피가 담긴 뜨거운 컵은 손에 잡는 것만으로도 불쾌했다. 의명은 엉거주춤 커피를 받아 탁자에 내려놓았다. 불면증이 심해서 이젠 커피를 마시지 않는다고 얘기를 해야 하나 잠시 고민하다 그냥 심드렁한 대답을 했다.

"그냥저냥요."

"잠은 잘 자고?"

"네?"

자신도 모르게 큰 소리가 나왔다. 그 사이 살이 더 빠지고 눈도 퀭하니 패여서 길 가다 만난 모르는 사람도 어디 아픈지, 괜찮은지 물어볼 정도니 이상한 질문이 아닐지도 모르지만 다짜고짜 잘 자냐는 질문은 의명을 놀라게 하기에 충분했다.

"잘 못 자는 거 같아서. 방법을 좀 알려줄까 하는데."

의명은 침을 꼴깍 삼켰다. 도무지 나이를 알 수 없는 도깨비의 미소는 선의인지 악의인지 판단이 되지 않았다. 확실한 것은 의명이 그의 말에 혹했다는 것이었다.

"잠을 잘 수 있다면 뭐든 할 수 있지 않나?"

틀린 말이 아니었다. 부쩍 심해진 불면증 덕에 하루하루 사는 것이 불행이었다. 펠리치따 오피스텔에 있을 때가 차라리 낫지 않나 생각이 들 때도 있었다. 잠을 살 수 있다면 지금 당장 통장의 모든 돈을 지불할 의향이 있었다. 아니, 악마에게 영혼을 팔 수도 있을 것 같았다. 도깨비의 말에 반가움과 함께 의심도 들었다. 의명은 잠을 볼모로 잡는 다단계 사기 같은 걸 수도 있을까 열심히 머리를 굴렸다. 약이나 라텍스 매트리스 팜플렛 같은 걸 내밀면 당장 일어나 집으로 가야지 다짐하며 오기를 부렸다.

"그 집만 나가면… 괜찮아질 거에요."

"과연, 그럴까?"

도깨비가 의뭉스런 미소를 지었다. 도깨비가 갈 곳이 있다며 따라오라고 하더니 복덕방의 문을 잠그고 A4용지에 임시휴무라고 휘갈겨 쓴 종이를 붙였다. 주머니에 손을 꽂고 저벅저벅 걷는 도깨비를 의명은 죄지은 사람처럼 쭈뼛거리며 뒤쫓았다. 익숙한 길이었다. 후텁지근한 공기에 숨이 턱 막혔다. 고양이들이 한가롭게 길을 가로지르다가 잠시 멈추더니 도깨비와 의명을 돌아보았다. 그러고는 별거아니라는 듯 사뿐한 걸음으로 제 갈 길을 갔다. 한참 걸어

가자 익숙한 가게가 보였다. 영일 슈퍼였다. 가끔 들러 라면이나 주전부리를 사던 슈퍼의 간판은 사라지고 가게 안은 텅 비어 있었다.

"슈퍼… 없어졌네요?"

"얼마 전 주인 할머니가 죽었어. 아들이 그 자리에 편의점을 낸다고 지금 공사 중이야."

할머니의 얼굴이 어땠는지 떠올려보았다. 얼굴이 둥글둥글하고 몸집이 통통했던 것 말고는 정확히 기억나지 않았다. 얼마 전까지도 얼굴을 보고 인사하던 사람이 이제 이 세상에 없다는 말은 의명의 기분을 퍽 이상하게 만들었다. 게다가 도깨비는 다신 가고 싶지 않던 펠리치따 오피스텔을 향하고 있었다. 의명은 자신도 모르게 발길을 멈추고 도깨비의 뒷모습을 바라보며 입을 벙긋거렸다.

"저… 저기….""

머뭇거리는 의명을 개의치 않고 도깨비는 촌스러운 시트지 그림이 붙어 있는 챠밍 미용실 앞에 섰다. 펠리치따 오피스텔 옆 건물 1층에 있는 미용실 안에선 키가 큰 미용사가 누군가의 머리를 만지고 있거나 유리벽을 등지고 앉아 티브이를 보곤 했었다. 펠리치따 오피스텔만큼이나 이름이 우스운 챠밍 미용실은 의명이 관심을 두지 않고 무심히 지나다닌 곳이다. 오늘도 통유리 너머로 미용사의 뒷모습이 보였고 미용실의 간판은 대낮인데도 찬란한 황금빛으로 빛났다. 이상한 일이었다.

도깨비가 문을 밀자 문에 달린 도어벨이 짤랑거리는 소리를 냈다. 의명은 조금 망설이다 도깨비를 따라 그 문 안으로 들어섰다.

"어서 오세요. 챠밍 미용실입니다."

키가 크고 호리호리한 미용실 주인이 의명을 바라보고 활짝 웃었다. 친절한 미소를 짓고 있지만 어딘가 위압감이 들었다. 챠밍은 엉거주춤 목례를 하는 의명을 호기심 어린 눈으로 훑었다. 의명은 동물원 원숭이 보듯 하는 시선이 불편했다. 도깨비가 챠밍의 귀에 대고 속삭이듯 말했다.

"거 봐. 보통은 아니라니까."

"그러네. 네가 데려왔다곤 해도 내 초대 없이 이 공간에 발을 들일 수 있는 인간이라니. 보통은 아냐."

"그럼 황금색 간판도 봤겠지?"

"응. 보통 사람이라면 그냥 불 꺼진 간판이었겠지만 쟨 황금색 간판을 봤을 거고 그 문을 열고 여기까지 들어온 거지. 그러니까 판이 찾았겠지."

두 사람은 소근대는 것 같았지만 의명에게 다 들릴 만큼 목소리가 컸다. 의명은 참다못해 용기를 냈다.

"저기, 다 들려요…."

둘은 하던 말을 멈추고 의명을 향해 바보 같은 웃음을 지었다. 챠밍은 의명에게 소파에 앉기를 권하더니 냉장고에서 시원한 녹차를 꺼내어 내밀었다. 더운 날씨에 지쳤던 의명은 단숨에 시원한 녹차를 들이켰다. 온몸이 시원해지는 기분이었다. 챠밍은 유리병을 들고 의명에게 한 잔을 더 권했다.

"더웠지? 한잔 더 마셔. 저 눈치 없는 도깨비는 뜨거운 믹스커피나 내줬겠지. 쟤가 좀 그래. 아가씨가 이해해."

"아… 예. 감사합니다."

의명이 쭈뼛거리며 녹차 한 잔을 더 받아들었다. 도깨비가 헛기침을 하며 소파 옆자리에 앉자 도깨비에게도 차가운 녹차 한 잔을 건넸다. 시원한 녹차를 마신 도깨비가 챠밍에게 컵을 들이밀자 챠밍이 들고 있던 물병 통째로 도깨비에게 내밀었다.

"근데, 저… 여긴 왜…?"

"아참. 내 소개가 늦었네. 난 여기 미용실 주인 챠밍이라고 해. 그냥 언니라고 불러도 돼. 여기 이 센스없는 도깨비가 오면서 아무 설명도 안 해줬지?"

의명이 고개를 끄덕였다. 챠밍은 도깨비를 흘겨보았다. 도깨비는 모르는 척 고개를 돌리며 차가운 녹차를 홀짝였다.

"아가씨는 잊었겠지만, 저번에 저 도깨비 복덕방에 집을 내놓고 간 날 여행용 가방을 덜덜거리며 끌고 가다가 어떤 남자랑 마주쳤을 거야."

의명은 기억 속에서 그날을 찾아 떠올렸다. 일 분 일 초라도 이 동네를 빨리 떠나고 싶은 마음에 서둘러 버스 정류장으로 향했다. 오래된 주택가엔 간간이 사람들이 지나다녔고 언제나 그랬듯 검은 고양이가 사람을 보고도 피하지 않고 유유히 활보했다. 시외버스를 타기 위해 인적이 드문 성당 앞 육교 근처를 지나다 키가 큰 남자와 팔이 스쳤고, 그래서 잠시 눈이 마주쳤고, 자신을 유심히 쳐다보는 그 남자의 눈길에 기분이 나빠졌다. 그래서 들릴 듯 말 듯한 목소리로 말했다. '뭘 꼬라봐?'

남자는 걸음을 멈추고 잠시 의명을 바라보다가 입을 달싹거렸다. 무슨 말인지 알아들을 수 없는 낮은 읊조림이 의명과 남자 사이에 다른 시공간을 만든 것 같이 오싹했다. 이 남자가 정말로 작정하고 해코지를 할까 두려운 마음에 서둘러 자리를 떴었다. 의명은 길에서 만난 조금 이상한 남자를 금방 기억에서 지웠다.

"그 남자가, 아가씨를 찾아."

의명은 심장이 덜컥 내려앉는 소리를 들었다. 너무 놀라 소파 위로 5센티미터쯤 떠올랐다가 주저앉았는데 그 바람에 손에 들고 있던 차가운 녹차가 쏟아졌다. 머릿속에는 사소한 말다툼 같은 것으로 시작한 살인사건들이 파노라마처럼 스쳐 지나갔다. 입에 재갈을 물리고 팔다리가 의자에 꽁꽁 묶인 채로 협박당하는 영화 속 장면이 떠오르자 아침에 먹은 라면 한 젓가락이 위장 속에서 살아서 꿈틀대듯 속이 부글부글 끓었다. 난생 처음 성인 남자에게 험한 소리를 했던 그날의 일이 미친 듯이 후회되는 순간이었다.

"나, 나를 왜, 왜요? 저 그날 제정신이 아니었어요…. 험한 말 한 건 그래서고요. 저 원래 아무한테나 시비 걸고 그런 사람 아니고요. 저기, 그러니까 제가 진심으로 한 말이 아니라 그냥 홧김에 그런 건데…. 저기 아니 그게… 저 그래서 죽어요?"

"죽이기야 할라고."

의명의 정신없는 변명에 도깨비가 마시던 녹차를 내려놓고 피식 웃었다. 도깨비의 얼굴은 이 미용실에 들어올 때까지만 해도 분명, 챠밍과 비슷한 또래로 보였는데 지금은 아까 본 남자의 아들이라 해도 될 만큼 젊어 보였다. 이 기이한 미용실에서 의명이 이해할 수 없는 무언가가 벌어지고 있는 것이 분명했다. 잔뜩 겁을 먹은 의명을 보며 챠밍이 안심하라는 듯 씨익 웃었다.

"너무 긴장할 필요는 없어요. 아가씨는 죽지 않을 거니까. 그냥 우리랑 어딜 좀 갔다 왔으면 할 뿐이야."

누가 보아도 인위적이고 어설픈 미소였다. 바짝 긴장한 의명의 눈에 미용실의 협소한 벽에 어울리지 않는 큰 액자 속 그림이 들어왔다. 도깨비 복덕방의 벽에 걸려 있는 것과 같은 풍경이지만 언덕 위의 하얀 집을 바라보는 각도가 조금 달랐다. 그림 속 하늘엔 곧 비라도 내릴 듯 먹구름이 낮게 깔려 있었다.

"저 그림⋯."

"아, 저거."

도깨비가 그림 쪽으로 고개를 돌렸다. 의명은 순간 그림 속 집 문이 열렸다 닫힌 걸 본 듯한 기분에 눈을 비볐다. 놀리기라도 하는 듯 그림 속 하얀 집의 문은 굳게 닫힌 채 꿈쩍도 하지 않았다. 홀린 듯 그림을 바라보는 의명의 시선을 느낀 챠밍이 손가락으로 그림을 가리켰다.

"지금 가려는 곳이 바로 저곳이야. 아가씨."

도무지 무슨 소린지 알 수가 없었다. 의명은 꽁꽁 묶여 자동차 트렁크에 실린 채 저 바닷가로 끌려가는 상상을 했다. 다행히도 두 사람은 검은 두건을 덮어 씌우지도 몽둥이로 뒤통수를 내리치지도 않았다. 그들은 의명이 옆에 있는 것 따위는 신경도 쓰지 않고 서랍에서 꺼내 온 열쇠 꾸러미를 들여다보고 있었다. 열쇠를 잔뜩 매단 꾸러미는 커다랗고 노란 닭 모양 고무 인형에 매달려 있었다. 흔하게 볼 수 있는 은색의 납작한 열쇠부터 영화에서나 볼 법한 고풍스러운 열쇠, 옛날 할머니 화초장에서 볼 수 있는 끝이 꺾인 열쇠까지 온갖 열쇠들이 서로 맞부딪히며 짤그랑거렸다. 둘은 머리를 맞대고 무언가를 찾기에 여념이 없었다.

"이거 아냐?"

"아냐 그건 여기 건물 화장실 열쇠."

"화장실 열쇠는 여기 왜 매달아 놔? 헷갈리게."

"손님들이 얼마나 자주 화장실 열쇠를 잃어버리는지 알아? 예비로 갖고 있지 않으면 큰일 난다구."

"넌 그걸 여기다 섞어놓고 그러냐. 그럼 이건? 이거 아냐?"

도깨비가 그중 커다랗고 오래되어 보이는 열쇠 하나를 세워 들었다.

"아냐, 그건 저승으로 가는 열쇠. 써본 적이 없어서 제대로 열리는지도 모르겠어, 그건."

"이건? 모양이 신기하게 생긴 걸 보니 이거 같은데?"

"아냐, 그건 신들의 무덤. 본심초 캐러 갈 때 쓰는 거. 이리 줘 봐. 헷갈리게 하지 말고."

챠밍이 도깨비 손에 들린 열쇠 꾸러미를 휙 낚아채자 열쇠 꾸러미에 달린 노란 닭이 '꽥' 하고 비명을 질렀다. 그 소리에 놀라서 꾸러미를 떨어뜨린 둘이 서로 잘났네 못났네 왈가불가하는 모습은 아무리 봐도 말도 안 되는 촌극이었다. 저 두 사람은 미친 게 분명하다고 판단한 의명이 두 사람이 싸우느라 정신없는 사이 슬그머니 문고리를 잡고 도망가려 했다.

"이거다!"

막 문고리를 당기려는 찰나 챠밍이 열쇠 하나를 치켜세워 들고 기쁜 표정을 지었다. 의명은 도망가려던 발걸음을 멈췄다. 낭패였다.

"하도 오래돼서 열쇠가 뭔지 기억도 잘 안 나네. 휴, 여러분 이제 판을 만나러 가볼까요?"

도망가려던 의명이 놀라 뒷걸음질 친 사이를 챠밍이 밀고 들어왔다. 그리고 챠밍 미용실 안쪽의 열쇠 구멍에 열쇠를 꽂고 반 바퀴 돌렸다. 잘그락. 잘 짜맞춰진 금속들이 나름의 규칙대로 움직이는 소리가 작게 들렸다. 챠밍이 열쇠를 다시 원위치로 돌리자 열쇠는 쉬이 빠져나왔다. 문을 힘껏 밀고 챠밍이 먼저 밖으로 발을 들였고 도깨비가 그 뒤를 따랐다. 한발을 문 밖으로 내놓은 도깨비가 뒤돌아보며 말했다.

"얼른 와."

망설일 겨를도 없이 도깨비가 의명의 손목을 잡아끌었다. 왼쪽 발이 모래에 푹 빠졌다. 정신을 차려보니 그들의 뒤에 미용실 문이 덩그러니 허공에 세워져 있고 의명은 끊임없이 파도가 밀려오는 바닷가에 서 있었다. 시트지가 붙지 않은 문 위쪽으로 미용실 내부가 고스란히 보였다. 의명은 어쩌면 지금 꿈을 꾸는 것일지도 모른다고 생각했다. 복덕방에서 온 전화를 끊고 나서 바로 잠이 들었고 꿈속에서 도깨비 복덕방에 찾아온 걸지도 모를 일이었다. 그게 아니라면 지금의 이상한 상황을 설명할 길이 없었다.

비라도 오려는지 뜨겁고 축축한 바람이 거세게 불어왔다. 옷이 습기를 먹어 몸을 휘감았다. 먹구름은 사납고 빠르게 움직이고 성난 바닷바람이 의명의 긴 머리칼을 사정없이 흩뜨렸다. 눈을 뜨기도 힘들었다. 잘 정리해 올린 챠밍의 머리카락도 하나씩 하늘을 향해 춤을 추기 시작했다. 머리가 짧은 도깨비만이 정신을 덜 잃은 것 같았다. 미용실에서 봤던 그림처럼 하늘엔 낮게 깔린 먹구름이 빠르게 움직였다. 실눈을 뜬 도깨비가 먼 수평선에서 몰려오는 구름을 바라보았다.

"비가 오려나?"

"이놈의 문은 왜 이렇게 먼 곳에다 만들어 놨대? 공장 바로 앞에 만들면 좀 좋아?"

챠밍이 정신없이 흩날리는 머리카락을 붙잡고 소리쳤다. 바람이 심하게 부는 바람에 큰 소리로 말하지 않으면 대화가 불가능했다.

"혹시라도 불청객이 올 때를 대비해서 그랬다지 아마?"

"무슨 수로 불청객이 여길 온다고 이런 헛짓거리를!"

"판 만나면 직접 물어봐. 일단 가자구."

여긴 어디냐고 묻고 싶었지만 정신없이 몰아치는 바람 덕에 정신이 쏙 빠진 의명은 아무 말도 할 수가 없었다. 도깨비의 재촉에 두 사람을 따라 걸음을 뗐다. 가늘고 보

드라운 모래에 발이 푹푹 빠져 걷기 어려웠다. 죽을힘을
다해 모래사장을 벗어나 언덕 위에 오를 즈음엔 먼 하늘
에서 들리던 천둥소리가 머리 위에서 치는 듯이 쩌렁쩌렁
했다.

"폭풍이 몰려오는 모양이야. 서둘러야겠어."

도깨비의 말에 모두 입을 꼭 다물고 정신없이 언덕을 올
라갔다. 한참을 걸어 언덕 위 하얀 집 앞에 섰을 땐 모두가
숨이 턱에 닿도록 지쳐 있었다. 하얀 집은 멀리서 볼 때보
다 훨씬 컸다. 집을 둘러싸고 아기자기하게 꾸며놓았을 낮
은 담벼락 안의 정원은 아수라장이었다. 이름 모를 꽃과
작은 과실나무들이 거센 바람에 흔들리고 있었다. 지옥문
이 열린 것 같은 작은 정원을 지나 하얀 집 문 앞에 다다르
자 커다랗고 무시무시한 철문이 일행을 가로막았다. 군데
군데 녹이 슨 커다란 철문은 반 갈라진 아치형으로 문 양
쪽에 원형의 쇠붙이로 된 손잡이를 입에 문 험상궂게 생
긴 짐승 모양의 장식품이 눈을 부라리고 있었다. 마치 살
아 있는 것 같은 짐승의 눈매는 그들을 감시라도 하는 듯
묘하게 빛을 발했다. 의명은 그 짐승과 눈을 마주친 것 같
은 기분에 등에 소름이 돋았다. 때마침 정원에서 미친 듯
이 춤을 추던 꽃가지 하나가 바람을 이기지 못하고 뜯겨
날아가며 비명을 질렀다. 끔찍한 비명이었다. 두 손으로
귀를 막으며 외마디 비명을 지르는 의명을 도깨비가 팔을

뻗어 보호했다. 챠밍도 안심하라는 듯 의명의 어깨를 감쌌다. 의명이 고개를 들어 키가 큰 두 사람을 올려다보았다. 정체를 알 수 없는 묘연한 존재들이 심각한 표정으로 의명을 감싸고 있었다. 그녀는 엉겁결에 따라온 이 이상한 곳에서 적어도 죽는 일은 없겠구나 하는 든든함으로 바짝 곤두섰던 긴장이 조금은 풀렸다. 이내 번개가 번쩍이고 머리 위에서 천둥이 치며 거센 폭우가 쏟아졌다. 세찬 바람을 타고 가로로 퍼붓는 빗줄기는 잠깐 사이 세 사람을 홀딱 적셨다. 의명은 서둘러 안으로 피신해야 한다는 생각에 온 힘을 다해 철문을 밀어보았지만 아무리 밀어도 꿈쩍도 하지 않았다.

"안 열려요!"

도깨비가 악을 쓰며 철문을 밀고 있는 의명을 잡아 끌어내어 손잡이를 잡았다.

"당기는 문이야."

문은 소리도 없이 쉽게 열렸다. 열린 문틈 사이로 잽싸게 안으로 들어간 세 사람은 흠뻑 젖은 몸을 손으로 털었다. 밖은 그렇게도 정신없는데 하얀 집 안은 빗소리 하나 없이 조용하고 어두웠다. 서늘한 실내공기가 젖은 몸에 닿자 한기가 돌았다. 의명이 몸을 잔뜩 웅크리고 팔짱을 낀 채 오들오들 떨었다.

"너무 추워요. 여긴 대체 어디죠?"

"그림에서 봤지? 언덕 위의 하얀 집. 꿈 공장이지."

챠밍이 비바람에 엉망이 된 머리를 쓸어올리며 무심히 답했다. 어둑어둑해서 주변이 잘 보이지 않았다. 갑자기 괴물이라도 툭 튀어나올 거 같은 두려움에 의명이 챠밍과 도깨비 쪽으로 뒷걸음질 쳤다. 두 사람은 아무렇지도 않은 듯 젖은 옷을 비틀어 물기를 짜내고 있었다. 의명만이 안절부절할 뿐이었다. 갑자기 실내가 밝아지며 목소리가 들렸다.

"오셨습니까. 미리 말씀을 하셨으면 준비를 했을 텐데. 이렇게 갑자기 오시면 저희가 곤란합니다."

갑자기 밝아진 탓에 의명은 눈을 제대로 뜰 수가 없었다. 소리가 들리는 쪽으로 고개를 돌리자 보통 사람 키의 절반쯤밖에 되지 않은 사람의 형상 셋이 무언가를 들고 서 있었다. 그들은 작달막한 키에 조그마한 얼굴이지만 깊은 주름이 패여 언뜻 노인으로 보였다. 위아래가 붙은 점프슈트 스타일의 은색 옷을 입고 허리엔 검은 벨트를 차고 있었는데 그 벨트엔 공구인 듯 보이는 여러 개의 물건들을 꽂아두었다. 의명은 챨리와 초콜릿 공장의 움파룸파족을 떠올렸다. 다행인지 불행인지 움파룸파족처럼 모두 같은 사람의 얼굴은 아니었다. 그들은 머리 스타일이나 생김새로 확연히 구분할 수 있었다. 가장 나이가 많아 보이는 가운데 난쟁이는 은발의 생머리를 2대8 가르마로 똑바로 타

빗어 올렸다. 왼쪽에는 귀여운 검은 고수머리, 오른쪽엔 갈색 머리를 짧게 자른 난쟁이였다.

"빨리 빨리 좀 나오지. 여기 이 아가씨 얼어 죽을 뻔했어."

도깨비가 그들이 들고 온 수건을 받아 둘에게 건넸다. 햇빛 냄새가 날 것 같은 보송하고 잘 마른 수건이었다. 도깨비가 건넨 수건을 몸에 두르자 금세 한기가 가시고 언제 비를 맞았냐는 듯 마른 옷이 되었다. 방금 폭우 속에 있었던 것이 거짓말 같았다. 의명은 신기해서 눈을 크게 뜨고 옷을 만져보았다.

"이 아가씨를 판에게 데려가려고 하는데."

챠밍은 어느결에 엉망이 되었던 머리를 한치의 흐트러짐 없이 올린 채 뻐딱하게 말했다. 난쟁이 세 명 중 가운데 서 있는 난쟁이가 챠밍을 빤히 들여다보더니 대꾸 없이 고개를 홱 돌렸다. 챠밍이 기가 막힌 듯 혀를 찼다.

"이봐, 프레드릭, 해보자는 건가?"

챠밍이 곧 덤빌 것처럼 험상궂은 표정을 지었다. 프레드릭이라고 불린 은발의 난쟁이는 노골적으로 등을 돌리고 모르는 척했다. 도깨비가 황급히 챠밍의 팔을 잡아끌었다.

"그만. 난쟁이랑 싸우러 온 거 아니잖아."

챠밍이 한숨을 쉬며 노려보았지만 프레드릭은 여전히 그녀를 무시했다. 의명에겐 일말의 눈길조차 주지 않았다.

"너희 둘은 여전하구나. 옛날 일 가지고."

도깨비가 머리를 절레절레 흔들었다.

"도깨비가 할 말은 아닌 거 같은데. 세상에서 도깨비만큼 뒤끝 긴 존재가 어딨다고. 다시 말하지만 내가 아니라 저 난쟁이가 뒤끝이 긴 거야. 난 분명히 사과했어."

챠밍의 말에 프레드릭은 할 말이 있다는 듯 입을 달싹이다 도깨비가 눈을 부릅뜨자 체념한 듯 어깨를 축 늘어뜨렸다.

"이럴 시간 없어. 어서 판에게 안내해. 판의 의뢰를 받고 이 아가씨를 데리고 왔어."

"따라오십시오."

프레드릭이 그제야 셋을 안으로 안내했다. 난쟁이 셋이 선두에 서고 그 뒤를 도깨비가 따랐다. 의명과 챠밍은 나란히 도깨비 뒤를 따라 걸었다. 긴 복도 양옆으로 여러 개의 방문이 늘어서 있었다. 문은 전부 굳게 닫혀 있어 무슨 방인지 알 수가 없었다. 복도는 의미를 알 수 없는 기호들이 문패처럼 그려진 방문 안에서 흘러나오는 낮은 기계소음으로 가득 차 귀가 먹먹했다. 입을 떡 벌린 채 주위를 두리번거리던 의명이 챠밍을 바라보며 물었다.

"이 방은 다 뭐예요?"

"여긴 꿈 공장이야. 각 방마다 다른 종류의 꿈을 만들어. 복도 양옆에 있는 이 작은 방들은 평범하지 않은 꿈을 만드는 방이지. 무시무시한 악몽을 만드는 방도 있고 태몽을 만드는 방도 있고 예지몽을 만드는 방도 있어. 좋은 꿈, 나쁜 꿈, 시시한 꿈, 재미있는 꿈, 야한 꿈, 무서운 꿈, 불쾌한 꿈, 행복한 꿈. 모두 이 공장에서 만들어. 이 공장이 멈추면 전 세계 모든 인류가 꿈을 꿀 수 없을걸."

챠밍이 앞장서 걷는 난쟁이 셋을 향해 손가락을 뻗으며 말을 이었다.

"쟤들은 여기서 일하는 직원들. 제일 앞에 가는 난쟁이가 현재 여기서 제일 오래 일한 난쟁이. 백 년 넘게 일했을걸. 난쟁이들은 대부분 꿈 공장에서 한평생 일만 하다 죽어. 지구 인류가 폭발적으로 증가하면서 수백 년간 난쟁이들의 일손이 많이 딸리는 실정이라지. 난쟁이들은 산아제한 정책이 없는데도 자식을 많이 낳지 않으니까. 인간들이 미친 듯이 애를 낳고 더 오래 살기 위해 눈부신 의학 기술을 발전시킨 덕분에 노동력이 턱없이 부족해진 얘네들은 3교대에서 2교대 근무로 바뀐 지 오래야. 2교대를 해도 무지막지한 인간들을 감당하기엔 역부족이라 엄청나게 혹사당해서 해마다 평균 키가 줄고 있어. 얘들도 참 안쓰러운 게 태어나면 이 일 말고는 선택의 여지가 없어. 남자고 여자고 일정 나이가 되면 이 공장에 끌려와서 죽는 날까지 레버를 당기는 거야. 세상에서 제일 불쌍한 종족이라고 생각해 나는."

챠밍이 혀를 끌끌 찼다. 앞장서던 프레드릭이 노여운 표
정으로 챠밍을 흘겨보자 도깨비가 그만하라는 듯 헛기침
을 했다.

"알겠어, 알겠어. 오늘 볼일에만 집중하겠다고."

챠밍이 의명을 바라보았다.

"명심해. 판은 변덕스럽고 심술궂은 신이야. 네가 판의
심기를 아주 많이 건드린 게 아니길 바래."

이 말을 끝으로 모두 입을 다물었다. 복도에는 여섯 명
의 발소리만 조용히 울렸다. 잠시 후 복도 끝에 다다르자
다른 방의 문보다 몇 배는 더 큰 문이 앞을 가로막고 있었
다. 손잡이는 난쟁이의 키에 맞게 한참 아래쪽에 달려 있
었다. 이 작고 낮은 손잡이로 이렇게 거대한 문을 열 수 있
을 리가 없을 것 같았지만 검은 곱슬머리 난쟁이가 양쪽
손잡이를 당기자 신기하게도 소리 없이 문이 스르륵 벌어
졌다. 열린 문안에는 놀라운 광경이 펼쳐졌다.

머리 위는 밖에서 보았던 하얀 집 내부라고는 믿을 수
없을 만큼 끝이 보이지 않게 높았다. 양옆으로도 넓은 광
장 같은 공간에 일정한 간격을 두고 커다란 팔각 기둥이
끝없이 배치되어 있었다. 아득하게 높이 솟은 기둥은 여덟
개의 파이프가 세워진 모서리 부분을 제외하면 투명한 유
리였는데 그 안은 꿀렁거리는 액체가 가득했다. 작은 기포
가 가득한 액체의 색은 기둥마다 미묘하게 달랐다. 각 면

에는 난쟁이들이 한 자리씩 차지하고 앉아 슬롯머신 핸들 같은 손잡이를 연신 내렸다 올리기를 반복했다. 그 핸들이 한 번 내려왔다 올라갈 때마다 작은 구슬 같은 것이 만들어져 그 옆에 이어진 작은 터널을 따라 사라졌다. 공장 안은 낮은 기계음과 함께 수없이 많은 핸들이 내려왔다 올라가는 소리로 가득 메워져 큰 소리로 말하지 않으면 대화를 할 수 없을 정도로 시끄러웠다. 거대한 기계는 그 수를 헤아릴 수도 없을 정도로 끝없이 늘어서 있어서 그 앞에 둘러앉아 말없이 반복적으로 작업을 하는 난쟁이들의 숫자는 더더욱 상상조차 할 수 없었다. 의명은 아까보다 더 크게 입을 벌린 채 어마어마한 규모의 공장을 쳐다보고 있을 뿐이었다.

"이… 이게… 다 뭐죠?"

"여긴 랜덤 꿈 제조시설입니다. 꿈 공장에서 가장 큰 규모죠."

검정 곱슬머리 난쟁이가 의명을 바라보며 씨익 웃었다. 세 명의 난쟁이 중에 가장 젊어 보이는 이 난쟁이는 얼굴에 장난기가 가득하고 눈이 초롱초롱했다. 프레드릭이 일행들을 두고 판에게 보고하러 간 사이 그가 친절하게 말을 붙여왔다.

"여기선 보통의 꿈을 만들어내요. 보통의 꿈은 사람들의 기억이나 그날 일상 같은 걸 기반으로 꾸는 꿈이죠. 꿈을 꾸긴 했는데 기억이 잘 안난다고 하는 꿈들이 이곳에서 만들어져요. 기억이 난다 해도 그날 저녁이면 아무도 신경 쓰지 않는 꿈. 하지만 누구나 매일 꾸는 그런 꿈이요."

"그럼, 아까 지나온 방들에선 무슨 꿈을 만들어요?"

"당신도 깨어나도 현실같이 생생하거나 너무 신기해서 잊을 수 없는 꿈을 꾼 기억이 있겠죠? 그런 꿈들은 다 아까 지나온 특별한 방에서 만들어집니다. 극히 일부는 랜덤 꿈과 함께 허공에 날려 보내고 대부분은 필요한 사람에게 직접 찾아가죠. 특히 태몽 같은 경우는 생산량 거의 전부가 필요한 사람에게 직접 전달되는 대표적인 꿈이에요. 아주 아주 가끔 배달 사고가 나긴 하지만요."

의명이 신기한 듯 입을 벌리고 고개를 끄덕이다 피식 웃었다.

"어쩌면 제가 그런 꿈속에 있는 건지도 모르겠네요."

"그렇게 생각하는 것도 무리는 아니겠어요. 매일 꿈을 꾸면서도 자신이 꾸는 꿈이 이 공장에서 만들어졌다고 생각하는 인간은 단 하나도 없을 테니까요."

"만약 꿈이라면 깨자마자 메모를 해둬야겠어요. 이 생생함을 잊기 전에. 이 공장을 소재로 웹툰을 만들면 대박 나겠는걸요."

의명이 주위를 두리번거리다가 구슬을 자세히 보기 위해 일하는 난쟁이 뒤로 조심히 다가갔다. 일에 몰두한 난쟁이는 의명이 뒤에 있는 줄도 모르고 핸들을 당기기에 여념이 없었다. 투명한 구슬 안에서 뿌연 연기 같은 것이 움직였다. 손잡이를 당기면 기둥에 채워진 액체가 구슬 안에 담기고 모서리의 파이프에서 연기 같은 것이 스며들어 어떤 것은 확실한 사람의 형상이기도 동물의 형상이기도 했고 사물의 모양이기도, 또 어떤 것은 일정한 형태가 없이 뿌옇기만 했다. 말 그대로 무작위였다.

"신기하죠?"

곱슬머리 난쟁이가 어느결에 의명의 곁에 서 있었다.

"아, 깜짝이야."

일을 하던 난쟁이가 놀라 멈췄다가 의아한 눈길을 거두고 이내 다시 기계 같은 손놀림으로 핸들을 당겼다.

"이 구슬들은 대략의 테마만 가지고 있을 뿐 모든 꿈은 수면 중인 사람들의 무의식과 기억에 따라 천차만별이죠. 어두운 색일수록 악몽에 가깝고 맑을수록 기분 좋은 꿈에 가까워요. 그래도 완전한 악몽이나 길몽은 아니에요. 완전히 맑고 투명하고 빛이 나는 길몽이나 칠흑처럼 어두운들 악몽은 아까 말씀드린 작은 방들에서 만들어지거든요. 여긴 말 그대로 그냥 보통의 꿈이 생산되는 곳이니까요."

곱슬머리 난쟁이는 해맑게 웃으며 놀란 의명의 손을 잡았다. 난쟁이의 손은 아기처럼 작았지만 고된 작업으로 인해 마디가 굵고 거칠었다.

"판 님을 알현할 시간이에요. 서둘러요."

곱슬머리 난쟁이의 손에 이끌려 일행이 모여 있는 곳에 도착했다. 프레드릭이 못마땅한 표정으로 의명을 노려보다 앞장 서서 걷기 시작하자 나머지 젊은 난쟁이들은 각자의 일자리로 돌아갔다. 끝없이 늘어선 기둥을 지나다가 챠밍은 익숙한 단발머리 여자를 발견했다. 얼굴만 번드르르한 사기꾼에게 사기를 당하고 집안이 풍비박산 난 후, 챠밍에게 찾아와 불면의 밤을 건 거래를 했던 손님이었다. 퀭한 눈으로 쉴 새 없이 핸들을 당기는 기계적인 손놀림에는 어떠한 감정도 느껴지지 않았다. 핸들을 당기다 시선을 느낀 그녀가 고개를 돌렸다. 챠밍과 눈이 마주친 여자는 슬픈 미소로 고개를 끄덕여 인사를 했다. 챠밍 역시 고개를 끄덕였지만 마음이 무거워졌다.

커다란 공장의 입구에서 왼쪽으로 한참을 걸어갔다. 여전히 방의 끝은 보이지 않았지만 이곳을 들어올 때처럼 큰 문이 나타났다. 열린 문 안은 엘리베이터 내부 같은 공간이었다. 모두가 그 안으로 들어간 걸 확인한 난쟁이가 손가락을 튕기자 천천히 문이 닫혔다 다시 열렸다. 눈앞에 아까와 전혀 다른 공간이 나타났다. 이번엔 천장이 높은 큰 방이었다. 한쪽 벽으로는 길고 높은 아치형 창이 여러 개 있었는데 창문 밖으로 비바람이 몰아치는 검은 하늘과 성난 바다가 보였다. 창문은 곧 부서질 것처럼 덜컹거렸다. 정원에서 뽑힌 꽃가지나 풀들이 바람에 휘날리면서 내지르는 비명이 간간이 들리기도 했다. 네 사람은 가운데 마련된 길고 묵직한 테이블 앞에 섰다. 테이블 위엔 온갖 종이와 책들이 잔뜩 쌓여 있었다. 긴 테이블의 상단부에 드리운 검은 그림자가 조금씩 모습을 드러냈다. 판이었다. 판은 덩치가 큰 초식동물 같은 인상이었는데 사뭇 날카로운 표정으로 안경을 고쳐잡으며 바쁘게 서류에 사인을 하고 있었다. 의명이 기억을 더듬어보았지만 아무리 생각해도 처음 보는 얼굴이었다.

"판을 뵙습니다."

프레드릭이 그에게 허리를 굽혀 예를 갖추자 멀뚱히 서 있던 의명도 덩달아 엉거주춤 고개를 숙였다. 도깨비는 손을 들어 판에게 인사했고 판은 작게 고개를 끄덕여 화답했다. 챠밍은 인사는 생략하고 다리가 아프다는 듯 허벅지를 퉁퉁 때리며 의자 하나를 당겨 털썩 앉은 후 볼멘소리를 냈다.

"요즘 자주 뵙네요."

프레드릭은 챠밍을 매섭게 노려보고 있었지만 챠밍은 아랑곳하지 않았다. 판이 얼굴을 조금 찌푸렸다가 이내 고개를 저으며 다시 서류로 눈을 돌렸다.

"여전하군."

"사람 쉽게 변하나요."

"그래도 자네처럼 한결같긴 쉽지 않다네."

"긴 시간 한결같이 몸 바쳐 일하려면 그 여전함이 도움이 된답니다."

"흠. 일리 있군."

판은 코웃음을 치더니 잠시 고개를 들어 챠밍의 얼굴을 바라보았다.

"자네, 그 이후로 별일은 없나?"

"여기 불려온 거 이상의 별일이 또 있을라구요. 말 나온 김에 차원의 문이나 좀 가깝게 만듭시다. 밤낮없이 일하는데 여기 한 번 오려면 백년대계를 세워야 할 판이라."

"계약자들이 수시로 들락거리면 내 볼일을 볼 수가 없다네. 나는 할 일이 아주 많은 신이라."

그 말을 증명이라도 하듯 판은 다시 서류로 눈을 돌렸다.

"하. 계약서에 도장 찍고 나면 아쉬울 거 없다?"

"계약은 자네가 먼저 요청했지. 계약조건도 자네가 수락했고."

"그 죄로 오백 년을 천년처럼 일하고 있습니다만. 그래도 생활비까지 알아서 하라는 건 너무 무책임한 거 아닌가 말이죠."

"나는 꿈 공장을 운영하는 신이야. 인간 세계에서 통용되는 재화는 나에겐 무용하고 무가치하지. 애초에 계약은 복수의 대가를 평생 치르는 거였던 걸 잊지 말게."

"저 봐. 말해봐야 입만 아프지. 아무것도 모를 때 말도 안 되는 조건으로 한 계약을 가지고 반 천년 넘게 착취하다니, 신이 저렇게 이기적이고 불공정한 존재인 거 사람들은 아나 몰라."

챠밍이 어깨를 으쓱하며 고개를 돌렸다. 판이 여전히 서류에 코를 박은 채 화제를 돌렸다.

"그나저나 저 아가씨인가. 내가 찾아오라던 아가씨가."

"그래. 자네가 육교 옆에서 만났다던 그 아가씨. 이름은 강의명."

도깨비가 나섰다. 판은 고개를 끄덕이곤 오른손을 들어 문을 향해 손가락을 뻗었다. 프레드릭이 깊게 고개를 조아린 후 소리 없이 문밖으로 사라졌다.

"그사이 많이 수척해졌군. 잠을 잘 수 있다면 악마에게 영혼도 팔겠다고 하는 기도를 들었지."

의명이 대답을 하지 못하고 눈을 끔뻑거렸다.

"나와 계약을 하겠나."

낮고 그르렁거리는 목소리였다. 누구에게 하는 말인지 몰라 의명은 주위를 둘러보았다. 챠밍과 도깨비가 '너, 너 말야'라고 소리 없이 입만 벙긋거렸다. 의명은 쭈뼛거리기만 할 뿐 아무 말도 할 수가 없었다. 판이 그제서야 펜을 놓고 탁자 위로 양쪽 손을 모으며 근엄하게 말했다.

"계약은 성립과 동시에 발효된다."

의명의 손이 바르르 떨렸다. 판의 눈을 똑바로 바라볼 수 없었다. 그의 눈동자는 눈에 비해 지나치게 커서 사람 같지 않았다. 그 눈동자에 홀린 듯 다리에 힘이 풀려 주저 앉을 것만 같았다. 의자에 앉아 있던 챠밍이 일어나 의명의 뒤에 버티고 섰다. 도깨비도 챠밍 옆에 서서 의명의 어깨에 손을 얹었다. 의명은 겨우 정신을 차리고 바들바들 떨리는 입을 열어 겨우 목소리를 냈다.

"저… 무슨 계약인지 말씀 안해주셨는데요. 뭐… 뭔지 알아야 계약을 하던가… 말던가…."

"아."

판이 탄식 같은 외마디와 함께 말을 잃었다. 일순간 팽팽했던 공기가 풍선 터지듯 빠져나가는 기분이었다.

"지금 계약을 설명… 안 하고 데려온 건가?"

"당신이 데려오라고만 했지, 어떤 계약인지 설명하라고 는 안 했습니다만."

챠밍의 시큰둥한 대답을 들은 판의 시선이 도깨비에게로 향하자 그가 어깨를 으쓱하며 고개를 저었다.

"데려오라고만 했어. 자네가."

"일이 너무 바쁘다 보니, 이런 실수도 생기는군. 일이 많아. 너무 많아. 일할 난쟁이는 없는데 인간들이 너무 많아."

판이 양손으로 푹 숙인 머리를 감싸고 흔들며 괴로운 듯 신음을 냈다.

"자네, 설마 우는 거야?"

도깨비가 황당하다는 듯 탁자를 두드렸다. 고개를 드는 판의 커다랗고 검은 눈이 번들거렸다.

"울긴 누가! 계약을 설명할 시간에 몇 개의 서류를 더 검토할 수 있나 계산한 것뿐이야."

"어, 그래. 그렇다고 하자."

도깨비와 챠밍이 피식 웃었다. 이 상황에 웃을 수 없는 건 의명뿐이었다. 이게 꿈이라면 판타지가 아니라 악몽이 었다. 챠밍은 사시나무 떨듯 덜덜 떨고 있는 의명의 팔을 잡고 귓가에 낮은 목소리로 속삭였다.

"정신 똑바로 차려. 내가 널 지킬 거니까 쫄지 마."

판이 서랍을 뒤져 종이 한 장을 탁자 위에 올려놓았다. 판이 종이에 대고 후, 바람을 불자 그것이 허공에 떠오르 더니 의명이 서 있는 곳 앞 탁자로 나풀거리듯 날아와 내 려앉았다. 꿈 공장 문에서 볼 수 있었던 것과 비슷한 기하 학적 문양이 잔뜩 적힌 종이였다.

"너무 오래 이승을 떠도는 영혼을 저승에 송환하는 대 가로 아주 깊고 고결한 잠을 허락받게 될 것이다. 망자의 그림을 그리면 되는 쉬운 일이지."

"그… 그림이요? 그냥… 그림만 그리면 되나요?"

"간단하게 표현하면 그런 거고. 자세한 건 도깨비에게 들으면 된다네. 자. 대답 한마디면 깊은 잠을 잘 수 있지. 세이 예스. 아주 쉽지 않나."

판의 목소리는 깊은 동굴에서 흘러나오는 것처럼 웅웅 거렸다. 깊은 잠을 잘 수 있다는 말에 의명이 침을 꿀깍 삼 켰다. 망설일 이유가 없었다. 의명에게 지금 돈보다 중요 한 것은 잠이었다. 말 한마디면 잠을 잘 수 있다니. 눈앞에 놓인 빈 종이를 중심으로 세상이 빙글빙글 돌았다.

"잠깐!"

의명의 입이 막 벌어지려는 찰나였다. 챠밍이 의명의 입 을 틀어막으며 앞으로 나섰다. 서류를 들여다보던 판이 깜 짝 놀라 펜을 떨어뜨렸다. 챠밍은 탁자에 놓인 흰 종이를 손가락으로 잡아 당기며 판을 흘겨보았다.

"저 요망한 신의 말을 그대로 믿을 수야 없지. 이렇게 얼 렁뚱땅 말 몇 마디로 계약했다가 피 본 사람끼리 노조를 만든다면 그 위원장이 나일걸? 야, 도깨비. 이 계약서에 뭐 라고 적혔는지 읽어봐."

도깨비가 종이를 들어 위아래로 훑기 시작하자 판은 떨 어진 펜을 주워 서류를 다시 들여다보면서 자꾸만 도깨비 와 챠밍을 흘깃거렸다. 판의 의심스러운 행동을 바라보는 챠밍의 눈이 매섭게 빛났다.

"강의명은 현 시간부터 꿈 공장의 주인이자 공포와 악

몽의 신인 나 '판'과 계약을 맺고, 죽었으나 이승을 떠돌며 세상의 질서를 어지럽히는 망자를 저승으로 강제 송환하는 일을 하는 대가로 수면 구슬을 지급받는다, 라고만 적혀 있어."

"그게 다야?"

"…응."

"뭔 계약서가 이렇게 허술해? 저 음흉한 신이 자꾸 우리 눈치를 보는 게 분명 뭔가 있어."

챠밍이 탁자를 쾅쾅 치며 언성을 높였다.

"계약서에 기간이 없잖아요, 기간이! 지금 어디다 약을 팔아?"

도깨비가 뚫어질 듯 종이를 들여다보는 동안 챠밍의 등 뒤로 슬슬 푸른 불꽃이 올라오고 있었다. 도깨비가 종이에서 눈을 떼지 않은 채 챠밍의 등 뒤에서 불꽃을 거둬들였다.

"이거네."

도깨비가 들여다보던 종이를 탁자에 내려놓고 판을 노려보자 판은 서류를 들여다보는 척 고개를 깊숙이 숙였다.

"야, 너 그러다 탁자에 머리 박겠다. 강의명 이름 앞에 아주아주 흐리게 '살아 있는'이라는 작은 글자가 있어. 저거 아주 양아치네."

"뭐? 사실상 종신계약서잖아, 그럼? 이야. 아무리 계약자가 모자란다지만 하다 하다 이제 사기까지 치신다? 막장 드라마가 따로 없구만."

도깨비와 챠밍이 계약서를 흔들며 잡아먹을 듯이 덤벼들자 판이 난처한 표정으로 펜을 놓고 양손을 저었다.

"진정해. 진정하라고. 이 모든 것은 오해라네. 지우개로 잘 지웠는데 흔적이 남아버렸을 뿐이지. 다들 알다시피 내가 일이 좀 많은가. 내가 너무 바쁘다 보니 별 실수가 다 생기는군. 흠흠."

"아오, 당신 터진 입이라고 아무 말이나 막…."

챠밍이 판을 향해 성큼성큼 다가갔다. 어찌나 기세가 무시무시한지 어지간해서는 의자에서 엉덩이를 떼는 일이 없는 판이 엉거주춤 일어나 뒤로 물러설 정도였다.

"그만!"

의명의 고함에 모두가 그 자리에 붙박이가 된 듯 모든 동작을 멈췄다. 의명은 눈을 질끈 감고 오른손을 번쩍 들고 있었다. 다들 눈을 끔뻑이고만 있을 때 의명이 입을 열었다.

"제… 계약이니까 저랑 얘기하세요."

챠밍과 도깨비가 입을 쩍 벌리고 바라보자 의명이 둘을 향해 결연한 표정으로 고개를 끄덕였다. 결연한 표정과 달리 의명의 팔과 다리가 눈에 보일 정도로 부들부들 떨리고 있었다.

"그렇지. 계약 당사자는 자네들이 아닐세. 괜히 참견하지 말게."

판이 챠밍과 도깨비를 향해 의기양양한 미소를 지었다.

"염소같이 생긴 아저씨가 저한테 사기치려고 했던 건 사실…이잖아요. 전… 제가 왜 아저씨의 요구를 들어줘야 하는 건지 아직도 모르겠어요."

"잠을… 빼앗겼으니까."

"그러니까… 제가 왜 잠을 빼앗긴 거죠?"

"아, 그건."

판이 기다렸다는 듯 입을 여는 찰나였다.

"그러니까! 아주 나쁜 신이야, 저게! 그냥 지나가다 아가씨를 발견하고 일을 시키려고 작정을 한 거지. 여기 일손이 엄청 부족하거든. 응. 그럼 그럼."

챠밍이 서둘러 판의 입을 막았다. 판은 입을 벌리고 말을 하려다 챠밍의 무서운 눈빛을 보고 입을 다물었다. 판으로서는 의명과 계약을 할 수만 있다면 아무래도 상관은 없었다.

"아. 그렇지. 나는 일이 아주 많은 신이고 내 일을 수행해줄 사람은 늘 부족하다네."

"그럼. 그럼. 자네는 일이 정말 많지."

"아휴. 일이 정말 많죠."

도깨비와 챠밍이 난처한 표정으로 고개를 끄덕거렸다.

의명은 잠시 고민하는 듯 고개를 갸웃거리다 마침내 결심한 듯 입을 열었다.

"2년… 2년 동안… 해볼게요. 그 이상은 안돼요. 절대."

바다는 거짓말같이 잠잠해졌다. 세차게 휘몰아치던 파도도 눈을 뜰 수 없게 불어대던 바람도 어디론가 사라지고 말 잘 듣는 새색시 같은 산들바람이 찰싹이는 파도 위를 노닐었다. 힘들게 언덕을 내려와 아까의 문 앞에 서 있을 땐 세 사람 다 지칠 만큼 지쳐 있었다. 의명은 두 사람에게 양쪽 팔을 붙들린 채 겨우겨우 도착한 문 앞 모래 바닥에 털썩 쓰러졌다.

"아가씨, 보기보다 배짱이 있네?"

문 앞에 서서 열쇠를 뒤적이며 챠밍이 웃었다. 의명 옆에 털썩 주저앉은 도깨비가 숨을 몰아쉬며 땀을 닦았다.

"배짱은. 난 저 아가씨 그 자리에서 뒤로 넘어가는 줄 알았다고."

"그러게. 나도 장례 치르는 줄 알았어. 사시나무 떨듯 바들바들 떨면서도 용케 잘 해냈어. 판이 어떻게든 계약기간을 늘리려고 아주 용을 쓰더만. 아가씨가 잘 버텼어. 2년이면 선방이지."

"언니랑… 사장님이… 뒤에 서 계시니까 용기가 생기더라고요. 누구랑 이렇게 맞서 싸워본 건 태어나 처음이에요.”

의명의 손은 아직 떨리고 있지만 표정은 밝았다. 구멍 안에 꽂힌 열쇠가 반 바퀴를 돌았다 제자리로 돌아오자 철컥이는 소리와 함께 문이 열렸다. 셋은 챠밍 미용실에 돌아왔다.

“아, 피곤해. 몇십 년 만에 그 먼 곳까지 다녀왔더니 삭신이 다 쑤시네.”

챠밍이 소파에 털썩 주저앉으며 다리를 주물렀다. 의명은 그 옆에 조용히 앉아 멍한 표정으로 그림 속의 하얀 집을 바라보았다. 조금 전까지만 해도 저 바닷가에 있었다는 걸 믿을 수 없었다. 신발 속에 담겨온 모래만이 방금 그들이 바닷가에 있었던 것을 증명해주었다.

의명은 판에게 받아온 붉은 주머니를 들여다보았다. 그 속에는 탁구공보다 작고 아주 투명한 구슬이 여러 개 들어 있었다. 손으로 볼을 꼬집어 보았지만 꿈은 아니었다. 챠밍이 불쑥 의명의 눈앞에 얼굴을 들이밀었다.

“그건 판의 계약을 수행하기 위한 선수금이야. 구슬 하나면 한 시간에서 세 시간쯤 숙면을 취할 수 있어. 그 구슬이 아니면 생업이랑 판의 일을 병행할 수가 없지. 판의 일을 할 때마다 그 대가로 구슬을 받게 될 거야. 맑고 투명할수록 좋은 구슬이라 짧은 단잠으로도 회복력이 좋아. 판이 준 그 구슬들은 최상품 중에서도 최상품이야. 그만큼 효

과가 좋지만, 조심하도록 해. 중독되지 않도록. 구슬에 욕심이 생기면 영원히 판의 손아귀에서 벗어날 수가 없으니까."

의명이 작게 고개를 끄덕였다. 챠밍이 차를 가지러 간 사이 도깨비가 다가와 의명의 왼손을 잡고 손바닥을 펼친 후 그 위에 자신의 손바닥을 얹었다.

"이 표식은, 계약이 종료되는 순간 사라질 거야. 판의 계약은 무섭고 또 명확하지. 계약에 대한 이야기는 누구에게도 하지 않는 것이 좋아. 발설하는 순간, 너는 맥락도 없이 캄캄한 길을 걷다 환하게 빛나는 챠밍 미용실의 황금색 간판을 보게 될 거야. 여기 이 무서운 언니가 너를 꿈속에서 찾아내게 하지 마. 그땐 나도 도와줄 방법이 없으니까."

두 손바닥 사이에서 희미하지만 분명한 빛이 나더니 일순간 사라졌다. 도깨비의 손바닥을 거두자 의명의 검지와 중지 사이의 손바닥에 콩알만 한 문양이 문신처럼 새겨졌다. 꿈 공장의 작은 방들 문패와 비슷한 느낌의 문양이었다. 의명은 두 눈을 크게 뜨고 문양을 들여다보다 오른 손가락으로 문질러보았다. 그것은 번지지도 지워지지도 않았다.

"이야. 요즘은 작고 세련되어졌네? 옛날엔 왜 이렇게 흉측하게 새겨놨던 거야?"

두 사람에게 차를 건넨 챠밍이 의명의 문양을 들여다보

며 왼쪽 소매를 바싹 걷어 올리자 팔오금 위쪽으로 의명의 것과 같지만 훨씬 더 큰 표식이 나타났다. 도깨비가 어깨를 으쓱하며 미용의자에 걸터앉았다.

"그 당시 여자들은 팔을 드러낼 일이 없었잖아. 판이 그 정도로 인간을 배려하는 신도 아니었고. 그나마도 나은 거야. 아주 오래전에는 이마에 표식을 박기도 했다지. 신과 계약한 존재인 걸 숨기지 못하고 인간들과 멀리 떨어진 곳에서 살던 때도 있었어. 어둡고 차가운 움막 속에서 두려움과 경의와 멸시가 뒤섞인 채로. 신에게도 인간에게도 환영받지 못한 채로."

"지금은 뭐 더 나은가? 평생 계약에 얽혀 사는 건 매한가지인 걸."

챠밍이 멍하니 그림 속의 하얀 집을 바라보았다. 차를 한 모금 마신 의명이 고개를 갸웃거리며 챠밍과 도깨비를 번갈아 보다 물었다.

"그럼, 복덕방 사장님도 계약자인가요?"

"저건 계약자가 아니라 빌어먹을 신 나부랭이야. 판처럼."

챠밍의 손가락이 도깨비를 가리켰다. 도깨비는 어깨를 으쓱하더니 챠밍이 건넨 차가운 녹차를 단숨에 들이켜고 종이컵을 구겨 휴지통으로 던졌다. 종이컵은 휴지통을 맞고 밖으로 튀어나왔다. 챠밍의 눈빛이 험악해지자 도깨비가 머쓱하게 컵을 주워 휴지통에 곱게 넣었다. 고개를 돌린 챠밍이 의명을 바라보며 안쓰러운 표정을 지었다.

"아가씨가 이 오피스텔에 오게 된 게 타고난 '운명'인지, 피해 갔으면 좋을 '사고'인지 알 수가 없지만 비슷한 길을 걸어온 선배로서 조언하자면."

챠밍이 잠시 말을 멈췄다. 의명은 어떤 중요한 이야기가 나올지 긴장하며 침을 꼴깍 삼켰다.

"포기하면, 차라리 마음이 편하단다."

## 첫 임무

오랜만에 잠을 푹 잔 의명은 정신이 또렷해지는 것을 느꼈다. 언덕 위의 꿈 공장도, 자신이 판이라는 신에게 잠을 빼앗긴 것도, 그 판에게 선택받아 어영부영 계약을 하게 된 것도, 수면 구슬을 그 대가로 받아온 것도, 그 수면 구슬이 숙면을 취하게 해주는 것도 모두 꿈이 아니었다. 실로 오랜만에 꿈 한번 꾸지 않는 꿀 같은 잠을 자고 일어나니 개운했다. 살면서 한 번도 느껴보지 못한 상쾌함이었다. 의명은 멍하니 왼 손바닥에 새겨진 표식을 바라보았다. 그리고 오른손을 들여다보았다. 오랜 시간 펜을 잡은 손은 중지 첫마디에 굳은살이 단단히 배겨 있었다. 그림을 그리는 것이 즐거웠고 그림을 전공으로 직업으로 선택했으며 그림은 의명을 먹고 살게 해줬다. 그림을 그리는 그 재주가 그녀의 인생을 이렇게 뒤바꾸게 될 거라곤 단 한 번도 상상해 본 적이 없는 일이다.

"내가 이러고 있을 때가 아니지. 정신이 맑을 때 마감을 해치워야 해."

의명은 상을 펴고 도구를 세팅했다. 잘 자고 일어나니 의욕이 치솟았다. 며칠 동안 붙잡고만 있을 뿐 어영부영했던 작업에 탄력이 붙었다. 태블릿 위에 신이라도 내린 듯 펜이 절로 움직였다. 작업을 마치고 펜을 놓았을 때 밖은 이미 어둑어둑했다. 웹하드에 작업물을 올린 후 서랍을 뒤져 짐을 챙겼다. 학교 다닐 때 쓰던 드로잉북과 색연필 등을 가방에 넣고 집을 나선 시간은 밤 열한 시가 다 된 시간이었다. 야간버스를 타고 창밖의 어둠을 바라보았다. 의명은 다시는 발을 들이지 않겠다고 다짐하며 뒤도 돌아보지 않고 떠나온 곳을 찾아가는 중이었다. 꿈에 나타날까 두려웠던 얼굴이 떠올랐다. 식은땀이 흘렀지만 숨을 고르며 마음을 진정시켰다.

멀리 익숙한 풍경이 눈에 들어오기 시작했다. 심장이 밖으로 튀어나오는 건 아닐까 싶을 정도로 가슴이 쿵쾅거렸다. 버스에서 내려 익숙한 길을 따라 도깨비 복덕방으로 향했다. 열두 시가 훌쩍 넘은 주택가는 술 파는 식당이나 호프집 몇 군데 말고는 모두 간판의 불이 꺼져 있었다.

그 덕에 도깨비 복덕방의 환한 불빛이 몇 배는 더 밝게 느껴졌다. 문을 열고 들어가자 담배를 피우고 있던 도깨비가 손을 들어 의명을 반겼다. 볼 때마다 더 늙어 보이기도 젊어 보이기도 했던 도깨비의 모습은 그사이 익숙해져 더이상 신경 쓰이지 않았다. 챠밍의 표현대로라면 늙거나 젊거나 그저 '빌어먹을 신'일 뿐이었다.

"첫 임무수행이니까 내가 동행할 거야. 자. 이제 가볼까."

도깨비는 일어나 성큼 문밖으로 향했다. 의명이 따라 나오자 복덕방의 문을 잠갔다. 캄캄한 골목길을 걷다 의명은 흠칫 놀라 발걸음을 멈췄다. 피투성이가 된 사람 하나가 골목길을 걷고 있었다. 남자인지 여자인지 구분할 수 없을 정도로 처참한 몰골이었다. 의명이 도깨비의 옷자락을 잡았다.

"저, 저기 저 사람 다쳤나봐요. 119 불러야 할 거 같아요."

의명이 손가락으로 가리킨 곳에 두 사람이 걷는 방향과 같은 방향을 향해 조용히 걷는 한 사람이 보였다.

"잘 봐. 걷고 있지만 발소리가 들리지 않지."

도깨비의 말에 의명은 눈을 가늘게 뜨고 그자의 발밑을 바라보았다. 그에게는 발소리도 그림자도 없었다.

"저자는 망자야. 챠밍 미용실을 향해 가고 있을걸. 챠밍은 산 사람의 꿈에 들어가기 전이나 저승에 가기 전에 망자를 단장해주는 일을 해. 그게 챠밍이 판과 맺은 계약이지. 간판에 푸른색 등을 켰을 땐 망자들의 시간이야."

의명은 놀란 눈으로 고개를 끄덕였다. 망자는 챠밍 미용실의 푸른색 간판 앞에 서더니 문을 열고 들어갔다. 도어벨 소리가 조용한 밤하늘에 울려 퍼졌다. 전면 통유리로 손님의 머리를 만지던 챠밍이 웃으며 그를 반기는 모습이 보였다. 푸른색 간판 불을 밝힌 챠밍 미용실은 낮보다 더 많은 손님들로 북적였다.

"저분은… 얼마나 오래 이런 일을 한 거예요?"

"한… 오백 년 쯤?"

"네?"

의명이 입을 쩍 벌리고 도깨비를 쳐다보았다.

"가자고. 우리도 할 일이 많아."

도깨비가 멍청하게 입을 벌리고 있는 의명을 재촉했다. 의명은 떠밀리듯 챠밍 미용실을 지나 바로 옆에 있는 펠리치따 오피스텔 앞으로 향했다. 펠리치따 오피스텔은 아랫집 할머니의 고독사가 알려진 후로 앞마당에 쌓여 있던 고물과 폐지가 대부분 정리되어 훨씬 깨끗한 상태였다. 하지만 여전히 어둡고 음침했다. 어두운 뒷마당 쪽에서 덜그럭 소리가 나더니 계단 뒤 화단의 담벼락 위로 검은 고양이 한 마리가 야옹 울어대며 지나갔다.

"오랜만이야. 플루토, 요즘 이 지역엔 별일 없나?"

담벼락 끝에 다다른 고양이가 고개를 돌리더니 야옹, 하고 울었다. 어딘가에서 흘러나온 빛을 받아 고양이의 안광이 무섭게 번쩍였다. 잠시 그대로 서서 두 사람을 바라보던 고양이는 엉덩이를 살랑거리며 유유히 사라졌다.

"까칠하기는."

도깨비가 앞장서 계단을 올랐다. 두 사람은 2층의 첫 집 앞에서 걸음을 멈췄다. 의명이 살던 201호였다. 칠흑처럼 어두컴컴한 201호는 도깨비가 열쇠를 손잡이에 넣고 돌리자 철컥 소리와 함께 입을 벌렸다. 입구 쪽에 있는 스위치를 켰다. 요즘 같은 세상엔 보기 드문 형광등이 심하게 점멸하다 기어이 어둠을 몰아냈다. 둘은 신발을 벗고 안으로 들어가 집안을 살폈다. 침대며 책상이며 모두 그대로였지만 한동안 비어 있던 빈집은 을씨년스러웠다.

"할 수 있겠어?"

"…네."

의명은 가방을 열어 드로잉북과 필통을 꺼내 오랜만에 앉아보는 책상에 올려놓았다. 먼저 연필로 최대한 기억을 더듬어 가며 그림을 그렸다. 큰맘 먹고 산 고급 의자는 역시 허리를 탄탄하게 받쳐주었다. 밥상에 기구들을 펼쳐놓고 작업하던 때와는 천지 차이였다.

"머리끝부터 발끝까지 그려야 해. 잘못했다간 다리 두

짝만 남기고 보내버리는 수가 있다고."

열심히 그림을 그리던 의명이 뜨악한 눈으로 도깨비의 얼굴을 바라보았다. 그녀는 고개를 끄덕이고는 다시 드로잉북으로 시선을 돌려 그리던 그림을 마저 그렸다. 슥슥 그어진 선들이 주름이 깊게 팬 노인의 모습을 만들어냈다. 오른쪽보다 홀쭉하고 약간 휘어 있는 왼쪽 다리까지 완벽하게 종이 안에 담아냈다. 밑그림이 끝나자 붉은 천에 감싼 만년필을 꺼냈다. 언덕 위의 하얀 집에서 받아온 특별한 것이었다. 뚜껑 부분에 입을 크게 벌린 뱀이 타고 올라가는 모양을 새겨넣은 고풍스러운 만년필이었는데 판은 그것의 이름이 청배필請陪筆이고 절대 잉크가 마르지 않는다고 알려주었다. 만년필로 덧그림까지 그리자 도깨비가 종이 한 장을 주었다.

"김가 무개. 그 노인의 부모가 막 지어준 이름이야. 1932년 12월 함경남도 홍원군 경운면 출생이지. 어릴 때 부모 따라 만주로 넘어가 갖은 고생을 하며 자랐어. 소아마비로 다리를 절게 되었지만 그래도 머리가 좋아서 중국 상인 밑에서 일하며 번 돈으로 동네에 수더분한 여자 하나를 돈으로 사서 결혼했어. 그래도 뭐 딸 하나를 낳고 그럭저럭 잘 살고 있었지. 그러다 한국에 가면 돈을 많이 벌 수 있다는 바람처럼 떠도는 말에 가진 돈을 다 털어 어렵게 밀입국했는데 현실이 녹록지 않았던 거지. 중국에서야 알아주지만 여기선 억양부터가 다른 밀입국자가 할 일이 뭐가 있었 겠어. 거기다가 다리가 불편하니 막노동도 못하고 하는 일 없이 집에 들어앉아 부인이 폐휴지나 고물 주워 오는 걸 로 먹고 살면서 부인을 숱하게 괴롭혔더랬지. 그러다가 시 집간 딸이 남편의 괴롭힘에 못 견뎌 도망나와서 여기에 애 맡기고 돈 벌러 다른 도시에 간 사이, 술 취해 찾아온 사위 가 노인이랑 다섯 살 난 자기 아들을 칼로 찔러 죽였어. 그 렇게 죽었는데 지가 죽은 줄도 모르고 저승길을 가지 않은 게 벌써 십 년이 다 되어가. 사람의 원혼이 이승에 너무 오 래 있으면 이승을 침범하곤 하거든. 이 집에서 이상한 소 리가 나거나 수도가 자주 터지는 것도 그래서야. 이 노인 네도 슬슬 원귀화 되어서 사람의 물건에 손을 댈 수 있는 상태가 되어가고 있어. 이런 망자를 얼른 저승으로 강제 송환하는 게 아가씨의 임무야. 이 노인은 하루빨리 저승으 로 보내줘야 하는 게."

도깨비는 잠시 말을 멈췄다.

"손주의 혼까지 붙잡고 있어서 어린애까지 이승을 떠돌 게 만들고 있어. 이 손자의 슬픔이 너무 커서 자꾸 수도가 터졌던 거야. 두 영혼 다 얼른 저승으로 보내줘야 영혼도 이승도 평안해."

의명은 고개를 끄덕였다. 도깨비가 준 종이에는 노인의 태어난 해, 월, 일, 시, 이름과 고향이 한자로 적혀 있었다.

한자를 잘 모르는 의명은 그림 그리듯 드로잉 북 한쪽에 새겨 넣었다.

"아가씨, 여기 획이 틀렸잖아. 조심해. 한자가 다르면 망자를 저승으로 보낼 수가 없어."

의명은 모르긴 해도 앞으로의 일에 이 한자를 그려 넣는 일이 가장 힘들고 복잡한 일이 되겠구나 하는 예감이 들었다. 틀린 그림 찾기를 하는 심정으로 왼쪽 오른쪽을 번갈아 몇 번이나 확인 후 고개를 들었다.

"된 거 같아요. 이제 갈까요?"

의명은 드로잉북에서 그림이 그려진 장을 떼어내 도깨비를 향해 고개를 끄덕였다. 두 사람은 계단을 내려가 101호 앞에 섰다. 아직 빈집이었다. 도깨비는 헛기침을 몇 번 하고 문을 두드렸다.

"계십니까?"

여러 번 문을 두드린 후에서야 노인이 부스스한 표정으로 문을 열었다. 문을 열고 두 사람을 바라보는 노인의 눈에는 황당함과 불쾌함이 가득했다.

"뉘시오?"

"아이고. 늦은 시간에 죄송합니다. 여쭤볼 것이 좀 있어서요."

도깨비가 활짝 웃으며 너스레를 떨었다. 의명의 심장은 쿵쾅대며 뛰었고 식은땀이 등줄기를 타고 흘렀다. 앞에 서 있는 노인이 사람이 아니라 귀신이라는 것부터가 소름 끼치는 일이었다. 무슨 말을 해야 할지 모르겠는데 도깨비는 재촉하듯 자꾸만 옆구리를 찔러댔다. 문고리를 잡고 서 있는 노인의 눈은 더 사나워졌다. 이럴 줄 알았으면 더 구체적인 작전을 짜고 올 걸 하는 후회가 밀려들었다.

"하, 할아버지 성함 좀 알려주세요!"

엉겁결에 튀어나온 말이었다. 앞에 서 있는 노인의 표정은 점점 일그러져 얼굴의 주름이 더 깊어졌다. 의명은 하얗게 질려갔다. 무언가 그럴듯한 핑계가 필요한데 도통 머리에 떠오르는 적당한 구실이 없었다.

"어. 그게. 이 동네 노후한 건물 대상으로 재개발 설문조사 중인데요…. 어, 찬반 투표를 하려면 할아버지 성함을 알아야 한다고. 여기 복덕방 사장님께서. 어…."

의명은 옆에 서 있는 도깨비를 가리키며 횡설수설하기 시작했다. 도깨비는 의명의 말도 안 되는 핑계를 들으며 난처한 표정으로 억지 미소를 지었다.

"설문인지 뭔지, 낮에 하면 될 걸 이 밤중에 자는 사람을 왜 깨워? 가만있자. 저기, 윗집 아닌가?"

의명의 얼굴을 알아본 모양이었다. 노인은 실눈으로 의명의 머리부터 발끝까지를 훑어보았다. 짜증이 가득한 얼굴이 이내 의문 가득한 표정으로 바뀌고 의명은 아까보다 더 당황했다.

"아, 맞아요. 저 201호에 사는 사람이에요. 안녕하세요!"

어색한 인사에 노인이 뒤늦게 엉거주춤 목례를 했지만 얼굴의 짜증은 가시지 않았다. 그 누구라도 새벽의 불청객에게 친절할 수는 없는 노릇이었다. 의명은 있는 대로 머리를 굴려봤지만 좀처럼 좋은 방법이 떠오르지 않았다. 그렇다고 물러설 수도 없었다.

"하, 할아버지, 암튼 성함을 좀 알려주세요!"

일단 무조건 조르는 걸로 밀고 나가보았다. 결연한 의명의 표정과 어색한 미소의 도깨비 표정을 바라보며 노인의 표정은 점점 굳어갔다.

"남의 이름은 왜 묻는 거요? 난 볼 일 없으니 가요! 가!"

노인이 손을 휘저으며 문을 닫으려 하자 의명이 급한 대로 문을 잡고 늘어졌다. 밤중에 문 하나를 놓고 옥신각신하는 모양새가 우습기 짝이 없었다. 난감하던 도깨비가 뭔가 떠오른 듯 의명이 붙들고 있는 문짝을 탁 잡고 황급히 말했다.

"어르신, 저희가 이 앞마당에서 통장 하나를 주웠는데 혹시 어르신 건가 해서요! 존함이 어떻게 되시죠? 혹시 김가 십니까?"

옥신각신 하던 싸움이 일순간 멈췄다. 노인은 멍하게 도깨비의 얼굴을 바라보다가 의심스러운 눈초리로 쭈뼛거렸다. 도깨비는 어디서 꺼냈는지 낡은 통장 하나를 들고

서 있었다.

"통장? 무슨 통장…? 내 이름은 김무개인데."

노인이 헛기침을 하며 도깨비의 눈치를 보았다. 의명이
꿈에 나올까 두려워 했던 바로 그 비열한 표정이었다. 그
얼굴을 보는 의명은 악몽이 되살아나는 기분에 숨을 쉬기
힘들었다. 파랗게 사색이 된 의명을 도깨비가 떠밀었다.

"지금이야!"

화들짝 놀라 정신을 차린 의명이 주머니에 꽂아 두었던
명부를 노인의 가슴팍에 붙였다. 영문을 모르는 노인이 놀
라 뒷걸음질 치는 사이 노인의 형체가 조금씩 흐려지며 종
이가 불에 타들어가듯 사라졌다. 의명이 그린 그림은 그
불꽃이 타들어가는 모양으로 노인의 모습이 스며들었다.
이윽고 노인이 서 있던 자리엔 먼지만이 휘날렸다. 검은
선만 있던 그림은 색이 채워졌다. 이제 노인은 의명의 그
림 속에 봉인되었다.

"희한하단 말이지. 꼭 이름을 알려주면 그림에 봉인된
다는 걸 알고 있는 것처럼 필사적으로 이름을 알려주려 하
지 않는단 말이야."

의중을 알 수 없는 표정으로 도깨비가 말했다. 첫 임무
를 겨우 해낸 의명은 안도의 한숨을 내쉬었다. 손에 들린
그림 속 노인이 눈알을 굴렸다. 입을 달싹거려보기도 하고
손발을 움직여보려고도 했지만 그림 속에서는 움직일 듯

움직여지지 않았다.

"으⋯."

이마를 찡그린 의명이 종이를 돌돌 말아 화구함에 담은 후 도깨비에게 건넸다. 화구함을 어깨에 메고 열린 101호를 뒤돌아나가는 도깨비를 종종걸음으로 쫓아 따르며 의명이 눈을 반짝였다.

"저, 그래도⋯ 처음 치곤 잘했죠?"

도깨비는 대답이 없었다. 어두컴컴한 동네에 챠밍 미용실만이 환하게 불을 밝히고 있었다. 도깨비는 한쪽에 비켜선 채 미용실 안에서 바쁘게 일하는 챠밍을 바라보았다. 의명이 도깨비 옆에 섰다. 둘이 지켜보는 사이 망자 하나가 천천히 다가와 미용실 안으로 들어갔다. 챠밍이 망자에게 인사를 하고 망자는 소파에 앉았다. 의명은 미용실을 지켜보다 도깨비를 올려다보았다. 나이를 가늠할 수 없는 도깨비의 눈동자 속에 미용실의 불빛이 어른거렸다. 의명의 눈에 그는 슬퍼 보였다.

"가자."

도깨비가 미용실 앞을 지나갔다. 문 앞을 지날 때 쯤 챠밍이 두 사람을 발견했다. 짤랑거리는 소리와 함께 피곤한 얼굴이 문밖으로 쑥 튀어나왔다.

"어어. 의명 씨 오늘이 첫 임무였지? 어땠어? 할 만했어?"

"안녕하세요."

의명이 발걸음을 멈추고 꾸벅 몸을 굽혀 인사를 하는 동안에도 도깨비는 멈추지 않고 저벅저벅 골목길을 걸어갔다. 의명은 멀어져가는 도깨비와 미용실 밖으로 머리를 내민 챠밍을 번갈아 바라보다 따라가기를 포기했다. 챠밍이 고갯짓으로 사라져가는 도깨비의 뒷모습을 가리켰다.

"저 빌어먹을 도깨비가 방해하진 않았고?"

"아뇨, 제가 버벅거리고 있을 때 도와주서서 겨우 해결했어요. 복덕방 아저씨 아니면 오늘 실패했을지도 몰라요."

"그래? 쟤가 도움이 됐다니 다행이네. 원래 남의 일엔 잘 안 나서는 작자라. 웬일로 의명 씨 도와주러 간다 해서 나도 놀랐어. 그나저나 이제 시끄러운 노인네 욕지거리 안 들을 생각하니 좋네."

챠밍이 의명을 향해 싱긋 웃었다. 낮부터 쉼 없이 일을 한 챠밍의 얼굴은 피곤한 기색이 역력했다. 의명은 도깨비의 말을 떠올렸다. 오백 년간 이 일을 해온 챠밍의 긴 세월은 의명으로선 짐작조차 하기 힘든 것이었다.

"차 한 잔 하고 갈래? 어차피 새벽 첫 차 다닐 때까진 집에도 못 가잖아. 복덕방보단 여기가 나을 거 같은데."

의명이 챠밍을 따라 미용실 안으로 들어갔다. 순서를 기다리던 망자가 살아 있는 의명을 보고 잠시 놀랐지만 이내 옆으로 비켜 앉았다. 의명이 조심스럽게 소파에 앉자 챠밍이 종이컵에 담긴 따듯한 녹차 한 잔과 길쭉한 약포를 건넸다.

"마셔. 이 일을 하고 나면 몸이 으슬으슬할 거야. 일할 때 따듯한 물이라도 갖고 다니는 게 좋을걸. 이건 천마환이야. 기운을 따듯하게 해주는 약재지. 평소에 몸을 따듯하게 해주는 걸 많이 먹어 둬. 안그럼 맨날 몸살로 앓아누울 거야."

"아… 감사합니다."

의명이 고개를 끄덕이곤 녹차와 약포를 받아 들었다. 아닌게 아니라 조금씩 몸이 떨리고 있었다.

"전 새벽공기가 차가워서 그런가 보다 생각했는데…. 다음엔 핫팩이라도 챙겨야겠어요."

의명이 뜨거운 녹차를 후후 불어 다 먹어갈 즈음 옆에서 순서를 기다리던 손님이 단장을 마치고 있었다.

"자. 다 됐네요."

챠밍이 그의 목에 둘렀던 커트 보를 치우며 손을 탁탁 쳤다. 단장이 끝났는데 그는 마음에 들지 않는 표정으로 거울을 바라보며 울상을 지었다.

"왜? 별로 마음에 안 들어요?"

그는 고개를 끄덕이더니 하소연했다.

"제가 엄청 좋아하는데 고백 한 번 못 해본 여자가 있어요. 엊그제 심장마비로 갑자기 죽어버려서 영영 고백도 못하게 되고 그 여자 마음도 알 길이 없게 되었죠. 멋진 모습으로 그녀 꿈에 나타나고 싶은데 이건 살아 있을 때랑 조금도 다를 바 없는 모습이라서…."

그는 더 이상 말을 잇지 못하고 거울에 자신의 모습을 이리저리 비춰보았다. 챠밍이 트롤리의 물건들을 정리하며 시큰둥하게 대답했다.

"손님이 가져온 구슬로는 이게 최선이랍니다."

"착하게 살아야 죽어서 재물처럼 쓸 수 있는 좋은 구슬을 많이 얻을 수 있다는 걸 미리 알았다면, 정말 정말 착하게 살았을 거예요. 어째 돌아가신 할머니께서 꿈에 자주 나타나 착하게 살라고 하시더라니."

그는 이 말을 남긴 채 미용실 문을 나섰다. 남자가 나가고 나서도 끊임없이 손님들이 들어오고 나갔다. 많은 손님을 치르고 겨우 짬이 났을 때에야 챠밍은 의명의 옆에 털썩 앉아 눈을 감고 양쪽 관자놀이를 손가락으로 눌러대며 한숨을 돌렸다.

"피곤하시겠어요."

의명의 말에 챠밍은 그저 픽 웃을 뿐이었다. 밤하늘이 아주 조금씩 밝아왔다. 의명이 슬슬 일어나 볼까 하는 생각을 하고 있는데 도어벨이 짤랑거렸다. 챠밍과 의명이 동시에 소파에서 등을 떼고 문 쪽을 바라보았다. 열린 문틈으로 서 있는 속옷 차림의 아이는 두 사람 모두가 아는 얼굴이었다.

"왔구나."

챠밍이 일어나 문간에 서 있는 꼬질꼬질한 아이의 손을 잡아끌었다. 챠밍은 인조가죽으로 덧씌운 아이용 보조 의자를 미용 의자에 얹고 아이를 앉혔다. 101호 아이였다. 의명이 아이를 붙잡아두고 있던 노인을 그림에 봉인했기에 외로움과 배고픔에 시달리던 아이가 이제야 저승길에 오를 수 있게 되었다.

"추웠지? 망할 노인네, 애 옷이나 제대로 좀 입혀주지."

챠밍의 손길이 지나갈 때마다 아이의 꾀죄죄함이 사라졌다. 땟국물이 흐르던 얼굴은 윤기나는 볼에 광채가 돌았고 옷도 깔끔하고 따듯한 옷으로 바뀌었다. 늘 주눅 들어있던 아이는 깨끗하게 입혀놓고 보니 쌍꺼풀이 크고 귀여웠다. 항상 울상이던 아이의 표정이 조금 밝아 보였다.

"어디 가려고? 엄마 만나러?"

아이는 말없이 고개를 끄덕였다. 양쪽 조부모는 중국에 거주하던 조선족이고 중국에서 아이들을 낳고 키웠다. 덕분에 아이의 부모는 한국말이 서툴렀으며 어린 나이부터 외조부모 손에서 자란 아이는 말을 나눌 사람이 별로 없어 언어를 제대로 배우지 못했다. 101호 노인이 걸핏하면 소리를 지르며 윽박질러 대는 통에 몇 마디 할 줄 아는 말도 심연 속으로 묻어버려 말을 잊은 아이였다. 챠밍은 문을 열고 휘파람을 불었다. 어디선가 길마중이들이 나타나 챠밍 앞을 떠다녔다.

"이 아이 엄마한테 데려다 주고, 볼일 끝나면 저승으로 안내해줘. 저승 가기 전에 삼도천 앞 국숫집 할머니한테 따듯한 국수 한 그릇 먹고 가게 하고. 아이가 말을 잘 못하니까 너희들이 잘 데리고 가야 한다. 알았지?"

길마중이들은 걱정말라는 듯 챠밍 앞에서 오락가락 하다 아이가 나오자 아이 주위를 빙빙 돌았다. 이윽고 하나가 앞장 서고 나머지 셋이 아이를 에워싸곤 길을 떠났다. 아이는 몇 걸음 걷다 뒤돌아 손을 흔들어 인사를 했다. 하늘은 희부옇게 아침을 준비하는 중이었다.

"서둘러. 너희 엄마 잠에서 깨기 전에 도착해야 하니까."

챠밍은 미용실 문 앞에서 멀리 사라져가는 아이의 뒷모습을 한참 바라보았다. 아이의 엄마는 아이가 죽은 후 펠리치따 오피스텔엔 다시는 발을 들이지 않았다. 그녀는 과거를 지우고 싶었다. 혼자 남은 어미조차 들여다보지 않은 채 이리저리 떠돌다 저 멀리 바닷가 마을에 들어가 다니던 생선 덕장에서 만난 남자와 재혼을 하고 다른 아이를 낳았다. 둘째 아이의 모습을 보면서 자주 제 아비 손에 죽은 첫 아이가 생각났다. 아이의 엄마는 꿈에서조차 나타나지 않는 아이를 가슴 속에 묻고 열심히 살고 있었다. 십 년 만에 아이의 꿈을 꿀 엄마는 제 아비가 아이를 붙잡고 있어 이제야 그 영혼이 저승에서 평안을 찾게 된 걸 평생 모를 터였다. 죄가 없는 아이는 금세 환생할 것이니 운이 좋다면 어미의 살아생전에 아이와 재회할지도 모른다. 아이의 엄마와 환생한 아이가 서로 알아볼 수 있을지는 오직 신만이 알 일이다.

챠밍은 아이의 모습이 보이지 않게 된 후에도 한참을 서 있다가 미용실 안으로 들어와 뒷정리를 시작했다. 평소보다 늦은 퇴근이었다. 대충 정리를 끝낸 챠밍이 미용실의 간판 불을 껐다. 의명과 함께 밖으로 나와 셔터를 내리고 열쇠를 채우며 챠밍은 고개를 갸웃거렸다.

"조심해서 들어가. 근데, 왜 오밤중에 이 난리야? 피곤하게. 나처럼 밤에 손님이 오는 일도 아닌데. 낮에 하지 그래? 의명 씨 일을 쓸데없이 힘들게 하네."

바로 옆에 있는 펠리치따 오피스텔로 총총거리며 사라지는 챠밍의 뒷모습을 보며 의명은 입을 벌리고 서 있다 가방을 고쳐 메고 버스 정류장을 향하며 중얼거렸다.

"이상하다, 분명히 복덕방 아저씨가 밤에 오라고 했는데…."

# 석훈


산 사람에게도 망자에게도 화요일은 챠밍 미용실의 휴무다. 화요일 휴무는 아직도 많은 미용실이 따르는 암묵적 규칙이었다. 휴무이지만 챠밍은 늘 미용실에 나간다. 챠밍은 그녀에게 허락된 두 평 반 크기의 미용실에서 황금색 간판 불의 레버를 당겼다. 조용히 쉬다가 열두 시가 넘으면 누군가가 잠들기를 기다릴 것이다. 의뢰인이 없는 사건이다. 의뢰인이 없으니 대가도 필요없기를 바란다. 만약 챠밍의 분노가 극에 달해 그를 무의 공간에라도 밀어 넣게 되면 의뢰인 대신 챠밍이 새로운 계약을 맺어야 할지도 모른다. 챠밍은 최대한 흥분하지 않기 위해 명상이라도 해야 했다. 소파에 가부좌를 틀고 앉아 눈을 감았다. 마음을 비

우기 위해 아무 생각도 하지 않으려 애를 썼지만 온갖 잡
생각이 챠밍의 머릿속을 채웠다.

"에잇!"

명상을 포기한 챠밍이 옆에 놓인 리모콘을 집어 티브이
를 켰다. 무의 공간에서도 티브이를 볼 수 있다는 건 천만
다행한 일이었다. 요즘 옛날 드라마들을 재방송해주는 것
이 유행이었다. 국민 드라마라고 불리던 농촌 배경의 드라
마 속에 지금은 노인이 된 배우들의 젊은 모습이 나왔다.

"세월만큼 정직한 건 없지."

챠밍이 중얼거렸다. 촌스러운 내용이지만 묘하게 향수
를 불러 일으키는 드라마라 요즘 젊은이들도 많이 본다고
했다. 꽤 오랜 시간 드라마를 보았다. 오늘 그녀가 꿈속에
서 찾아내야 하는 인간은 새벽 두 시가 넘어서야 불러올
수 있었다.


게임을 하던 석훈이 피시방을 나온 것은 열 시가 넘은
시간이었다. 새로 생긴 게임방이 오픈 기념으로 50퍼센트
할인행사를 했고, 열 시가 되자마자 미성년자들을 귀가시
켰다.

"야. 당구장으로 와라."

석훈이 친구들에게 전화를 걸었다. 오늘따라 이놈도 저
놈도 나올 수 없다고 했다. 이상한 날이었다. 만규네 집으

로 갈까 싶었지만 만규 아버지가 집에 돌아오셨다고 했다. 혹여 거짓말이면 이 새낄 죽여버려야지 생각했다. 갈 곳도 놀 친구도 없지만 집에 들어가기 싫었다. 들어가면 할머니가 뛰어나와 눈물 콧물을 짜며 푸념을 시작할 것이다. 할아버지까지 합세하면 정말 견디기 힘들었다. 네 아버지가 지금 얼마나 고생하고 있는 줄 아냐, 언제까지 이러고 다닐 거냐, 제발 정신 좀 차리라는 할머니와 할아버지의 레퍼토리를 듣다 보면 화가 머리끝까지 올라와 견딜 수가 없었다. 그 잘난 부모가 인생에 실패하는 바람에 모든 걸 망친 거였다. 견디고 있는 것만도 미칠 것 같은데 왜들 자기를 괴롭히는지 석훈은 알 길이 없었다. 12시면 두 노인네가 꿈나라에 갔을 시간이니 그때까지만 버티자는 생각으로 정처 없이 길을 걸었다. 정신을 차려보니 만규가 사는 동네였다. 만규의 집 창문을 바라보았다. 거실 쪽 베란다에 두 사람의 그림자가 어른대는 걸 보니 정말 아버지가 집에 돌아온 모양이었다.

"에이."

석훈이 실망한 신음을 내고 발걸음을 돌렸다. 석훈은 심심할 때마다 만규를 괴롭혔다. 허연 얼굴로 씩 웃기만 하는 녀석이 처음부터 거슬렸다. 녀석의 아버지가 지방 출장이 잦은 터라 혼자 살다시피 한다는 걸 안 후론 친구들과 그 집을 아지트로 삼았다. 만만한 그 녀석은 몇 대 때리는

215

것만으로도 고분고분 말을 잘 들었다. 그 후론 때리는 시늉만 해도 시키는 대로 설설 기었는데 딱 한 가지, 안방에 들어가는 것만큼은 죽기 살기로 막아섰다. '아버지 주무시는 곳'이라는 이유가 배알이 꼴리게 거슬렸다. 대체 저 방엔 뭐 대단한 것이라도 있는가 싶어 녀석이 심부름 간 사이 문을 열었다. 숨겨놓은 금덩이라도 기대했건만 번듯한 장롱 하나 없는 방은 쓸쓸할 만큼 텅 비어 있었다. 안방에 대한 석훈의 관심은 금세 사그라들었다. 안방에만 들어가지 않으면 제집 드나들 듯 맘대로 휘저을 수 있었으니 상관없었다. 다만 불편한 건 아주 가끔 만규의 아버지가 지방에서 올라왔을 때였다. 그런 날에는 집에 일찍 들어가기 싫어 당구장 같은 곳에서 배회했다. 오늘은 불러낼 친구도 없고 갈 곳도 없었다. 어둑어둑한 공원은 텅 비어 있었다. 공원 벤치에 앉아 마지막 담배에 불을 붙였다. 만규에게 빼앗은 담배였다. 여름이 끝나가고 있었다. 얇은 반팔 티셔츠 사이로 파고드는 바람이 썰렁했다. 석훈은 다시 무작정 걷기 시작했다.

한참 걷다 보니 밤중에 환하게 불을 밝힌 간판이 보였다. 미용실의 간판이었다. 황금빛으로 빛나는 간판엔 촌스럽게 챠밍 미용실이라고 적혀 있었다. 전면 통유리 안으론 주인으로 보이는 아줌마의 뒷모습이 보였다. 챠밍이 뭐냐 챠밍이… 라고 중얼거리며 피식 웃다가 석훈은 문득 머리카락을 좀 다듬어볼까 하는 생각이 들었다. 이상한 황금빛 간판에 이끌리듯 손잡이를 잡았다. 밤하늘에 도어벨이 짤랑거리는 소리가 퍼졌다.

"어서 오세요. 챠밍 미용실입니다."

소파에 앉아있던 미용사가 벌떡 일어나 활짝 웃으며 석훈을 맞이했다. 사오십대로 보이는 미용사는 호리호리한 큰 키에 부풀린 머리를 단정하게 틀어 올렸고 검은색 앞치마를 두르고 있었다. 그녀는 두 개밖에 없는 미용 의자를 가리키며 석훈에게 앉기를 권했다.

"앉아볼까? 커트할 거지?"

석훈은 의자에 앉자마자 후회했다. 동네 아줌마들이나 올 것 같은 이런 미용실에 온 것은 처음이었다. 석훈은 심한 직모에 머리숱이 많아서 미용사를 잘못 만나면 스타일이 살지 않았다. 그냥 일어날까 고민도 했지만 미용사는 이미 석훈의 어깨에 커트보를 씌우고 스프레이로 물을 뿌리고 있었다.

"학생도 솥뚜껑 머리네. 요즘 애들은 왜이리 호섭이 머리를 좋아할까 몰라. 이마 좀 까고 다녔음 좋겠는데. 머리숱이 많아서 투블럭 아니면 스타일 안 나오겠다. 7미리 투블럭으로 해줄게. 뒤통수 쪽은 최대한 바짝 올려보는데 머리가 좀 뜰 수도 있어. 머리는 아침에 감는 게 좋을 거야."

미용사는 석훈이 대답할 겨를도 주지 않고 머리카락을

자르기 시작했다. 이젠 무를 수도 없는지라 석훈은 포기하고 눈을 감았다. 뭐 좀 아는 척 떠들어댔으니 제발 중간은 가길 바라는 마음이었다.

"어느 학교 다니니?"

석훈이 감았던 눈을 떴다. 아줌마들은 왜 어느 학교 다니는지를 그렇게 물어대는지 모를 일이었다. 어느 학교 다니면 뭘 어쩔 거냐고 하고 싶었지만 그냥 대답해줬다.

"명월고등학교요."

"어머. 몇 학년 몇 반?"

미용사가 알은체를 했다.

"예? 2학년 4반이요."

"2학년 4반이면… 가만 보자. 만규랑 같은 반이구나?"

석훈은 만규라는 이름이 나오자 깜짝 놀랐다. 만규네 집 근처이니 그럴 수도 있는 일이었지만 왠지 모르게 심기가 불편해졌다.

"김만규라고, 2학년 4반인데. 얼굴 희멀건하고 웃으면 눈이 초승달처럼 되는 애. 너도 알겠네?"

그런 애 모른다고 잡아떼고 싶었다. 하지만 같은 반 친구인데 모른다고 하면 말이 더 길어질 것 같아 대충 둘러대고 얼른 일어나야지 싶었다.

"글쎄요. 친한 친구 말곤 잘 몰라요."

"어머나. 요즘 학교는 우리 때처럼 6,70명씩 같은 반도 아니고 스무 명 남짓이라며. 그리고 만규 모르면 간첩이라던데? 컴퓨터 고장나면 너도나도 다 만규한테 온다더라. 그 학교에 만규 모르는 애가 없다고 했어."

호들갑스러운 미용사의 말투에서 자랑스러움이 배어났다. 그 은근한 자부심이 석훈의 심사를 뒤틀었다. 짜증이 치솟는 걸 꾹 누르며 빈정거렸다.

"아줌마가 만규 엄마에요?"

"아~니. 만규는 우리 집 단골이야. 애가 얼마나 착하고 바른지 요즘 애들 같지 않아. 서글서글하니 변죽도 좋고. 애들이 만규처럼만 크면 세상이 달라질 걸."

미용사가 만규를 칭찬하는 걸 듣는 석훈의 마음에서 알 수 없는 감정이 불끈거리며 솟았다. 만규를 처음 봤을 때부터 들었던 그 감정은 걷잡을 수 없이 몸피를 불려갔다. 사춘기의 불안함과 겹쳐 아직 소년이 감당하기 힘든 것이었다. 석훈의 마음속 어두운 동굴에서 쭈그리고 앉아 있는 어린 아이가 눈물을 흘렸다. '왜 모두 그 녀석만 좋아하는 거야.' 동굴 안에만 웅크리고 있던 아이는 작은 몸속 가득 차오르는 분노를 참을 수 없었다. 가슴에서 검고 끈적이는 무언가가 터져 나왔다.

"걔가 그렇게 착해요? 다들 속고 있는 거라구요!"

석훈이 머리를 자르고 있는 미용사의 손길을 뿌리치고 벌떡 일어났다. 주먹을 꽉 쥐고 눈을 부릅 뜬 석훈을 미용사가 어이없는 표정으로 바라보았다. 석훈이 악을 쓰며 대들었다.

"걔, 착한 척하는 거 다 쇼에요! 쇼! 착한 척, 순진한 척하면서 속이는 거라고요!"

미용사가 가위와 빗을 트롤리에 내려놓고 팔짱을 꼈다. 석훈만큼 키가 큰 미용사가 바짝 다가와 석훈을 내려다보았다. 입가엔 웃는 듯 마는 듯 슬쩍 비웃음이 보였다.

"어머. 그럴 리가. 만규는 절-대 그런 애가 아냐. 네가 잘, 못, 알았겠지."

"아니라구요! 그 녀석 사람들 앞에서는 세상 착한 척하면서!"

"하면서?"

그녀가 뭐 대단한 이야기라도 있냐는 듯한 표정으로 고개를 갸웃했다. 석훈은 얼굴까지 벌겋게 달아올라 머뭇대다 결심한 듯 말했다.

"담배를 피운다고요! 선생님들 몰래!"

석훈의 말에 미용사가 김샌다는 듯 어깨를 으쓱거렸다.

"너 되게 웃긴다. 담배 피우는게 뭐."

"거 봐. 맨날 이런 식이라고. 내가 담배 피우는 건 싹수부터 글러 먹었다고 손가락질 해대고 쥐어 패면서, 앞에서 살살 웃으며 착한 척 하는 그 새끼가 담배 피우는 건 그럴수도 있는 거라고 한다고! 착한 척하는 그 새끼는 다 봐주고 나만 맨날 나쁜 놈이라고 욕한다고!"

화가 머리끝까지 오른 석훈이 발까지 구르며 소리치는 것을 본 그녀는 픽 비웃음 소리를 내며 고개를 돌렸다. 그 비웃음에 더 화가 난 석훈이 욕설과 함께 옆에 있는 트레이를 잡아 바닥으로 패대기쳤다. 요란한 소리를 내며 바구니에 담겼던 온갖 물건들이 바닥으로 흩어졌다. 분을 참지 못하겠다는 듯 격한 몸동작으로 머리에 꽂힌 집게 핀을 뽑아내고 목에 둘렀던 커트 보를 잡아 바닥으로 던진 다음 석훈이 씩씩거리며 문고리를 잡았을 때 미용사의 목소리가 들렸다.

"그 문 열면 엄청나게 후회할 텐데?"

문을 잡고 뒤를 돌아본 석훈이 미용사를 노려보았다. 석훈의 눈빛은 무섭게 이글거렸지만 그녀는 놀라지도 당황하지도 않고 침착했다.

"노려보면 뭐? 망나니짓은 니가 다 해 놓고 이건 다 빌어먹을 세상 탓이고 넌 잘못한 게 없다고 할 참이잖아. 너는 항상 너만 억울하지? 네가 한 행동은 모르고. 넌 똑바로 잘살고 있는데 세상이 널 이렇게 만들었다고 핑계 대면서. 삼시세끼 따듯한 밥 해주는 조부모도 있고 꼬박꼬박 용돈 보내주는 엄마도 있고 감방에서 네 걱정만 하는 아버지도 있는데 뭐가 그렇게 불만이야?"

석훈의 눈이 커졌다. 아버지가 감방에 있다는 것과 자신이 조부모와 살고 있다는 걸 어떻게 알았는지 모를 일이었다. 머릿속에서 부모가 교육을 제대로 시키지 않아 저 모양이라고 소리 지르던 학부모들의 목소리가 들렸다. 어지럽고 속이 메스꺼워지는 기분이었다. 자기도 모르게 눈물이 흘렀다.

"왜! 왜 나만 갖고 뭐라 그래! 나도 살기 힘든데 왜 아무도 날 위로하지 않아? 좋은 옷 입고 좋은 차 차고 다닐 땐 다들 나한테 친절했는데 지금은 왜 다들 나를 욕하는 거냐고! 가난해서 힘든 건 난데 왜 나를 욕해! 왜!"

석훈의 눈앞에 별이 번쩍했다. 악 소리와 함께 뒤통수를 붙잡고 주저앉았다. 실눈을 뜨고 위를 보니 미용사가 얼얼한 손을 털며 호호 불고 있었다.

"야 이 자식아. 사람들이 네가 가난해져서 무시하는 게 아니라 네가 욕먹을 짓을 하니까 욕을 하는 거야. 너희 부모가 부도내고 싶어서 냈냐? 혼자 뭐 그리 억울한 게 많아? 옥살이하는 너네 아빠보다 네가 더 힘들어? 밤낮없이 고생해서 돈 버는 너네 엄마보다 네가 더 힘들어? 나이 들어서 자식들 수발 받을 나이에 손주 녀석 수발하는 너네 할머니 할아버지보다 네가 더 힘들어? 이눔시키, 아주 정신교육 단단히 해줘야겠어!"

그녀는 주저앉은 석훈의 등짝을 찰싹찰싹 때렸다. 석훈이 비명을 지르며 몸을 웅크린 채 바닥을 뒹굴었다. 미용사의 잔소리가 따발총처럼 석훈의 귀를 때렸다.

"이놈시키야. 네가 맨날 괴롭히는 만규는 초등학교 때 엄마가 집 나간 후로 혼자 밥 해먹고 빨래하고 청소하고 살았어. 지금도 아빠가 돈 몇 푼 놓고 지방으로 가면 혼자 모든 걸 다 해결해야 해. 급식카드 받아서 겨우 끼니 때우고 먹고 싶은 거 참고 한 푼이라도 아껴서 컴퓨터 부품 사는 애야. 그런 애 먹을 거까지 뺏는 네가 사람 새끼냐? 담배도, 그 어린 게 너무 외롭고 허전하니까 피우는 거라고. 가난이 사람을 삐뚤어지게 하는 거라면 만규가 삐뚤어져야지 중학교 다닐 때까지 좋은 집에서 좋은 옷 입고 좋은 거 먹고 자란 네가 왜 삐뚤어지니? 호강에 겨워 요강에 똥을 싸라!"

"부럽잖아요!"

소나기처럼 석훈의 등짝을 내리치는 미용사의 손바닥이 멈칫했다. 석훈은 엉엉 울기 시작했다.

"싸구려 신발 신고 싸구려 가방 메고 기 하나도 안 죽는 것도, 공부 더럽게 못 하는데도 선생님들이 예뻐하는 것도, 먹을 거 하나 안 사줘도 친구들이 다들 좋아하는 것도, 다 부럽다고요! 나는 매일 사는 게 괴로운데, 아무것도 없는데 주제에 늘 실실거리면서 행복해 보이는 그 새끼가 너무 밉다고요!"

울부짖는 석훈 옆에 주저앉은 미용사는 한숨을 쉬었다.

그녀가 바닥에 널브러진 석훈을 잠시 내려보다가 다시 한 번 등짝을 세게 내리치자 석훈이 '악' 비명을 질렀다.

"이 자식아! 걔가 행복해서 웃겠냐! 행복하고 싶어서 웃는 거지!"

삼 일 전에 챠밍 미용실에 온 만규는 챠밍이 알던 만규가 아니었다. 한 달에 한 번은 오던 미용실을 석 달 만에 머리가 덥수룩해져 온 것도 이상했지만 입술이 터진 것도 이상했다. 만규가 미용실에 들어와 인사도 없이 무표정하게 미용실 의자에 앉았다. 그사이 얼굴도 수척해졌다. 만규는 초등학교 때부터 봐온 단골이었다. 항상 웃으며 인사하고 붙임성 좋게 이런저런 수다도 잘 떨던 아이였는데 그날은 챠밍이 말을 시켜도 대답을 잘 하지 않았다. 챠밍이 머리를 깎기 위해 빗질을 하다 보니 오른쪽 귀 언저리에 멍 자국도 보였다. 만규에게 무슨 일이 생긴 것이 분명했다. 의뢰인이 아니라면 남의 일에 신경 쓰지 않는 것이 원칙이지만 자꾸만 신경이 쓰였다. 머리를 다 자른 만규를 샴푸 의자에 눕혀놓고 수건으로 눈을 가린 후 조심스럽게 말을 붙였다.

"이 아줌마가, 생각보다 좀 능력 있다?"

만규는 대답하지 않았다. 다만 누워있는 녀석의 가슴팍이 들썩거렸다.

"미용사라고 생각하지 말고. 네 소원을 들어줄 수 있는 신이라고 하면 무슨 소원을 말할래?"

"…사람 하나 죽여 주시면 안 돼요?"

잠시의 침묵 끝에 이어진 대답을 듣고 챠밍은 적잖이 놀랐다. 만규는 누굴 원망하는 타입의 아이가 아니었다. 그런 아이가 죽이고 싶을 정도의 사람이라면 분명, 숨 쉬는 공기조차 아까운 사람일 것이었다. 집 나간 엄마나 방임하는 아버지도 원망할 줄 모르는 이 청소년이 죽이고 싶을 정도의 그 인간에게 분노가 치밀었다.

"원한다면."

뜻밖의 대답에 놀란 만규가 딸꾹질을 시작하더니 이내 피식 웃었다. 챠밍의 말을 믿진 않았어도 손톱만큼의 위로를 받았다. 잠시라도 지옥에서 벗어난 기분이었다.

"잘~한다. 눈은 울고 입은 웃고. 둘 중 하나만 해."

미지근한 물로 샴푸 거품을 꼼꼼하게 씻어 낸 후 수건을 머리에 둘러 만규를 일으켰다. 머쓱하게 미용 의자에 앉은 만규의 눈이 붉게 충혈되어 있었다. 깔끔하게 정리된 머리카락을 드라이기의 바람으로 말리고 롤 빗과 스프레이를 이용해 이마를 드러냈다. 평소라면 요즘 누가 이런 머리를 하냐고 옥신각신했을 테지만 만규는 아무 말도 하지 않고 주머니에서 꼬깃꼬깃 접힌 지폐 몇 개를 꺼내 챠밍에게 내밀었다. 축 늘어진 어깨로 문밖을 나서는 뒷모습을 바라보다 챠밍은 허공을 향해 휘파람을 불었다. 잠시 후 검은 고양이 한 마리가 어슬렁거리며 나타나 야옹 울었다.

"왜 이리 늦어? …알았어. 알았다고. 플루토, 만규에게 무슨 일이 일어나고 있는지 감시해줘. 알게 되면 즉시 나한테 이야기해주고. 부탁한다."

플루토는 귀찮다는 듯 고개를 휙 돌리더니 금세 골목길을 가로질러 어슬렁어슬렁 시야에서 사라졌다. 해는 뉘엿뉘엿 넘어가고 퇴근하는 사람들의 마음이 바빠질 무렵이었다. 챠밍은 소파에 앉아 눈을 감았다.

다음날 오후, 플루토가 미용실에 찾아왔다. 바닥에 흩어진 손님의 머리카락을 쓸던 챠밍이 문을 열어주자 발소리도 내지 않고 미용실 안으로 들어왔다. 그리고 작은 그릇에 따라준 생수를 핥짝이며 목을 축이더니 소파 위로 폴짝 뛰어 올라가 그루밍을 시작했다. 그림을 전해주러 왔다가 미용실에 들른 의명이 붉은 소파에 앉아 신기한 눈으로 플루토의 행동을 관찰했다.

"무슨 일인지 잘 지켜 봤어?"

플루토는 더럽혀진 앞발을 정성스레 핥다가 멈추고 챠밍에게 답했다.

— 친구들한테 집단 괴롭힘을 당하고 있던데?

"뭐?"

바닥을 쓸던 챠밍이 손에 들고 있던 것을 바닥에 탁 던
졌다. 플루토가 깜짝 놀라 몸을 일으켰다가 이내 다시 주
저앉아 그루밍을 계속했다. 길고양이에게 말을 건네는 챠
밍의 모습을 신기하게 바라보던 의명이 눈을 반짝거리며
챠밍에게 물었다.

　"와. 고양이가 뭐라고 하는지 알아듣는 거예요?"

　"얘는 영물이거든. 인간하고는 대화할 수 없지만 나나
도깨비랑은 대화할 수 있어."

　"우와!"

　의명은 신기한 듯 플루토를 향해 손을 내밀었다. 도도하
고 까칠한 검은 고양이는 날카로운 울음소리를 내며 소파
아래로 뛰어내리더니 의명을 향해 이를 드러내고 발톱을
세웠다.

　"진정해. 얘가 일 시작한 지 얼마 안 돼서 그래. 천방지
축이긴 한데 얘는 착해."

　챠밍이 플루토를 달래자 플루토는 못마땅한 듯 고개를
돌리고 마저 그루밍을 하기 시작했다.

　"플루토한테 함부로 손대지 마. 굉장히 까칠하니까. 그
나저나, 플루토. 만규 아버지나 다른 사람이 아니고 고작
십대 꼬맹이들이 얘를 그 지경으로 만들었다고?"

　— 석훈이라고, 같은 반 아이인데 잘 나가던 아버지 사
업이 망하면서 할머니 할아버지랑 살고 있대. 전학 와서는

동네 양아치 노릇하고 살고 있는데, 요즘 만규네 집을 차지하고 그 집에서 애를 괴롭혀. 창문 너머로 보면 개들이 주인인 것처럼 거실 차지하고 만규는 구석에 무릎 꿇고 앉아 있다가 한 대씩 맞고 시키는 거 하고 그래. 생활비도 개들이 다 쓰는 거 같아. 아주 지독한 것들이야. 커서 뭐가 되려는지.

심드렁한 플루토의 말에 챠밍은 머리가 복잡해졌다. 친구가 죽었으면 좋겠다 싶을 만큼 괴롭긴 하겠지만 어린 나이에 남은 평생을 꿈 공장에서 일하는 대가를 치르게 할 수는 없었다. 그렇다고 모르는 척하기에는 어제 본 만규의 얼굴이 챠밍의 뇌리에서 떠나지를 않았다.

"수고했어, 플루토."

플루토는 여유롭게 하던 일을 마저 하고 천천히 일어나 소파에서 바닥으로 폴짝 뛰어 내려왔다. 챠밍이 문을 열어주자 천천히 문을 나서다 뒤를 돌아보았다.

— 사람의 일에 관여하지 말라고. 당신은 그게 문제야.

플루토가 골목길을 가로질러 유유히 사라진 후 챠밍에게 이야기를 전해 들은 의명이 흥분한 표정으로 주먹을 불끈 쥐고 흔들어댔다.

"와. 완전 나쁜 자식이네. 어린 녀석이 벌써 싹이 노랗네요. 언니, 판에게 부탁해서 그 자식들 혼 좀 내주면 안 돼요?"

"판은 공짜로 뭘 내주는 법이 없는 신이라니까. 뭔가를 내놔야 소원을 들어준다고."

"맞다. 그렇다고 했지. 그럼 제 계약을 한 삼 개월쯤 연장할 테니 그 나쁜 놈 손을 좀 봐달라고 하는 건 어때요?"

"제정신이야?"

챠밍이 소리를 질렀다. 의명은 깜짝 놀라 챠밍을 바라보았다. 오래 안 건 아니지만 지금까지 본 적 없는 화난 얼굴이었다.

"꿈도 꾸지 마. 알았니?"

"아니 저는 그 애가 너무 안됐으니까 제가 어떻게 도와줄 수 있지 않나 해서…."

의명의 목소리가 기어 들어갔다. 챠밍은 허리에 양손을 올리고 잔뜩 움츠린 의명 앞에 섰다. 안그래도 키가 큰 챠밍이 더욱 더 크게 느껴졌다.

"세상에 억울한 사람, 불쌍한 사람이 한둘이야? 너 지금 네가 뭐라도 된 거 같지? 그렇게 계약 늘리는 거 우습게 여기다가는 평생 판에게 못 벗어나. 알아?"

"…네."

시무룩하게 대답하는 의명을 바라보던 챠밍이 심란한 표정으로 한숨을 푹 쉬더니 아까 집어던졌던 빗자루를 집어 들고 마저 뒷정리를 시작했다.

"꿈이라도 헛소리라도 절대 그런 말 하지 마. 늦었는데 얼른 집에 가라."

챠밍은 조용히 일어나 미용실 문을 열고 밖으로 터덜터덜 걸어가는 의명의 뒷모습을 안타까운 시선으로 바라보았다. 비라도 오려는지 저 멀리서 낮은 천둥소리가 들려왔다.


챠밍 미용실의 간판 불을 끄고 펠리치따 오피스텔 옥상으로 돌아와 누운 챠밍은 잠이 오지 않았다. 물론 수면 구슬을 부수면 몇 초 안에 잠들 수 있으니 정확하게 말하면 '잠을 청할 수 없었다'라고 해야 할 것이다. 지금 당장 옥상에서 뛰어내려도 이상할 것 같지 않은 만규의 얼굴이 자꾸만 떠올랐다. 플루토가 문을 나서며 한 마지막 말도 동시에 떠올랐다.

"맞아. 내가 상관할 일이 아니지."

만규에게는 도움이 절실했지만 판의 계약에 끌어들일 수는 없었다. 외롭고 힘들게 살아온 아이에게 그건 너무도 가혹한 일이었다. 모른 척해야 하는 일이 분명한데 자꾸만 생각이 많아졌다. 계약을 늘려서 만규를 도와주겠다던 의명까지 생각나 머릿속을 어지럽혔다. 따끔하게 혼을 냈지만 이쪽 일을 하다보면 도와주고 싶은 사람을 만나는 것은 숙명과도 같았다. 챠밍도 마치 도박판에 빠진 사람처럼 야금야금 판돈 떼어먹히듯 늘어난 계약기간 덕에 산 사람도 죽은 사람도 아닌 상태로 이렇게 긴 시간을 혹사당하고 있는 처지였다. 의명이 챠밍의 전철을 밟게 만들 수는 없었다.

뜬눈으로 아침을 보낸 후 출근한 챠밍의 얼굴은 떼꾼했다. 오전에 비너스 호프 여자가 왔다가 차밍을 보고 혀를 끌끌 차고 갔다. 평소처럼 수다를 떨고 싶었지만 챠밍의 상태를 보고 오늘은 마음을 접은 모양이다. 오후엔 손님에게 펠리치따 오피스텔에 방을 보여주러 왔다가 들른 도깨비가 챠밍을 보고 화들짝 놀랐다.

"뭐야? 귀신이야?"

도깨비는 답이 없는 챠밍을 유심히 바라보았다. 얼굴에 근심이 가득했다.

"혹시 또 꿈을 꾼 거야?"

심각한 표정의 도깨비 얼굴을 흘깃 본 챠밍이 잠자코 고개를 저었다.

"꿈을 꾼 게 아니면 뭐, 수면 구슬 아끼는 중이야? 벌 만큼 벌면서 왜 잠을 안 자고 그러고 앉아 있어."

챠밍은 벽에 걸린 언덕 위의 하얀 집 그림을 멍하니 바라보았다. 도깨비는 그녀가 입을 열 때까지 소파 빈자리에 앉아 침묵을 지켰다. 고민이 있는 것이 분명하지만 재촉하면 소리를 지를 것이 뻔했다. 이럴 땐 스스로 말할 때까지 기다리는 것이 현명했다. 침묵이 길어졌다.

"대가 없이 복수하는 방법이 있긴 있을까."

챠밍의 밑도 끝도 없는 말에도 도깨비는 질문하지 않았다. 잠시 말이 없던 챠밍이 다시 입을 열었다.

"순영 아주머니 기억나?"

"어떻게 잊겠어."

"시대가 잔인하기도 했지만 사람이 이렇게까지 극악할수 있구나 싶더라. 웃긴 건, 그 아주머니 그때 나이가."

잠시 말을 멈추었다. 눈은 여전히 그림을 향해 있지만 그림을 보는 것이 아니라 과거를 보는 중이었다. 뚜껑을 연 판도라의 상자처럼 순식간에 많은 번뇌들이 상자 밖으로 튀어나왔다.

"고작 스물여덟이었어."

"그러는 넌 고작 스물이었다."

"둘 다 어렸지. 어렸으니까 잔인했고 어렸으니까 어리석었겠지. 그래서 이 모양으로 살고 있고."

"그래. 대체로 어린 것들은 생각 없이 잔인하고 어리석어."

"그때 내가 이런 선택을 하지 않았다면, 어떻게 되었을까. 나는 꿈에서 그리운 사람들을 만날 수 있었을까. 그리운 사람들을 그리워하며 살다 늙고 병들어서 어느 날 한줌 흙으로 돌아갔겠지?"

"…아마 그랬겠지. 너 무슨 꿈을 꿨길래 생전 안 하던 소릴 해?"

"…."

도깨비의 질문에 챠밍은 대답하지 않았다. 이젠 도깨비도 언덕 위의 하얀 집을 바라보며 과거를 헤집게 되었다. 그는 시간을 되돌릴 수 있다면 다시 돌이키고 싶은 한순간을 떠올렸다. 챠밍의 말대로 어렸고 잔인했고 어리석었던 그때를 말이다. 챠밍도 멍하니 그림 속 하얀 집을 바라보며 중얼거리듯 말했다.

"우리 단골 중에 만규라고, 그 어린 게 죽이고 싶을 만큼 미운 사람이 있대. 근데 그 죽었음 하는 놈도 고작 열여덟이야. 철없는 나이 아냐? 오백 년 전에도 그렇지만 지금은 더."

"인간들은 죽는 날까지 철 안 드는 사람들도 허다 해."

"그건 그래. 의명이가 만규 얘길 듣더니 자기 계약 늘려서 도와주자고 하더라고. 판과의 계약이 얼마나 무서운지 아직 모르는 거지. 철없이."

"그래서 뭐라고 했어?"

"생각도 하지 말라고 하긴 했는데, 저러다 사고칠까 봐 걱정되긴 해. 판은 어떻게든 무기한 종신계약으로 연장하려고 기회를 노릴 텐데."

"…판의 눈에 띈 이상 벗어나기 힘들지."

"내가 그렇게 두지 않을 거야."

도깨비는 멍하니 입을 벌리고 챠밍의 결연한 얼굴을 바라보았다. 오백 년을 살면서 애타게 죽고 싶었다던 챠밍은 의명을 왜 판 앞에 데리고 갔는지 잊은 모양이었다. 길고 고달픈 삶을 마감하고 싶은 것은 단지 챠밍의 소원이었으므로 도깨비는 슬그머니 입을 다물었다. 아니 안도했다는 말이 더 정확할지도 모르는 일이었다.

"그건 그렇고, 그래서 그 만규인가 하는 애는 어쩔 셈이야?"

도깨비가 슬그머니 말을 돌렸다. 챠밍은 한숨을 쉬었다.

"모르겠어. 그냥 두고 볼 수도 없고, 판의 힘을 빌리면 또 조건을 걸 거고. 게다가 아무리 나쁜 놈이지만 그 열여덟 철없는 애한테 무의 공간은 너무 잔혹한 거 아닐까?"

"요즘 애들은 맞아야 정신 차려."

"아 정말. 너 꼰대냐? 군대도 안 갔다 온 게 뭔 그런 말을 해."

언성이 높아지는 챠밍을 향해 도깨비가 고개를 가로저었다.

"아니, 요즘 애들은 잘못을 혼내고 바로잡아줄 사람이 없단 이야기야. 예전엔 너무 엄해서 탈 이젠 너무 오냐오냐해서 탈. 다 망가지기 전이라면 아직 기회가 남아 있을 수도 있어. 마음의 병을 고칠 기회 말이야."

"뭐, 만규가 의뢰를 한 것도 아니야. 벌레 하나도 못 죽이는 착한 녀석이 친구에게 복수해달라고 나를 찾아온다면 대체 얼마만큼 잔인하게 괴롭힘을 당해야 하는 걸까. 그때까지 걔가 살아 있긴 할까?"

도깨비가 소파에서 일어났다. 생각보다 너무 오래 복덕방을 비워놓았다. 의명이 망자를 봉인한 그림을 전해주러 온다던 시간이 다 되기도 했다.

"괴롭힘에 지친 그 애가 너를 찾아와 복수의 대가로 인생 망치기 전에 네가 그 못된 녀석을 찾아서 교육을 좀 시키던가."

챠밍이 짤랑거리는 도어벨 소리를 들으며 물끄러미 문밖을 바라보았다. 도깨비는 원래부터 없던 것처럼 사라졌다.


석훈은 눈물 콧물을 짜며 바닥에 흩어진 미용기구들을 주워 트롤리에 담았다. 팔짱을 끼고 감시하는 챠밍이 따라다니며 시시콜콜 잔소리를 해댔다.

"야, 똑바로 안 담아? 그게 얼마나 귀한 건지 알긴 하니. 이승에선 억만금을 주고도 못 구하는 거야. 어머 웬일이니. 이거 뚜껑이 깨져서 다 샜잖아. 이게 얼마짜린지 알아? 최상급 구슬 스무 개짜리야! 아이고, 정말 요즘 애들 성질머리하고는. 어디 남의 집 물건을 함부로 집어던지고 지랄이니?"

"아이 씨, 구슬 스무 개가 뭐 그리 비싼 거라고 난리에요! 구슬 그게 뭐 얼마나 한다고. 얼마예요? 물어주면 되잖아요, 물어주면!"

"이 자식이 뭘 잘했다고 큰소리야! 그 구슬이 길바닥에 나뒹구는 그냥 구슬인 줄 알아?"

쭈그리고 앉아 물건을 줍던 석훈의 등짝에 불똥 같은 손바닥이 몇 번 더 내리꽂혔다. 아픈 등을 감추며 비명을 지르는 석훈이 입술을 내밀며 불퉁하게 말했다.

"아파요! 왜 자꾸 때리는 거예요?"

"너 말 한번 잘했다. 넌 네가 잘못한 걸로 등짝 몇 대만 맞아도 아프다고 이 지랄하면서 만규는 왜 그렇게 패고 다녀, 왜!"

챠밍은 감정을 담아 등짝을 몇 대 더 후려쳤다. 석훈은 맞은 등짝이 아픈 듯 닿지도 않는 팔로 등을 문지르며 원망의 눈길을 보냈다. 할 말은 많았지만 대꾸하는 만큼 매가 늘어났으므로 꾹 참으며 물건들을 마저 주웠다. 트롤리의 물건이 대충 정리되자 챠밍이 냉장고 안에서 물병 하나를 꺼내 들고 종이컵에 액체를 조르르 따랐다.

"내가 진짜, 네가 버린 저 물약값을 생각하면 이 차도 주긴 싫지만, 마셔. 이것도 인간 세계에서는 절대 구할 수 없는 귀한 거야. 딱 요만큼만 마셔."

석훈은 인상을 찌푸리며 종이컵을 들여다보았다. 챠밍

이 내민 종이컵에는 희미한 갈색이 도는 물이 종이컵 바닥에 깔릴 정도로 담겨 있었다. 종이컵을 밀어내며 고개를 젓다가 석훈은 등짝을 한 대 더 맞았다. 울상이 된 채 종이컵을 받아 들고 그 안의 액체를 들여다보았다. 독특한 향이 코를 찔렀다. 이 의심스러운 것을 마시고 싶은 생각은 눈곱만치도 들지 않았으나 챠밍이 눈에 힘을 주며 손바닥을 허공에 올리는 것을 보곤 황급히 입에 털어 넣었다. 꼴깍, 시큼털털하고 희한한 향이 도는 액체가 목구멍을 타고 위장 속으로 들어갔다. 석훈은 처음 느껴보는 향과 맛에 진저리를 쳤다.

"마음에 없는 말로 사람 괴롭히지 말고. 아프면 아프다고, 괴로우면 괴롭다고, 아프고 괴로우니 날 좀 도와달라고 말해. 위로해달라고 말하고 싶은 걸 엉뚱하게 남에게 상처 주면서 점점 망가지지 말라고. 너뿐 아니라 주위 사람까지 모두 다 망가뜨리지 마. 진심을 진심 그대로 말하는 것도 용기고 마음의 힘이야. 네가 완전히 망가진 놈이 아니라면 아마 이 차가 너에게 그런 용기를 줄 거야."

어린 석훈이 이해할 수 없는 말이었다. 이상한 건 분명 이상한 맛이라 영 달갑지 않았는데 마시고 나니 차를 조금 더 마시고 싶은 생각이 들었다는 것이다. 정말 희한한 차였다.

"이 차는… 뭐에요?"

"신들의 무덤에서 나는 차. '본심초'라고도 불리지. 사람들은 본심을 숨기고 많은 거짓말을 하고 살아. 남을 속여 제 잇속을 챙기려고 하든 감정표현이 서툴러서든 마음의 병 때문이든 간에 평생 마음에 없는 말로 다른 사람에게 상처를 주지. 이 차를 마시면 본심이 드러나게 되어 있어. 거짓말을 할 수 없게 만드는 차야. 경우에 따라선 이 차가 무시무시한 형벌이 될 수도 있는데 전에 그걸 한 병이나 털어 마시고 불에 타는 것보다 더 지독한 갈증에 시달리며 영원을 떠돌게 된 놈이 하나 있었지. 본심초는 그 사람이 가진 욕심만큼 탐내게 되거든. 그러니 더 마실 생각은 하지 않는 게 좋아."

석훈의 마음을 꿰뚫어 보기라도 하는지 챠밍은 이렇게 말하며 물병을 다시 냉장고에 집어넣었다. 석훈이 고개를 갸웃거렸다. 이해할 수는 없었지만, 항상 불안하고 두렵던 마음이 조금 편안해진 기분이었다. 슬그머니 아까 챠밍에게 소리를 지르고 행패를 부렸던 것도 머쓱해졌다. 석훈이 쭈뼛거리다 용기를 냈다.

"아까 그 약품이 얼마짜리인지는 모르겠지만… 제가 변상할게요."

여전히 볼멘소리였다.

"이 녀석이 말귀를 못 알아듣네. 너 공부 못하지?"

석훈의 불퉁한 말을 듣고 챠밍이 녀석의 머리를 한 대

때렸다. 아까와는 다르게 장난처럼 콩 쥐어 박는 수준이었다. 챠밍의 얼굴은 부드럽게 웃고 있었다.

"그럴 땐 먼저 '죄송합니다'라고 하는 거다. 이 녀석아."

"아, 죄송합니다…. 잘못했습니다."

석훈이 허리를 깊게 굽혔다. 그 모습을 보고 챠밍이 그 어깨를 토닥이려는데 석훈이 양팔을 들어 몸을 방어했다. 아까부터 등짝이 헐도록 두들겨 맞았으니 지레 겁먹는 것도 당연했다. 챠밍이 눈을 질끈 감고 뒷걸음질 치는 석훈에게 다가가 머리를 쓰다듬었다. 겁먹은 소년은 부드러운 손길을 느끼고 천천히 눈을 떴다. 무서운 줄만 알았던 미용사가 눈앞에서 미소 짓고 있었다.

"착하네. 이걸로 다 변상받은 걸로 하자. 충분해."

석훈이 고개를 끄덕였다. 그리고 진심으로 감사한 마음을 담아 꾸벅 절을 했다. 챠밍의 미소에 문득 엄마가 떠올랐다. 엄마와 통화를 할 때마다 귀찮게 하지 말고 돈이나 보내라고 했던 것이 떠올라 눈시울이 붉어졌다. 석훈은 엄마가 울면서 미안하다고 할 때마다 화가 치밀었다. 엄마를 위로할 말도 모르겠고 같이 울기엔 쪽팔렸다. 사실은, 너무 보고 싶은데 언제 데리러 올 거냐고, 엄마와 같이 살고 싶다고 말하고 싶었더랬다. 그렇게 졸라도 어떻게 해줄 수 없을 거란 생각에 자꾸만 엄마에게 모질게 대했다. 늘 화가 났고 늘 서러웠다. 아무것도 가진 것 없는데 항상 행복해 보이는 만규에게 느끼는 감정은… 질투였다.

"자, 이제 돌아갈 시간이야. 가서 착하게 살아. 만규 그만 괴롭히고. 지금 바로 안 가면."

챠밍이 씨익 웃었다.

"너, 지각이다?"

석훈은 서둘러 챠밍 미용실의 문을 열고 나갔다. 동이 트고 있었다. 학교에 가려고 서둘러 뛰어가는데 다리가 생각처럼 잘 움직이지 않는 꿈에서 깨었을 것이다. 아이는 이제 마음에 없는 말을 하지 못하는 사람으로 자랄 것이다. 사는데 지장 없을 정도로만 갈증을 느껴 남보다 물을 좀 많이 마시게 될 텐데 그건 본심초의 부작용이다. 챠밍은 새로운 계약을 하지 않아도 되는 것에 가슴을 쓸어내리며 황금색 간판의 불을 끄고 미용실 셔터를 내렸다. 챠밍 미용실의 모든 간판에 불이 꺼지고 아침을 맞은 세상은 아무 일 없다는 듯 돌아갔다.

## 옷고름

    잠이 든 챠밍을 깨운 건 요란하게 문을 두들기는 소리였다. 챠밍의 집을 찾을 사람은 한 달에 한 번 수도세를 걷으러 오는 304호 여자 말고는 아무도 없었다. 오늘은 22일이었다. 수도세는 매월 초에 걷으러 다니니 이상한 일이었다. 눈을 비비며 문을 열자 의외의 인물이 서 있었다.

    "안녕하세요! 저… 다시 여기로 돌아왔어요."

    의명이 활짝 웃으며 손을 흔들었다. 그래서 어쩌라는 것인지 몰라 멀뚱멀뚱 쳐다보고 있는 챠밍에게 의명은 손에 든 비닐봉지를 들어 보였다. 손에 들린 흰색 편의점 비닐 안에 우유랑 빵 부스러기 같은 것들이 보였다. 챠밍은 문고리를 놓고 뒤로 물러섰다. 문 안으로 들어오려던 의명이

241

팔을 옆으로 뻗었다. 그 손에 도깨비가 딸려 왔다.

"뭐 하세요? 죄지은 사람처럼."

도깨비가 머쓱한 표정으로 집 안으로 따라 들어왔다. 같은 오피스텔이지만 방이 두 개인 의명의 집과는 달리 옥탑은 원룸 구조였다. 현관 쪽에 붙은 싱크대와 화장실 하나가 딸린 집은 크지 않은데도 별다른 세간이 없어 휑했다. 접이식 상 하나를 가운데 두고 마주 앉은 세 사람의 분위기는 어색하기만 했다.

"도망가듯 가더니, 어쩐 일로 다시 온 거야?"

의명이 배시시 웃었다. 저번보다 살도 오르고 한결 표정이 밝았다.

"인천보다는… 여기가 교통이 더 좋기도 하고요. 일하면서 그림 갖다주러 왔다 갔다 하는 것도 힘들고요. 뭐… 이젠 그 101호도 조용해졌으니까요. 무엇보다 비싸게 주고 산 의자를 여기 두고 뭐 하는 짓인가 싶더라고요."

"요즘 조용하긴 해."

챠밍이 개운한 표정으로 말했다. 확실히 101호 노인이 사라진 후로는 수면의 질이 향상되었다. 이러거나 저러거나 피곤한 인생이지만 조용한 아침을 맞이할 수 있다는 건 분명 행복한 일이었다. 의명이 부스럭거리며 비닐봉지 안에 든 샌드위치며 우유를 꺼내 상에 올려놓았다.

"영일 슈퍼 자리에 들어온 편의점에서 샀는데… 인천에

서 아침도 못 먹고 출발해서 배도 고프고. 이 아저씨한테
물어봤더니 언니 집엔 한 번도 안가봤다는 거예요. 인사도
드릴 겸 아침 식사도 할 겸 올라와봤어요."

"그런 인사는 안 해도 되는데 말야."

"…죄송해요."

챠밍의 불퉁한 대꾸에 의명의 얼굴이 침울해졌다. 도깨
비가 눈치를 주며 옆구리를 쿡쿡 찌르자 챠밍이 억지 웃음
을 지었다.

"아니, 뭐. 그렇게 사과까지 할 필요는 없고. 괜찮아. 잘
왔어. 잘했어."

의명이 이내 활짝 웃었다. 말이 별로 없는 의명이었지만
뭐가 기분이 좋은지 연신 웃으며 수다를 떨었다.

"저도 누구한테 이렇게 막 들이대는 건 처음이에요. 언
니랑 아저씨랑 이 일 하면서 처음 해보는 거 참 많네요. 처
음엔 어리버리 했는데 이제 조금 맘에 여유가 생겼어요.
아직 멀었지만 말이에요. 이쪽 일 하다 보니 사는 게 재미
있어요. 내가 막 영화 속 주인공이 된 기분도 들고."

"그러게, 전보다 얼굴이 많이 좋아졌네, 의명 씨. 이 일
이 적성에 맞나봐."

"…제가 자신감이 좀 없었거든요. 남들 직장 다닐 때 집
구석에서 그림만 그리는 걸 아버지가 못마땅해하시기도
했고…. 제 그림이 이승을 떠도는 영혼을 좋은 곳으로 보

냈다고 생각하니까…. 지금은 그림 그리길 잘했다는 생각이 들어요."

"그렇게 생각한다면 다행이야."

챠밍이 고개를 끄덕이며 미소 지었다. 도깨비의 표정도 밝아졌다. 의명이 바나나맛 우유에 빨대를 꽂아 챠밍 앞에 놓았다. 도깨비는 슬그머니 챠밍 앞에 놓인 우유를 집어 자기 쪽으로 끌어당기더니 커피 우유를 챠밍 쪽으로 밀었다. 그러더니 바나나맛 우유를 쪽 빨며 챠밍의 눈치를 보았다.

"넌 커피 싫어하면서 왜 복덕방 손님한텐 맨날 믹스커피냐? 그것도 뜨거운 걸."

"냉장고가 없거든."

챠밍이 기가 막히다는 표정으로 도깨비를 쳐다보았다. 태연하게 바나나맛 우유를 마시는 도깨비를 보며 피식 웃음을 터뜨린 의명이 갑자기 생각났다는 듯 말을 꺼냈다.

"우리 같은 업종에 종사하게 됐는데 회식이라도 해야하는 거 아니에요? 아, 언니는 밤낮없이 일하니까 회식할 시간이 없으려나."

"어… 화요일이 휴무야. 미용실은. 나는 연중무휴지만 낮에만 영업하니까 괜찮아아아아아악!"

허벅지를 꼬집힌 도깨비가 비명을 질렀다. 챠밍이 도끼눈으로 흘겨 봤지만 도깨비는 모르는 척 바나나맛 우유를 쪽 빨아대고 눈치 없는 의명이 신나서 물개박수를 쳤다.

"그래요? 그럼 우리 정식 회식은 화요일에 날 잡아요."

챠밍의 표정이 좋지 않았다. 의명이 나타나기 전에는 한 번도 없던 상황이었다. 남의 일 참견하기 좋아하는 비너스 호프집 여자마저 펠리치따 오피스텔 옥상으로 쳐들어온 적은 한 번도 없었다. 자기 손으로 사지로 끌어들인 이 아가씨는 뭐가 좋다고 집까지 찾아온 건지 마음이 불편했다.

"피곤해. 화요일은 쉬어야지."

"수면구슬 쓰시는 거 아니에요…? 그거 진짜 하루 종일 잠만 잔 것처럼 개운하던데. 덕분에 저는 요즘 컨디션이 어찌나 좋은지, 작업 양을 세 배로 늘렸는데도 기운이 쌩쌩해요. 이렇게 좋은 걸 왜 몰랐나 몰라 싶던데…."

의명이 싱글벙글했다. 챠밍은 한숨을 푹 쉬었다.

"이봐, 아가씨. 구슬에 중독되지 않게 조심하랬지? 그게 얼마나 위험한 건지 다시 말해줘야 해?"

"아… 죄송해요. 그래도 이렇게 개운한 건 태어나 처음인 거 같아서요. 근데 언니는 구슬을 쓰는데 왜 피곤해요? 이해가 안 돼요."

"의명 씨는 이제 막 이 일을 시작했잖아. 난 밤낮없이 일한 게 오백 년이야."

"아. 맞다. 언닌 오백 년 넘으셨다고 했죠? 저처럼 단기 계약인 사람이야 상관없겠지만. 언닌 좀 피곤하시겠네요.

그래서 회식도 무리시겠구나….”

의명이 실망이 가득한 표정으로 챠밍을 바라보았다. 이 순진한 청년은 챠밍이 판에게 자신의 잠을 빼앗으라고 제안한 것을 꿈에도 모르고 있을 것이다. 그 아무것도 모르는 눈빛이 챠밍의 양심을 건드렸다. 도깨비도 의명의 눈빛을 피해 눈앞에 놓인 우유만 만지작거렸다.

“피곤하긴 하지만, 하루 정도는 시간 내보지 뭐.”

무거운 분위기를 피해 보려는 듯 챠밍이 말했다. 시무룩하던 의명이 이내 활짝 웃었다.

“와. 신난다. 우리 고기 먹어요. 고기.”

의명이 샌드위치의 포장을 뜯어 하나씩 나눠주었다. 퍽퍽한 편의점 샌드위치를 나눠 먹는 세 사람의 모습은 좀 어색했지만 처음보다는 많이 친해진 것을 느낄 수 있었다. 의명이 간밤에 엄마와 아빠가 부부싸움을 한 걸 모르는 세 살짜리 딸 같은 표정으로 말했다.

“음. 이 샌드위치 너무 맛이 없네요. 그죠?”


옥탑방을 나온 의명은 201호로 돌아가 트렁크의 짐을 정리했다. 챠밍은 예상치 못한 방문에 늦어진 출근을 서둘렀다. 미용실 문을 열자 그 뒤를 도깨비가 어슬렁대며 따라 들어왔다.

“왜? 복덕방 문 안 열고?”

"좀 이따가 열지 뭐."

도깨비는 소파에 앉아 읽지도 않는 철 지난 여성잡지를 만지작거렸다. 한참 걸레를 들고 이곳저곳을 닦으며 오픈 준비를 하던 챠밍이 소파에 걸레를 던졌다.

"말을 해, 말을. 걸리적거리게 거기서 뜸베질하지 말고 쫌."

골똘히 생각에 잠겨있던 도깨비가 놀라 잡지를 떨어뜨렸다. 바닥에 떨어진 잡지를 주우며 도깨비가 챠밍의 눈치를 살폈다.

"꿈, 말이야."

도깨비가 어렵게 꺼낸 말에 챠밍이 팔짱을 풀며 관심을 보였다.

"어제 일 때문에 저쪽 동네를 지나다가 차원의 틈을 발견했어."

"차원의 틈? 지난번에도 발견한 적 있잖아. 그때 그 틈으로 네가 무의 공간으로 들어오는 바람에 내가 얼마나 놀랐게."

"그랬었지. 그래도 그땐 여기랑 꽤 먼 곳이기도 했고 크기도 훨씬 작았어."

도깨비는 잠시 말을 멈추더니 주머니를 뒤져 무언가를 내밀었다.

"누군가 지나간 흔적을 남기지도 않았지."

챠밍은 도깨비가 내민 낡은 천조각을 받아들었다. 아마도 붉은색이었을 명주에 아마도 오색 영롱했을 비단 자수가 놓인 옷고름이었다.

"판의 말이 맞는 게 아닐까 싶어."

챠밍의 손이 파르르 떨렸다. 아주아주 오래전 누군가에게 입혀준 활옷이 떠올랐다. 긴 세월이 지나 그 활옷에 수놓은 꽃무늬가 모란이었는지, 매화였는지는 기억할 수 없었다. 바래고 뜯겨 원형을 잃은 처참한 꽃자수가 영겁의 시간을 보여주었다.

"내가 생각하는 게 맞아?"

챠밍이 고개를 끄덕였다.

"꿈에 나온 건… 이순영, 그 여자?"

챠밍이 고개를 저었다.

"…내 가족들. 내… 아들."

심장이 찌릿했다. 챠밍이 이 일을 시작한 후로 처음 내뱉는 단어였다. 둘은 벽에 걸린 그림 속 하얀 집을 멍하니 바라보았다. 한동안 아무 말도 할 수 없었다.

"하나 줘 봐."

"영업시간인데 웬일로?"

챠밍이 내민 손을 조용히 바라보던 도깨비가 주머니를 뒤져 담배를 건넸다. 도깨비도 하나 입에 물고 불을 붙였다. 챠밍이 조용히 일어나 황금빛 간판의 불을 켰다. 두 사람이 내뿜는 담배 연기가 좁은 미용실을 뿌옇게 채웠다.

　그날, 챠밍 미용실은 영업을 하지 않았다. 명절과 정기 휴무일을 제외하고 오백여 년만이었다.

## 識孕

순영은 인시부터 일어나 정갈하게 몸단장을 한 후 정안수를 장독대에 올렸다. 아직 스러지지 않은 달빛이 사기 대접 안의 물을 맑게 비추었다. 여름이었지만 아직 어두운 새벽공기는 차고 상쾌했다. 치성을 드린 후에야 아침을 차려 서방에게 내어주고 궁으로 향했다. 대궐 문 앞에는 문지기 군졸 옆에 서 있던 그림자가 순영을 향해 손을 흔들었다.

"일찍 나왔구나?"

"예. 아주머니보다 늦으면 안 되잖아요. 잠도 설치고 나왔지 뭐예요."

순영이 배시시 웃는 소녀를 보며 미소 지었다. 문지기들이 순영을 알아보고 성문을 열어주었다. 순영이 앞장서고 계집아이가 종종걸음으로 따랐다. 소녀는 처음 들어와 본 궁궐이 궁금해서 주위를 두리번대다 기어이 순영의 지청구를 들었다. 순영이 당도한 곳은 궁궐 예식에 쓰이는 비품들을 모아놓은 전각이었다. 순영보다 먼저 도착한 달래가 순영을 알은체했다.

"왔어?"

"달래 아주머니 일찍 오셨네요. 요즘 그쪽은 어때요?"

"자네 솜씨가 워낙 좋아 우리 동네에서도 자네를 부르는 일이 잦으니 나야 뭐 입에 풀칠이나 하는 거지. 이젠 눈도 침침하고 손마디가 아파서 일을 많이 하래도 못해."

"아유. 엄살도 심하셔. 아주머니 이제 서른 가운데 겨우 넘겼는데 무에 죽는소릴 그리 하시오."

순영과 달래는 자리를 잡고 앉으며 너스레를 떨었다. 달래가 순영 옆에 서 있는 계집아이를 턱짓으로 가리키며 물었다.

"누구야?"

"아. 저 아이는 작년부터 나한테 일 배우고 있는 아이예요. 나이는 어리지만 손도 야무지고 일도 금방 배운답니다. 선배님들께 선보여 드리려고 오늘 데리고 왔지요. 인사 올려라. 대선배님이시다."

"반갑다. 앞으로 잘해보자."

달래가 웃으며 말하자 소녀는 천진하게 웃으며 허리를 굽혔다. 달래가 흡족한 표정으로 고개를 끄덕였다. 순영과 달래는 한양에서도 알아주는 머리어멈이었다. 매일 머리를 얹는 왕족이나 양반은 물론이고 평민도 혼례식에는 머리어멈이 꼭 필요했다. 인기 많은 머리어멈들은 저 먼 지방에서 큰돈 주고 모셔가기도 했으므로 어지간한 장사치들만큼 부유했다. 조선에서 여자가 할 수 있는 몇 안 되는 일거리 중 벌이나 대우가 제일 나은 일이었다. 근 몇 년간 달래가 제일이라고들 했지만, 최근엔 순영을 찾는 사대부들이 많아졌다. 곧 으뜸이 바뀔 거라는 소문이 파다했다. 오늘은 임금의 즉위식이 있는 날이라 도성 안 머리어멈이 모두 동원되었다. 속속 모여드는 머리어멈들은 서로 반가워하며 인사를 했는데 아무래도 도성 안에서 치열한 경쟁을 하다보니 간혹 사이가 좋지 않은 머리어멈끼리 서로 눈을 흘기기도 했다.

나인들이 내온 가체와 장신구를 손질하는 여인들의 손길이 정신없이 바빴다. 오래 가체를 다듬어온 수모들의 손은 거칠게 부르터 있었다. 순영을 도와 열심히 가체를 손보는 소녀의 손 역시 벌겋게 부풀어 있었다.

"하이고. 너는 아직 손이 보들보들하다. 굳은살 배기기 전까진 꽤 쓰라리고 아플 텐데. 에고. 여자 팔자는 집안에서 살림이나 하는 게 제일 편한 건데 어쩌다 이 일을 하게 되었어, 그래."

달래가 소녀의 손을 안타까운 듯 쓸었다. 말마따나 달래의 손은 나무껍질만큼 단단하고 거칠었다.

"손 보드랍게 살라면 양반으로 태어났어야지요. 태어나보니 이미 중인 여식이더라고요."

모여있던 머리어멈들이 와, 하고 웃어댔다. 맞다, 맞아맞장구들을 치며 왁자지껄한 와중에 상궁 하나가 문을 열고 들어와 머리어멈들을 각 전각으로 배치했다. 아직까진한양 제일로 치는 달래가 중전마마의 처소로 갔고 순영은달성군 부인 서 씨의 머리 단장을 맡게 되었다. 소녀 역시순영을 따랐다.

순영이 달성군 부인 서 씨의 머리에 동백기름을 발라 커다란 비녀로 단정히 쪽을 지고 제 머리보다 더 큰 가체를힘겹게 얹었다. 잘 정돈된 가체에 화려한 떨잠까지 꽂은부인이 경대에 모습을 이리저리 비춰보다 한숨을 쉬었다.표정이 좋지 않았다. 순영은 머리를 깊이 조아렸다.

"마마. 마음이 들지 않으십니까?"

"아니다. 자네의 솜씨야 내 익히 알지. 그런데…."

잔뜩 긴장한 순영이 더 깊숙이 머리를 조아렸다. 부인은갸웃거리며 계속해서 경대를 들여다보았다. 어딘가 마음에 들지 않는 것이 분명했다.

"얘. 네가 다시 꽂아보지 않으련?"

달성군 부인이 부드러운 목소리로 순영 옆에 고개를 숙이고 있던 소녀를 불렀다. 소녀는 화들짝 놀라 고개를 가로저었지만 부인의 말을 거역할 수는 없었다. 순영이 소녀를 향해 고갯짓으로 독촉했다. 소녀는 고개를 푹 숙인 채 가체 양쪽에 꽂은 떨잠을 뽑더니 원래 자리보다 아주아주 조금 아래쪽에 꽂았다. 부인이 경대를 보며 흡족한 미소를 지었다. 순영도 소녀를 바라보고 흐뭇하게 고개를 끄덕였다.

잔치는 무르익었고 머리어멈들에게도 기름진 반상이 내려졌다. 태어나 처음 받아보는 푸짐한 상차림에 소녀는 놀라 입을 다물 줄 몰랐다. 구경조차 해본 적 없는 음식들이 한 상 가득이었다.

"고생했다. 네 덕에 오늘 잘 끝마쳤구나."

순영이 소녀의 밥그릇에 먹음직한 생선전 하나를 올려 주며 싱긋 웃었다. 소녀는 입안 한가득 쌀밥과 전을 넣고 우물우물 씹으며 행복한 미소를 지었다.

고생한 머리어멈들에게 넉넉한 삯이 주어졌다. 순영은 자신이 받은 것을 조금 떼어 소녀의 손에 쥐여 주었다. 일을 배우는 터라 따로 삯을 받아본 적이 없는 소녀는 눈을 크게 떴다.

"받아 둬. 가는 길에 부모님께도 맛난 것 사다 드리고. 오늘 정말 잘했어."

순영에게 꾸벅 인사를 한 소녀가 신나는 발걸음으로 시전에 들러 보리 한 되와 엿 한가락을 사서는 동네 어귀의 신당으로 향했다.

"어딨냐? 나와라."

소녀가 부르는 소리에 신당 뒤에서 또래로 보이는 사내아이가 하나 걸어 나왔다.

"종일 어딜 다녀온 게냐?"

"임금님 잔치에 다녀왔지. 새 임금님이 오르시는 날이라나 뭐라나. 나 궁에도 갔었다? 엄청, 크더라."

"그게 뭐 자랑이라고. 난 지금 당장도 갈 수 있어."

소년이 입을 삐죽거렸다. 소녀는 샐쭉대는 소년에게 엿가락을 내밀었다.

"옜다. 이거나 먹어라."

소년이 멀뚱히 종이에 싼 엿을 내려다보았다. 소녀가 해맑게 웃었다. 소년은 늦게까지 소녀가 보이지 않아 심심한 시간을 보냈다. 시덥잖은 엿가락보다 소녀의 목소리가 백배는 더 반가웠다.

"이깟 거, 네가 안 사다 주어도 실컷 먹을 수 있단 말이다."

소년이 엿가락을 뚝 부러뜨려 한 조각은 소녀에게 건넸다. 둘은 나란히 엿가락을 입에 물고 서낭당에 걸터앉았다. 엿가락이 혀에 닿아 말랑해졌다. 자꾸만 침이 고여 입

밖으로 흘리지 않기 위해 자주 쩝쩝거려야 했다.

"이건 왜 사온 거야?"

"네 덕분에 내가 순영 아주머니 밑에서 일하게 됐잖아. 내가 정식 머리어멈 되어서 돈 많이 벌면 맨날 사줄게."

"너 아니어도 이딴 건 맨날도 먹을 수 있다니까 그러네."

소년이 피식 웃었다. 엿가락을 문 두 사람의 얼굴은 미소가 가득했다. 달짝지근한 엿이 입속에서 다 사라질 때까지 둘은 나란히 앉아 노래를 흥얼거렸다.


성은 최가에 성호라는 이름을 가진 소녀의 아버지는 몸이 약하고 생활력이 없었다. 양반도 아니면서 책이나 보길 좋아했던 아버지 대신 어머니가 삯바느질로 생계를 꾸렸다. 혼인 후 네 해가 지나도록 아이가 생기지 않아 근심이 늘어지던 어느 날, 아버지의 꿈에 돌아가신 할아버지께서 나타나 커다란 옥구슬을 주면서 귀한 것이니 잘 지키라고 하셨다. 이후 어머니는 아이를 잉태하였고 아버지는 귀하게 얻은 아이에게 참잉讖孕이라는 희한한 이름을 지어주었다. 예언을 품고 태어난 귀한 아이라고 생각해서였다. 아이는 어릴 때부터 귀신을 보았다. 어머니는 딸이 혹여 무당이라도 될까 두려워 아무에게도 그런 말을 하지 않도록 단단히 단속해 키웠다. 참잉과 사내아이는 작년 봄

서낭당에서 만났다. 참잉은 서낭당에 와서 두 손을 비비
며 무언가를 간절히 빌었다. 고생하는 어머니 대신 자기가
밥벌이를 할 수 있게 해달란 기도였다. 서낭당 근처에 있
던 사내아이가 그 기도를 듣고 고개를 삐죽 내밀자, 소녀
는 너무 놀라 엉덩방아를 찧었다. 사내아이도 놀라 소리를
질렀다. 사내아이는 도깨비였다. 원래 사람은 사람으로 둔
갑하기 전의 도깨비를 쉬이 알아보지 못한다. 그런 도깨비
를 보고 소리를 질렀으니 도깨비도 혼이 빠질 지경이었다.
마주 보고 한참 소리를 지르다가 정신을 차린 도깨비는 소
원을 들어주는 대신 매일 자기를 찾아와 놀아달라고 했다.
참잉은 고개를 끄덕였다. 도깨비는 정안수 떠 놓고 치성
을 드리는 순영에게 미루나무 집 여식을 데려다 일을 가르
치면 길한 일이 생길 것이라고 장난을 쳐 참잉과의 약속을
지켰다. 참잉 역시 도깨비와의 약속을 어기지 않았다. 둘
은 매일 나란히 앉아 이야기하고 노래를 불렀다.

　사 년 후, 참잉은 소원대로 어머니 대신 가장이 되었다.
솜씨도 야무지다고 소문이 났다. 머리어멈은 솜씨도 솜씨
지만 가체나 혼례 의복을 대여해주기도 했다. 일을 시작한
지 얼마 되지 않은 참잉은 가체나 의복이 넉넉하지 않았
으므로 아직 순영에게 상대가 되지 않았다. 게다가 혼례식
을 노련하게 주관하는 일 또한 머리어멈의 기술이었으므

로 머리도 얹지 못한 참잉은 순영에 비하면 아직 한참 모자랐다. 가끔은 순영의 단골이 참잉에게 몰래 연통을 넣어 곤란할 때도 있었지만 은혜를 잊지 않고 정중히 사양했다. 소녀는 처녀가 되었다. 또래들 모두가 시집가는 동안 식솔들을 먹여 살리느라 혼기를 놓쳤다. 아비는 여전히 방안 통수로 책 읽기나 즐겼고 어미는 노쇠하여 삯바느질을 하기 힘들었다. 부모를 두고 시집을 갈 수 없는 참잉이 한사코 마다했으나 참잉을 좋게 본 주변 상인들이 앞다투어 중매를 섰다. 참잉의 아버지는 시전 포목점에서 일을 배우고 있는 사내 하나를 유심히 봐두었다. 어린 시절 보릿고개에 양친 부모와 어린 동생을 잃고 혼자 시전에서 심부름을 하며 겨우 목숨을 연명한 남자였다. 가진 것이 없어 늦은 나이까지 장가를 가지 못했지만 반듯하고 성실하다고 소문이 자자한 그를 아버지는 데릴사윗감으로 점찍었다.

혼사 이야기가 오가고 있을 무렵 새로운 왕의 즉위식 날이 잡혔다. 전처럼 한양의 모든 머리어멈들은 경복궁으로 모여들었다. 사 년 전에는 심부름꾼으로 참석했던 참잉도 당당히 머리어멈으로 불려 갔다.

"세월이 빠르네. 너도 수모로 왔구나?"

달래가 참잉을 알은척했다. 참잉이 허리를 굽혀 인사를 했다.

"예. 순영 아주머니 덕에 이렇게 밥벌이하고 삽니다. 잘 지내셨지요, 아주머니?"

"내 덕은 무슨. 참잉이 네가 잘해서 그런 거지. 어린 게 부모 봉양하겠다고 그렇게 열심이니 주위에서도 다 도와 줬고."

순영이 자랑스럽다는 듯 참잉을 바라보았다. 보기 좋은 사제간이었다. 주위 머리어멈 모두가 두 사람을 흐뭇하게 쳐다보았다. 시간이 되자 각자 배정된 처소로 이동해야 했다. 상궁 하나가 나서서 머리어멈을 둘러보았다.

"지난번에 이순영이를 따라왔던 어린 수모 혹시 왔는가?"

머리어멈들이 일제히 참잉을 바라보았다. 참잉은 어리둥절하게 앞으로 나섰다.

"예. 접니다."

상궁의 얼굴에 화색이 돌았다.

"다행이다. 나를 따라오너라. 마마께서 특별히 너를 찾으셨다."

순영의 얼굴이 순식간에 일그러졌다. 수십 명의 머리어멈들이 술렁거리기 시작했다. 중전마마의 머리는 늘 조선에서 제일간다는 수모가 맡아왔다. 참잉은 이 일을 시작한지 고작 오 년 밖에 안 된 신참이었다.

즉위식이 끝나고 수모들을 위해 내어준 잔칫상 자리에 순영은 보이지 않았다. 중전이 된 달성군 부인이 참잉의 솜씨에 만족해 조선 제일의 수모라고 칭찬을 아끼지 않았지만 참잉은 가시방석이었다. 다른 머리어멈들도 참잉을 피했다. 무엇을 잘못했는지 알 수 없는 참잉은 죄인처럼 앉아 있다가 일찌감치 자리를 떴다. 해가 지고 바람이 쌀쌀했다. 옷깃을 여며도 마음 한구석에 찬바람이 새어 들어왔다.

터덜터덜 집에 오는 길에 서낭당에 들러 도깨비를 불렀다. 참잉은 처녀가 되었지만 도깨비는 아직 소년이었다. 도깨비는 매일 참잉이 와서 들려주는 이야기를 좋아했다. 숨어 있다가 사람들을 놀래켜 주는 것보다 참잉이 와서 해 주는 이야기들이 훨씬 더 재미있었다. 종일을 기다린 도깨비가 반기며 뛰어 나오자 참잉은 눈물이 날 것 같았다.

"왜 그래? 오늘 궁에 다녀온다고 좋아하더니."

"순영 아주머니가 나한테 화가 난 거 같아. 속상해."

"왜 화가 나?"

"중전마마가 순영 아주머니 대신에 날 불렀어. 원래 중전마마 머리는 제일 머리 잘하는 사람이 하는데. 아주머니가 화를 풀지 않으시면 어쩌지."

"네가 제일 잘하니까 널 불렀는데 그걸로 왜 화를 내? 신경 쓰지 마."

도깨비는 인간의 감정을 알지 못했다. 감정을 알지 못하기에 위로도 할 줄 몰랐다. 도깨비가 보기에 인간은 너무 사소한 일에 기뻐하고 별거 아닌 일에 걱정을 하고 이해할 수 없는 일에 눈물을 흘렸다. 어린 도깨비는 참잉이 왜 저렇게 슬퍼하는지 알 수가 없었다. 참잉은 순영 아주머니 때문에도 슬펐지만 다른 이유로도 마음이 아팠다.

"도깨비야. 나 이제 여기 못 와."

"왜? 어디 멀리 가? 걱정하지 마. 너 멀리 가도 내가 찾아가면 돼."

어렸지만 도깨비는 신이었고 조선 팔도 어디에 있다 한들 참잉을 찾는 일은 식은 죽 먹기처럼 쉬운 일이어서 대수롭지 않다는 듯 말했다.

"아니야. 아버지가 이달 그믐에 혼례 날을 잡으셨어. 시집가면 내가 밥도 해야 하고 집안일도 해야 한대. 서방 있는 아낙이 늦게까지 돌아다니면 안 된대."

도깨비는 화가 났다. 인간에겐 혼례라는 풍습이 있고 참잉이 그에 관련한 일을 한다는 건 알았지만 참잉도 혼례를 치러야 하고 그러고 나면 이제 더 이상 만나러 오지 못한다는 것은 받아들일 수 없었다. 도깨비가 버럭 화를 냈다.

"말도 안 돼! 그 혼례가 뭐라고 이제 못 온다는 거야? 안 돼. 나랑 약속을 했잖아. 약속을 지켜야지."

"미안해. 도깨비야. 여자는 남편을 만나서 아이 낳고 살아야 한대. 아버지가 이미 그 사내랑 약조를 하고 사주단자까지 받으셨어. 이 나라에서 계집애는 아버지 뜻을 거스르고서는 살 수가 없단다. 혼례하고 나면 지아비 뜻을 따라야 한대."

참잉이 고개를 푹 숙이고 짚신발로 바닥을 헤치며 말했다. 참잉도 누군지 잘 알지도 못하는 남자에게 시집을 간다는 게 영 마뜩찮았다. 그래도 아버지의 말씀을 거역할 방법은 없었다.

"나랑 하면 되지! 그럼 너는 평생 나랑 놀 수 있어!"

도깨비가 벌떡 일어나 의기양양하게 말했다. 땅만 바라보던 참잉이 고개를 들어 도깨비를 보더니 픽 웃었다. 도깨비는 사람으로 치면 열두 살 정도의 사내아이의 외양을 하고 있었다. 참잉에겐 도깨비의 철없는 말이 조금은 위로가 되었다.

"나도 차라리 너랑 하면 좋겠지만 도깨비랑은 혼인할 수가 없는걸."

"왜 안 되는데?"

"넌, 도깨비니까."

챠밍의 대답에 도깨비는 부아가 치밀었다. 그 혼례가 대체 뭐길래 도깨비와는 안 된다는 건지 어린 도깨비는 알지 못했다. 화가 난 도깨비는 챠밍을 혼자 둔 채 흔적도 없이 사라졌다. 챠밍은 쪼그리고 앉은 무릎을 끌어당겨 얼굴을 파묻고 울었다. 순영 아주머니도 도깨비도 화나게 만든 것이 너무 슬펐다. 참잉은 누구에게도 상처를 주고 싶지 않왔다.

10월의 그믐, 참잉의 집 마당에서 떠들썩하게 사람들이 모여 잔치를 벌였다. 대문엔 청실홍실이 걸리고 젊은 부부의 탄생을 축하하는 동네 하객들이 왁자지껄 모였다. 참잉의 집안 데릴사위로 들어오는 박영수는 왜소했지만 힘이 세고 성실한 남자였다. 둘의 혼례는 달래가 진행했다. 참잉은 순영이 나서주길 기다렸지만 순영은 그날 이후 참잉을 만나려 하지 않았다. 달래가 참잉의 땋은 머리를 풀어 참빗으로 빗어 곱게 쪽을 짓더니 긴 봉잠을 꽂아 고정하고 솜 족두리를 정수리에 얹고 어여머리를 둘러 화려한 나비 떨잠을 꽂아주었다. 그리고 봉잠에 앞댕기를 엮고 뒤통수엔 도투락댕기를 드리운 후 알록달록한 활옷을 입혔다. 말간 얼굴에 흰 분을 바르고 입술을 붉게 물들여 이마와 양쪽 볼에 연지곤지까지 찍고 나자 사람들은 입을 모아 새색시가 참 곱다고 칭찬했다. 앳된 얼굴은 붉게 피어난 꽃처럼 아리따웠다. 사모관대를 쓴 박영수는 연신 싱글벙글하며 참잉을 기다렸다. 박영수는 가끔 시전을 오가는 참잉에게 호감을 품었었다. 시장 상인들에게 저이가 누구냐 물었을 때 참잉이 웬만한 상인들 못지않다는 머리어멈이라는 이야기를 듣고 실망이 컸다. 내심 어디 나 같은 고아가 상대나 되겠나 싶어 마음을 접었는데 참잉의 집안에서 사람을 보내 데릴사위 얘길 꺼냈을 땐 세상이 다 자기 것이 된 것 같았다. 그는 초례상 너머에 양손을 맞잡아 한삼으로 얼굴을 가린 참잉의 얼굴이 보고 싶어 자꾸만 포선 너머로 눈을 흘깃거렸다.

"아이고, 그렇게 색시가 좋을까! 입꼬리가 귀까지 걸렸네, 걸렸어. 앞으로 평생 볼 텐데 그만 좀 봐아!"

누군가 신랑을 놀리는 말에 하객들이 와, 하고 웃었다. 머쓱한 듯 영수가 뒷통수를 긁다가 참잉과 눈이 마주치자 바보같이 미소 지었다. 참잉은 다소곳하게 눈을 내리깔고 얼굴을 붉혔다.

마당 근처 커다란 미루나무 위에서 도깨비는 이 모습을 전부 지켜보았다. 뭐가 저리 신나는 것인지 연신 웃고 떠드는 사람들이 미웠다. 알록달록하게 치장한 참잉의 모습도 낯설었다. 대체 혼례가 뭐라고 이제 다신 참잉과 놀 수 없다는 건지, 참잉 앞에 서 있는 저 남자는 뭐가 저리 좋다고 싱글벙글대는지 모든 것이 다 부아가 났다. 가슴 속 저 아래에서 끓어오르는 이 느낌이 무엇인지 알 길도 없었다. 사람들의 즐거운 잔치를 노려보던 도깨비는 식이 다 끝나기 전에 혼례식에 쓴 목각 기러기 중 빨간 보자기에 싼 것을 품에 안고 떠났다. 나중에야 기러기 하나가 사라졌다며 한바탕 소동이 일었지만 이미 치른 혼례가 없던 일이 되지는 않았다. 참잉은 영수의 아내가 되었다. 그날 도깨비는 슬픔과 분노, 우울과 좌절, 비탄과 상실의 감정을 한꺼

264

번에 배웠다. 그 모든 감정을 한마디로 정의하자면, 질투였다.

첫날 밤 참잉은 사내아이를 잉태했다. 경사였다. 입덧이 심했지만 아이는 세상에 나올 때 애를 먹이지 않았다. 어머니는 근방 잉어의 씨를 말릴 기세로 참잉의 산후 수발을 했다. 영수는 다정한 사내였고 참잉을 사랑했으며 그 결실인 아이는 무럭무럭 자랐다. 아이가 몇 개 되지 않는 이를 드러내며 웃을 때 참잉은 진짜 행복을 깨달았다. 도깨비는 참잉의 기억에서 희미해졌다. 가끔 도깨비를 떠올리기도 했지만 일하며 아이를 키우는 아낙은 새벽부터 잠들 때까지 잡생각을 할 틈 없이 바빴으므로 도깨비를 잊으려는 노력 없이도 시간은 잘만 흘러갔다.

도깨비는 질투 외에 다른 감정 하나를 더 배웠다. 외로움이었다. 친구가 사라진 시간은 길고 외로웠다. 산으로 들판으로 돌아다니며 인간들에게 장난을 쳐봐도 신나지 않았다. 도깨비를 친구로 삼아주는 인간을 만나기란 하늘의 별 따기라 늘 혼자였고 외로운 도깨비는 참잉을 잊을 수 없었다. 생각하지 않으려 할수록 더 생각이 났다. 가끔 참잉의 집에 찾아가 몰래 지켜보기도 했다. 박영수 옆에 있는 참잉은 자신과 있을 땐 한 번도 보인 적 없는 행복한 표정으로 웃었다. 도깨비는 비참함도 배웠다. 참잉에게서 저 남자를 떼어내고 싶었다. 그러면 예전처럼 지낼 수 있을 것 같았다.

"너처럼 우울한 표정의 도깨비는 처음 보네. 왜? 사는
게 맘대로 안돼?"

숲속 바위 위에 걸터앉아 멍하니 하늘을 보는 도깨비에
게 말을 붙인 건 구미호였다. 구미호는 샐쭉한 표정으로
앞발을 접고 도깨비를 올려다보았다. 사람들을 홀려 잡아
먹는 여우귀였다. 소문에 의하면 백 사람의 간을 먹으면
사람으로 환생한다고 했다. 도깨비는 대답하지 않고 너른
바위 위에 벌러덩 누웠다.

"너 나랑 놀지 않을래?"

구미호가 세 개의 꼬리를 살랑대며 말했다. 꼬리 개수가
적은 것을 보니 구미호도 어린 여우인 게 분명했다.

"사람 간이나 먹는 여우랑은 놀기 싫어."

"쳇. 그렇게 심심해 죽을 거 같은 표정으로 몇 시간이나
멍하니 있으면서 뭘 따지고 그래?"

여우는 보란 듯이 사람으로 둔갑했다. 사람으로 둔갑한
구미호는 아름다웠지만 참잉처럼 환하게 웃진 않았다. 구
미호는 도깨비의 환심을 사려 주위를 맴돌았다. 어린 구미
호 역시 누군가와 친구가 되어보지 못해서 자신이 알고 있
는 방법으로 도깨비를 위해주었다. 사람의 간을 물고 나타
났을 땐 아무리 도깨비라 해도 간담이 서늘해졌다.

"치워. 난 사람의 간 필요 없어."

"왜? 이건 정말 귀한 건데. 구미호도 사람 간은 쉽게 구하는 게 아니라구."

"됐어. 너나 먹어."

여우가 입을 벌겋게 물들여가며 쩝쩝거리는 모습에 인상을 찡그리던 도깨비에게 왜 그런 생각이 떠올랐는지는 훗날 돌이켜 생각해도 모를 일이었다. 문득, 구미호라면 참잉에게서 그 사내를 떼어놓을 수 있을 거란 생각이 들었다. 그러면 참잉은 남편인지 서방인지의 눈치를 보지 않고 예전처럼 도깨비를 만나러 올 수 있을 줄 알았다. 어느 날 일을 마치고 집으로 향하던 영수는 얼굴이 갸름하고 눈매가 초승달처럼 날카로운 여자를 따라가 영영 집으로 돌아오지 않았다. 도깨비는 서낭당 근처에서 매일 같이 기다렸지만 참잉은 오지 않았다. 참잉은 사라진 지아비를 애도하며 오래 울었다. 아비가 사라진 아이는 여전히 생글거리며 아장거렸고 혼자 남아 가장이 된 참잉은 더 열심히 일하고 더 열심히 아이를 키우느라 도깨비를 생각할 시간이 없었다. 도깨비는 멀리서 아이와 환하게 웃는 참잉을 바라보다 씁쓸한 미소를 지었다. 도깨비는 이제 음모를 배웠다.

순영은 즉위식 이후 참잉이 조선 제일의 머리어멈으로 자리매김한 것을 보았다. 한양 제일가는 사대부들은 귀한 딸자식의 혼례에 참잉을 부르기 위해 웃돈을 얹어 가마를 보냈다. 순영의 마음속에는 검은 욕망이 꿈틀거렸다. 순영은 자기가 모든 것을 빼앗겼듯 참잉도 가진 걸 모두 빼앗기기를 서낭당 앞에 서서 빌고 또 빌었다. 순영은 자리를 떠나기 전 서낭당 아래에 구덩이를 파고 무엇인가를 묻고 떠났다. 참잉이 혹시 올까 싶어 서낭당을 배회하던 도깨비가 순영이 떠난 곳에 허투루 수습해놓은 땅을 만져보았다. 인적이 드물어진 깊은 밤이었지만 누가 볼세라 급하게 떠난 것이 분명했다.

"그냥 둬. 저주가 걸린 제웅은 건드리는 거 아냐. 저거 분명, 매흉이야."

어느샌가 구미호가 도깨비의 옆에 앉아 있었다. 입에 피가 묻어 있는 걸로 봐선 무언가를 먹어 치우고 오는 길이었다. 동물인지 사람인지는 묻지 않았다. 구미호의 눈은 초승달처럼 날카롭고 매혹적으로 빛났다.

"내가 봤어. 아까 그 여자가 짐승 신을 부르는 거. 달라는 걸 다 주겠노라고 약속하는 거. 그리고 네가 맨날 훔쳐보는 그 계집의 아들에게 저주를 걸었지. 누구도 이 저주를 풀 순 없을걸? 사람이 그렇게 무서운 거란다."

도깨비가 순영이 매흉을 해 놓은 자리를 물끄러미 내려보았다. 구미호는 여우의 모습으로 돌아가 도깨비 주위를 빙빙 돌며 마음을 흔들었다.

"그냥 둬. 모르는 척 눈감고 뒤돌기만 하면 돼. 아이가 사라지면 그 계집은 너를 찾아올 거야. 원하던 거 아냐? 이제 아무도 방해할 사람이 없다고."

구미호가 도깨비 다리를 휘감아 돌았다. 참잉의 얼굴이, 아이를 향해 환하게 웃는 그 미소가 눈앞에 있는 것 같았다. 도깨비는 그날, 배신을 배웠다.

아침에 일어난 아이가 열이 들끓는 것을 본 참잉은 아이를 들쳐 업고 동네 약방으로 내달렸다. 잘 듣는다는 약을 받아다 정성껏 달여 먹였지만 열은 떨어질 줄 몰랐다. 어렵게 모셔 온 의원도 고개를 갸웃거리다 침을 몇 개 꽂아주었을 뿐, 아이를 낫게 하지는 못했다. 애가 타는 참잉은 점사를 잘 본다는 스님을 찾아가 보기도 하였다. 스님은 누군가 아이에게 살을 씌웠다고, 그 살은 굿판도 소용이 없을 거라며 손을 뗐다. 계속되는 열로 아이가 축 늘어지자 한양 밖 먼 곳에서 용하다는 무당을 급하게 데려와 굿판을 벌였다. 참잉의 집 마당에 요란스레 징과 바라가 울렸다. 아이의 조부모와 참잉은 무릎을 꿇고 멍석 위에 앉아 아이의 쾌유를 빌고 또 빌었다. 색동 옷을 입고 반백의 머리를 쪽진 무당은 방울 소리를 드높이며 요란하게 뛰다 갑자기 멈추더니 제사상 앞에 납작하게 엎드렸다.

"아이고, 잘못했습니다. 잘못했습니다. 제가 조선에 계신 신만 만나봐서 저 바다 넘어 신은 몰라뵈어서 그랬습니

다. 당장 물러가겠으니 제발 노여움 거두시고 한 번만 봐
주세요. 아이고, 아이고!"

제발 살려달라고 매달리는 참잉을 내치고 정신없이 굿
판을 거둔 무당이 굿값을 마당에 내던지더니 황급히 자리
를 떴다. 그 사이에도 아이는 열이 들끓어 사경을 헤맸다.
마당에서 통곡하던 참잉이 황급히 눈물을 훔치고 서낭당
을 향해 내달렸다.

"도깨비야! 도깨비야!"

머리가 산발이 된 참잉이 정신없이 도깨비를 불렀다. 드
디어 참잉이 자기를 찾아와 기쁠 줄 알았던 도깨비는 남
자가 사라졌을 때보다 더 비참한 얼굴로 더 처절하게 우는
참잉을 보고 당혹스러웠다. 참잉은 도깨비의 모습을 보고
달려와 그의 앞에 무릎을 꿇고 양손을 모아 빌었다.

"도깨비야. 우리 아기 좀 살려줘. 우리 아기 좀 살려줘.
우리 아기만 살려주면 내가 뭐든지 다 할게. 시키는 건 다
할게. 제발 목숨만 살려줘."

참잉은 도깨비가 지금까지 봐온 사람 중에 가장 불행해
보였다. 그 불행한 여자에게 도깨비는 무엇을 해줘야 할
지 알 수 없었다. 울부짖으며 바닥을 뒹구는 참잉이 낯설
었다.

"네 아이는 저주를 받은 거라 살 수 없어."

참잉이 놀라 고개를 들었다. 눈부신 은색의 여우 한 마

리가 도깨비의 다리를 타고 돌며 말을 하고 있었다. 꼬리가 네 개였다.

"어떤 여자가, 어떤 신에게 빌어 그 아이에게 저주를 내렸단다. 매흉으로 그 아이 몸에 절대 낫지 않을 역병을 내렸지. 그 어떤 약으로도 굿으로도 낫지 않을 역병 말이야."

네 개의 꼬리가 살랑거리며 흔들렸다. 도깨비는 엉겨드는 구미호를 밀쳐냈다. 구미호가 흥 하고 콧소리를 내더니 눈부시게 아름다운 여자로 둔갑했다. 참잉의 두 손은 바들바들 떨렸다. 믿을 수가 없는 말이었다.

"누가… 누가 그런 짓을?"

"글쎄. 이름이….

구미호가 의뭉스럽게 말을 흐렸다. 잠시 고민하는 척하더니 마침내 생각났다는 듯,

"순영이랬나?"

하고 말할 땐 얼굴에 즐거운 미소까지 감돌았다. 참잉의 심장이 쿵 하고 바닥으로 떨어졌다. 슬픔과 함께 분노가 밀려왔다. 구미호는 여전히 날카롭게 반짝이는 눈으로 그 주위를 빙빙 돌았다.

"인간은 정말 대~단해. 가장 소중한 것을 빼앗는 게 가장 큰 복수인 걸 알아. 얘. 너 거기서 뒹굴지 말고 집에 가 봐야 할걸? 그 아이, 이미 숨을 거뒀어."

참잉은 정신없이 달렸다. 돌부리에 걸려 무릎이 까지고

나뭇가지에 살이 찢겨 나가는 것도 모른 채 달렸다. 그 어느 때보다 집이 멀었다. 집 근처까지 다다랐을 때 어머니와 아버지의 통곡이 들려왔다.

"아가!"

숨을 쉬지 않는 아이의 몸을 부둥켜안고 울던 어머니와 아버지가 참잉을 바라보았다. 참잉이 아이를 받아 안고 흔들어 깨웠다. 아가, 아가. 눈을 떠보렴. 엄마가 왔어. 눈을 떠보렴. 아무리 말을 시켜도 아이는 눈을 뜨지 않았다. 몇 개 없는 작은 이를 드러내고 환하게 웃던 아이의 작고 여린 몸에 귀를 가져다 대 보았지만 숨을 쉬지도 심장이 뛰지도 않았다. 참잉은 마당에 주저앉아 울부짖었다. 그 소리가 동네 어귀 서낭당까지 울렸다. 아이의 이름은 이경移暻이었다. 볕을 옮겨놓은 것처럼 환하기만 하다고 외조부께서 지어주신 이름이었다.

아이의 장례는 조용하고 빠르게 치러졌다. 작은 나무관에 누운 작은 육신은 차가운 땅속에 묻혔다. 식음을 전폐한 참잉이 땅속으로 들어가는 관을 보고 오열하다 실신했다. 정신을 차렸을 땐 아이의 장례가 다 끝난 후였다. 겨우 눈을 뜬 참잉은 상복을 벗지도 못한 채로 서낭당으로 향했다.

"도깨비야."

기운 없는 목소리였지만 두 눈은 분노로 가득했다. 어찌

된 일인지 도깨비가 나타나지 않았다. 참잉은 쓰러질 것 같은 몸으로 주위를 둘러보다 다시 한번 소리를 질렀다. 바싹 부르튼 입술이 찢겨 피가 났다.

"구미호야."

서늘한 바람이 대답이라도 하듯 쏴, 소리를 내며 서낭당 나뭇가지 사이를 스쳤다. 참잉은 젖먹던 힘까지 쥐어짜내 애타게 불렀다.

"도깨비야. 구미호야. 나와 봐. 누구라도 좋으니, 나와 봐."

선뜩한 밤바람이 불어 그 자리에 털썩 주저앉은 참잉의 팔을 훑었다. 참잉의 온몸이 불덩이처럼 끓어올랐다. 밭은 숨을 내몰아 쉬는 참잉의 눈앞에 구미호가 나타났다. 은색의 털은 달빛을 받아 더욱더 차갑게 빛이 났다.

"왜 불렀니?"

"복수, 할 거야. 복수하게 해줘."

"아주 재미있구나. 그 여자는 너에게 복수를 하고, 너는 그 여자에게 복수를 하고? 아하하하하하하하."

조용한 밤하늘에 은빛 구미호의 웃음이 울렸다.

"뭐. 난 괜찮아. 너를 데려다주면 꼬리를 하나 더 얻을 수 있으니. 꼬리 하나 얻으려면 백 년은 걸리거든. 날 따라오렴."

네 개의 꼬리를 살랑거리며 앞장서는 구미호를 뒤쫓는

차밍의 몸이 비틀거렸다. 환한 보름달이 참잉의 얼굴을 비췄다. 다리는 천근만근같이 무겁고 열이 펄펄 오르는 눈은 붉게 충혈되어 있었다. 몇 걸음 걷던 구미호가 뒤돌아 비척거리는 참잉을 보았다.

"너 근데, 그 몸으로 따라올 수는 있겠어?"

"갈 수 있어. 세상 끝까지라도 따라갈 수 있어."

참잉이 아랫입술을 깨물며 힘겨운 신음을 냈다. 숨이 가쁘고 찬 바람이 닿을 때마다 살이 에이듯 아팠지만 상관없었다. 구미호는 커다란 나무들이 빽빽한 숲속으로 계속 걷고 걸어 거울에 비친 것처럼 똑같이 생긴 커다란 나무 두 그루가 마주 보는 곳으로 안내했다. 돌부리에 채인 발에서 발톱이 빠져 참잉의 버선은 피로 물들었고 상복은 온통 흙투성이였다. 기진맥진한 참잉을 새초롬하게 바라보던 구미호가 마주 본 두 나무 사이를 통과했다. 구미호를 따라 두 나무 사이를 지나가자 갑자기 모래에 발이 푹 빠졌다. 참잉의 눈앞에 바닷가가 펼쳐져 있었다. 거친 파도가 넘실거리는 바닷가는 사나운 짐승같이 포효했다. 바람이 불어 쪽진 참잉의 머리를 흩트렸고 시야를 어지럽혔다. 어안이 벙벙해 그 자리에 얼어붙은 그녀를 구미호가 재촉했다. 모래사장에 발이 빠져 걷는 것이 더욱 힘들었다. 죽을 힘을 다해 모래사장을 지나 언덕을 오를 때에서야 언덕 위에 있는 하얀 집을 보았다. 나무 기둥도 기와지붕도 없이 네모진 돌로 쌓은 이상한 형태의 집이었다. 작은 정원을 지나 커다란 문의 손잡이 앞에서 구미호가 사람으로 둔갑해 손잡이를 잡아당기자 소리 없이 문이 열렸다. 내부는 어두웠다. 아무것도 보이지 않아 잠시 긴장했다. 잠시 후 불이 켜지고 보통 사람 키의 반절밖에 되지 않는 이상한 사람들이 나타났다. 낯선 옷차림과 생김새가 너무나 기이하여 덜컥 겁이 났지만 그들은 적의가 없어 보였다.

"어서 오십시오. 기다리고 계십니다."

이상한 사람들을 따라 긴 복도를 걸었다. 양옆에 이상하게 생긴 문이 있는 복도였다. 복도 끝에 다다라 아주 커다란 문을 열었더니 그 크기를 가늠할 수 없는 커다란 방이 나왔다. 일행을 안내한 사람처럼 키가 작달막한 사람들이 숫자를 셀 수 없을 정도로 가득했다. 그들이 이상하게 생긴 커다랗고 높은 기둥 앞에 앉아 긴 나뭇가지 같은 것을 내렸다 올렸다 할 때마다 구슬이 생겨났다. 참잉은 이 기이한 광경에 넋을 잃었다.

"얘. 정신 차려. 코 베어 가도 모르겠다."

구미호가 핀잔을 주었다. 키가 작은 사람을 따라 이상한 문을 건너가자 더 기이한 방이 나타났다. 커다랗고 긴 탁자가 있는 어두운 방에는 짐승인지 사람인지 모를 것이 등받이가 높은 의자에 앉아 턱을 괴고 있었다. 그 앞엔 사람인 것 같은 그림자의 등이 보였다.

"판을 뵙습니다."

구미호가 고개를 숙여 절을 했다. 참잉도 덩달아 고개를
숙였다. 등만 보이던 사람의 그림자가 천천히 고개를 돌렸
다. 도깨비였다. 도깨비는 주먹을 쥐고 바르르 떠는 참잉
을 물끄러미 바라보았다. 인생을 빛나게 해주던 것을 모두
잃은 참잉의 얼굴은 며칠 사이 몰라볼 정도로 초췌해졌다.
그 순간 도깨비는 죄책감을 배웠다.

탁자 위에는 희한한 글씨가 적힌 종이 한 장이 놓여 있
었다. 어두움에 익숙해지자 이상한 존재들의 윤곽이 조금
씩 보였다. 탁자 가운데 앉아 있는 것은 덩치가 아주 큰 사
람이었다. 사람이지만 어쩐지 짐승을 연상하게 하는 외모
에 이상한 천을 둘러 입는 그는 판이라고 불렸다.

"이 아이입니다. 판께서 찾던 아이."

구미호가 판이라는 자에게 참잉을 소개했다. 판은 낮은
신음 같은 목소리로 물었다.

"원하는 것이 무엇이지?"

"복수를 하게 해주시오."

참잉의 목소리가 가늘게 떨렸다. 끓어오르는 열 때문인
지 분노 때문인지 몰랐다. 그저 마음 속에서 꿈틀대는 감
정을 억누를 수가 없었다. 핏발 선 눈은 어둠 속에서 선뜩
하게 빛났다. 판은 탁자에 손가락을 차례로 두들기면서 참
잉을 향해 물었다.

"네 아이에게 살을 씌운 여자를 죽여주면 되는가?"

"아니요."

참잉이 고개를 가로저었다. 판은 의외라는 듯 눈썹을 치켜올렸다. 참잉이 결연한 표정으로 다시 말했다.

"죽이지 마세요."

"그래? 그럼 여긴 왜 온 거지? 어떤 복수를 하고 싶은 건가?"

"영원히. 영 – 원히 고통받게 해주세요."

고요한 실내에 탁자에 부딪히는 손가락 소리만 타다다닥 울렸다. 누구도 함부로 건드리지 못할 적막이었다. 구미호는 관심 없다는 듯 여우로 돌아가 방 한구석에 놓인 비단 쿠션 위에 올라가 엎드렸다. 엉덩이엔 탐스러운 다섯 개의 꼬리가 살랑거렸다.

"무의 공간을 너에게 주마."

참잉은 무의 공간이 무엇인지 몰랐다. 판이 천천히 일어나 참잉을 향해 다가왔다. 엎드려 있던 구미호가 고개를 들어 그제야 흥미진진한 표정으로 바라보았다.

"이승과 저승 그 사이에 있는 넓고도 넓은 곳이지. 어디가 시작이고 어디가 끝인지 아무도 모르는 곳. 너의 허락 없이는 신조차 함부로 들어갈 수 없게 될 것이다. 잠이 든 자를 찾아 불러들이면 너는 신과도 같은 존재가 된다. 네가 그 공간에 누군가를 가두면, 그는 영원히 무의 공간을 떠돌게 되지. 대가로 나는 너의 잠을 가져갈 것이다. 밤에는 나를 위해 일하라. 죽은 자들을 위해 일하라. 죽는 날까지 찰나의 잠을 얻기 위한 노동을 하게 될 것이다. 너는 이제 산 자도 아니고 죽은 자도 아닐 것이다. 이 계약은."

판이 기다란 손을 들어 참잉의 왼쪽 팔을 잡았다.

"천신이 내린 너의 명이 다하는 날까지 유효하다."

판이 왼쪽 팔을 잡았던 손을 떼자마자 참잉을 지금까지 괴롭히던 열이 거짓말처럼 사그라들었다. 덕분에 다시 돌아오는 길은 조금 수월했다. 참잉의 손에는 판이 내준 작은 상자와 세 개의 열쇠가 들려 있었다. 상자는 잠을 잘 수 있게 해준다는 수면 구슬이 든 상자였고 열쇠는 각각 이승과 저승, 무의 공간을 열 수 있는 열쇠였다. 구미호와 함께 온 길을 거슬러 커다란 나무 두 그루가 마주 보는 곳을 지나니 다시 산속이었다. 동이 틀 시간이 다 되었지만 숲은 여전히 칠흑이었다. 구미호가 기쁜 듯 꼬리 다섯 개를 흔들며 사라졌다. 참잉은 검은 공기를 가르며 아이의 무덤으로 갔다. 침을 흘리며 웃던 미소가, 작고 통통한 손과 발이, 아장거리던 걸음마가 떠올라 가슴을 찢을 듯 아팠지만, 눈물은 나오지 않았다. 산 자도 죽은 자도 아닌 참잉은 눈물을 잃었다.

참잉이 떠난 후 판은 원래의 자리로 돌아가 탁자 위의

종이를 손가락으로 밀었다. 도깨비가 말없이 자기 앞에 놓인 그 종이를 내려다보았다.

"나를 위해 일을 해준다는 계약이야. 계약의 조건은 네가 흥정하기 나름이지. 물론 거절해도 나로선 방법이 없어. 너는 신이니까."

도깨비는 손을 들어 종이 위에 올려놓았다.

"참잉의 계약이 끝날 때까지."

판이 종이를 가져가 만족한 듯 미소 지었다. 도깨비의 손을 올렸던 종이는 어느새 빈 종이가 되어 있었다.

"그래. 계약 종료까지 너의 비밀을 지켜주지."

그는 종이를 차곡차곡 접어 방 한쪽에 놓인 고풍스러운 책상의 서랍에 넣었다. 서랍 안에는 이미 종이들이 꽉 찰 만큼 가득했다. 흥겨운 듯 콧노래까지 흥얼거리는 판을 뒤로 하고 도깨비가 일어났다.

이 방을 나갈 때까지 참잉은 그가 도깨비인 것을 알지 못했다. 그는 아이의 모습에서 어른의 모습으로 변했다. 사람의 감정을 전부 배웠기 때문이었다. 도깨비는 왠지 슬퍼 보였다.

순영은 밤거리를 걷다가 환하게 불을 밝힌 작은 집을 발견했다. 집 안에서 흘러나온 빛이 어찌나 포근하고 따듯한지 자기도 모르게 그 집 마당으로 발을 들였다.

"어서 오세요. 오랜만이에요. 아주머니."

젊은 여자 하나가 앞치마를 두르고 나타나 알은체했지만 순영은 그녀가 누구인지 알 수 없었다. 젊은 여자는 어리둥절한 그녀의 손목을 끌고 집 안으로 이끌어 방에 앉히더니 머리를 풀어 참빗으로 곱게 빗질을 시작했다. 동백기름을 발라 머리카락 한 올 흐트러짐 없이 잘 묶어 솜씨 좋게 쪽을 지고 커다란 비녀를 꽂은 후 어여머리를 얹었다. 기다란 용잠의 머리에 새겨진 용은 붉은색 여의주를 물고 있는 형상이었다. 손놀림이 빠르고 솜씨가 매우 좋았다.

"아유. 솜씨가 보통이 아니네. 내가 그동안 머리어멈을 많이 보았지만 자네처럼 뛰어난 솜씨를 가진 사람은 처음 봐."

"감사해요. 저도 솜씨가 아주 뛰어난 분께 배웠답니다."

젊은 여자가 미소를 지었다. 머리를 다 얹은 후에는 화려한 활옷까지 입혀주었다. 수려하게 수를 놓은 최고급품이었다. 경대에 비친 순영의 모습은 시집오던 그때처럼 고왔다.

"참으로 놀라운 솜씨네. 어쩜. 내가 다시 열다섯이 된 것마냥 곱구나."

이리저리 거울을 비춰보며 감탄을 연발했다.

"과찬이세요. 제 솜씨는 미천하죠. 사람들이 모두 아주머니가 조선 제일가는 머리어멈이라고 하던걸요."

"응. 그랬지. 내가 내 손으로 호랑이 새끼를 키우기 전까진 그랬어."

"호랑이 새끼요?"

"그래. 아주 예전에 새벽같이 일어나 치성드릴 때 웬 사내아이가 홀연히 나타나 이웃 마을 최가 성호라는 사람의 여식을 찾아 일을 가르치면 복을 받을 거라고 하더라. 그래서 그 집 아이를 데려다 일을 가르쳤지. 영민하고 손이 빠른 아이였어. 그 아이가 내 명성을 잡아먹을 거라곤 생각도 못했지."

아아. 젊은 여자가 탄식하며 경대 서랍을 열어 붉은빛이 도는 홍옥으로 장식한 떨잠을 꺼내 순영의 어여머리에 꽂아주었다. 순영이 한숨을 쉬었다.

"내 차례였어. 그 아이가 채가기 전까진 내 것이었다고. 내가 나이가 더 들어 최고의 자리를 그 아이에게 내줄 때까지 가만히 기다렸으면 아무 일도 없었어. 그 아인 좋은 건 다 가졌지. 내 자리, 좋은 부모, 좋은 남편에 아들까지. 딸만 내리 다섯 낳은 나는 아들 못 낳은 죄로 첩실 들이는 걸 보고 사는데 그 아인 다 가졌다고."

"그래도, 남편이 어디론가 사라졌다면서요. 사람들은 산짐승에게 잡아 먹힌 거라고 수근대던데요."

"서방이야 없어도 살지."

순영의 머리 단장을 마저 하던 젊은 여자의 손이 멈추었다. 경대에 비친 순영은 불행해보였다.

"아들이 있잖아. 아들을 바라보는 그 아인 세상에서 제일 행복해 보이더라고."

"그래서, 어떻게 하셨는데요?"

"매일 기도했지. 그 아이가 가진 것 중 제일 소중한 걸 빼앗아 달라고. 매일 매일. 그랬더니 어느 날 하얀 여우가 나타나 소원을 들어준대. 그 여우를 따라 이상한 곳에 가서 죽는 날까지 일해주는 대가로 그 애의 어린 아들에게 저주를 내렸어. 지푸라기 인형에게 역신의 저주를 씌워서 서낭당 아래 묻었지. 아들이 역귀에 씌여 시름시름 앓으니까 그제야 그 아이의 얼굴이 나만큼 불행해지더라고."

"그래서, 아주머니는 행복해지셨어요?"

빗을 잡고 있는 젊은 여자의 손이 바르르 떨었다. 격한 감정을 억누르느라 힘겨운 모습이었다. 눈은 벌겋게 충혈되었지만 눈물은 흐르지 않았다.

"아니. 그 아이가 불행하다고 내가 행복해지진 않았어. 나는 나대로 그 아인 그 아이대로 불행해지는 길이었어. 뒤늦게 후회했지만 날 꼬드긴 구미호가 이미 맺은 계약을 무를 수는 없다고 하더라. 엎지른 물은 그냥 땅에 스며들 뿐 주워 담을 순 없다고."

순영이 돌아앉아 젊은 여자를 마주 보았다. 바들바들 몸을 떠는 참잉이 손에 들고 있던 참빗을 툭 떨어뜨렸다. 참잉이 떨어뜨린 빗을 집어 경대 서랍에 넣으며 순영이 말을 이었다.

"불덩이 같은 아이를 들쳐업고 사방팔방 다니는 너의 머리카락이 미친년처럼 산발이 되어 있더라. 내가 무슨 짓을 한 건지 뒤늦게 후회해도 소용없는 일이었어. 너의 울부짖는 소리가 내 가슴에 비수를 꽂았지. 하루도 마음 편할 날이 없어. 밤마다 공장이라고 불리는 곳에 가서 일하는 삶도 만만한 건 아니었어. 전부 다 엉망이 되어버렸지만 모두 돌이킬 수 없는 일이지."

"왜… 그러셨어요. 아주머니에게 해를 입히고 싶은 생각은 없었어요. 미천한 제가 높으신 분들의 말을 무슨 수로 거역하겠어요. 내가 뭘, 잘못했다고!"

참잉이 순영을 쏘아보았다. 순영은 차마 참잉의 얼굴을 볼 수 없어 시선을 떨구었다.

"내가 널 시기한 거겠지. 언젠가부터 네가 날 뛰어넘을까 봐 두려웠어."

고개를 푹 숙인 순영이 참잉의 떨리는 손을 잡았다. 맞잡은 손 위로 눈물이 한 방울 떨어졌다. 참잉의 솜씨가 점점 좋아지면서 사람들이 곧 참잉이 순영을 따라잡을 거라고 수근댔다. 달래 아주머니가 최고의 솜씨임을 인정받던 시대가 지나고 순영이 최고의 자리에 오른 지 채 얼마 되지 않아 참잉이 무서운 기세로 순영의 위치를 위협하고 있었다. 웃고 있었지만 순영은 늘 초조했다. 즉위식에서 중전마마가 참잉을 데려갔을 때 수치심과 질투가 뒤범벅 되어 열흘을 두문불출했다. 그 마음을 터놓을 사람이 아무도 없었다. 그렇게 속에서 끓어오른 분노가 순영을 망가뜨렸다. 순영도, 참잉도 망가뜨렸다.

"그러니까, 나는 너를 원망하지 않는다."

순영의 말에 참잉이 붙잡은 손을 이마에 대고 엎어졌다. 눈물 없는 울부짖음이 무의 공간을 울렸다. 순영의 계약을 무를 수 없듯 참잉의 계약도 무를 수 없는 것이었다.

"그날, 내가 너를 질투하는 걸 솔직하게 말할 수 있었다면, 이런 일은 일어나지 않았을까. 다른 머리어멈에게 너를 실컷 욕하기라도 했다면, 내가 그런 끔찍한 짓을 할 생각을 하지 않고 언젠가는 사이좋게 웃을 수 있었을까. 공장에서 쉬지 않고 막대기를 당기면서 후회하고 또 후회해봤지. 그 후회가 소용이 없다는 걸 깨닫는 순간순간마다 지옥 같았어. 그러니까 너는."

순영이 참잉의 손을 툭툭 두 번 쓰다듬고는 손을 빼냈다. 엎드려 소리를 지르는 참잉을 뒤로 하고 문밖으로 나서며 뒤돌아 참잉의 떨리는 어깨를 보았다.

"너는 후회하지 말거라."

순영은 조용히 방을 나와 예쁜 당혜를 신었다. 무거운 가체를 얹고 화려한 활옷을 입은 순영이 싸리문 밖으로 나서자 하늘도 땅도 구분할 수 없는 끝없는 어둠이 펼쳐졌다. 덜컥 겁이 났다. 눈에서 눈물이 흘렀다. 뒤돌아봤을 때는 환하게 빛나던 집은 흔적조차 없이 사라지고 밑도 끝도 없는 어둠만이 순영의 눈에 들어왔다. 어디로 가야 할지 몰라 주저앉고 싶었다. 사는 것이 고통일까 죽는 것이 고통일까, 순영은 답이 없는 생각을 하며 끝없는 어둠을 향하여 한 걸음을 내디뎠다. 그녀는 이제 영원히 그 공간에 갇혔다.

참잉과 놀고 싶어 참잉의 남편을 빼앗은 도깨비는 소원대로 아주 오래오래 참잉의 옆에 있지만 다시는 그녀의 행복한 미소를 볼 수 없었다. 인간의 무분별한 사냥으로 멸종 위기에 놓인 구미호는 어느 날 갑자기 행적을 감추었다. 이후로 구미호를 보았다는 사람은 아무도 없었다.

참잉은 쭉 머리어멈으로 살았다. 밤이 되면 죽은 자들이 참잉 집의 밝은 불빛을 보고 모여들었다. 참잉은 쉬이 늙지 않았다. 그 사이 부모님들은 연로해져 인간답게 제명까지 살고 숨을 거두었다. 참잉은 제 손으로 아버지와 어머니를 단장시켜 저승길로 보냈다. 이승에 그녀의 혈육이 아무도 남지 않은 후에도 매일 낮에는 산 사람을, 밤에는 죽은 사람을 상대로 일했다. 같은 자리에서 아주 오래 장사를 해도 사람들은 이상해 하지 않았다. 아주 가끔, 정말 아주 가끔, 이상하다고 생각하는 사람이 있긴 했지만 도깨비와 더불어 챰잉은 그냥 그렇게 늘 존재했다. 조선이 개화하면서 머리어멈은 설 곳이 사라졌다. 대신 서양의 새로운 미용 기술이 들어와 챰잉 역시 미용실이라는 간판을 내걸고 장사를 시작했다. 여느 남자들보다 수입이 좋은 직업에서 골목골목 아무 곳이나 미용실이 빼곡히 들어차 겨우 밥벌이나 하게 된 지금까지 여러 번 장소를 옮겨야 했다. 가겟세가 천정부지로 치솟았기 때문이었다. 도깨비는 그때마다 적당한 터를 잡아주었다. 오래되고 후미진 현월동에 챰잉 미용실이 자리를 잡은 지는 벌써 60년이 넘었다.

## 거래

모래에 발이 푹푹 빠졌다. 하늘에 먹구름이 빠르게 이동하고 바람이 정신없이 머리카락을 흩뜨렸다. 먹구름 사이로 낮달이 잠깐씩 얼굴을 내밀었다.

"여긴 왜 맨날 이렇게 비바람이 몰아치는 거야."

챠밍이 투덜대며 발걸음을 옮겼다. 모래사장에 발이 빠져 여간 힘든 것이 아니었지만 부지런히 걷고 또 걸었다. 언덕 위를 올라 하얀 집 앞에 도착했을 땐 가쁜 숨을 몰아쉬고 있었다.

"여전히 기별도 없이 방문하시네요. 저희의 곤란함 따위는 아랑곳않고."

프레드릭이 볼멘소리를 했다. 챠밍은 대답할 기운도 없

287

다는 듯 그냥 안내하라는 손짓을 했다. 문이 많은 복도를 지나 커다란 랜덤 꿈 제조시설을 건너 집무실에 도착한 챠밍을 본 판은 안 그래도 부리부리한 큰 눈을 더 크게 떴다.

"내가 꿈을 꾸는 건가?"

"확인이라도 시켜드려요?"

챠밍이 판을 향해 저벅저벅 걸어가자 프레드릭이 팔을 벌리고 서서 저지했다.

"무엄하시오! 신께 함부로 구는 것도 정도가 있지! 어찌 매번 이리 무례하고 경박하십니까?"

"뭐라는 거야. 이 난쟁이 똥자루가."

"뭐, 뭐라고요?"

"웁스~. 이 말은 안한다고 약속해놓고. 쏴리."

말과 달리 챠밍이 혀를 내밀었다. 얼굴이 붉으락푸르락해진 프레드릭이 주먹을 휘둘렀으나 챠밍이 긴 팔로 그의 머리를 밀고 엉덩이를 쭉 빼자 헛주먹질만 계속될 뿐이었다.

"그만. 그만하고 나가."

판의 한마디에 프레드릭이 분을 참지 못하겠다는 듯 씩씩거리며 멈췄다. 그는 계속 챠밍을 흘겨보며 문밖으로 사라졌다. 판은 언제나처럼 서류 더미에 코를 박고 있다가 귀찮은 듯 말했다.

"고작 난쟁이랑 싸우러 여기까지 왔을 리는 없고. 무슨 일인가? 바쁘니 용건만 간단히 말하게."

"바쁘시다길래 제가 친히 이 먼 곳까지 왔는데 서류에서 눈을 떼질 않으시네요?"

"알다시피 나는 할 일이 아주 많은 신이라."

판이 서류를 넘기며 인상을 썼다. 챠밍이 고개를 삐딱하게 돌리며 팔짱을 꼈다.

"제가 바쁜 걸로 둘째가라면 서럽죠. 얼마나 혹사를 당했는지 팔다리 허리 어깨까지 안 아픈 곳이 없는데 여기, 이 먼 곳을, 황금 같은 휴일에, 비바람이 몰아치는 바닷가를 지나, 언덕을 넘어 이 자리에 와 있거든요? 세상에서 제일 못돼먹은 신이 너무나 바쁜 나머지 도저히 인간 세상에 강림하실 시간이 없으시다길래 말이죠!"

"전 세계 인구가 몇인 줄 아나? 인간들이 통계낸 것만 80억 4,500만이 넘는다네. 그건 어디까지나 통계고, 실제론 그보다 훨씬 더 많은 인간이 하루도 빠짐없이 꿈을 꾼다는 것도 알고 있겠지? 꿈 공장 시설을 아무리 증축해도 늘어가는 인간들을 따라잡을 수가 없다네. 나는 말을 하고 있는 지금 이 순간에도 해야 할 일들이 쌓이는 게 눈에 보이는 것 같지. 그러니 얼른, 얼른 용건을 말하란 말일세. 시간이 낭비되고 있…."

"무의 공간에 유배된 자가 탈출했어요."

판의 말이 채 끝나기도 전에 챠밍이 말을 가로채며 의자

하나를 당겨 털썩 앉았다. 판은 펜을 든 채 챠밍의 얼굴을 멍하니 바라보았다.

"증거가 있나?"

드디어 판이 입을 열었다. 챠밍은 앞치마 주머니 속에서 작고 납작한 상자 하나를 꺼내 탁자에 놓고 판이 앉은 쪽으로 밀었다. 작은 상자가 테이블을 가로질러 판의 서류 앞에 멈췄다. 상자 속에는 삭을 대로 삭아 원래의 색을 알아보기도 힘든 천 조각이 들어 있었다.

"이걸로 누군지 알 수 있는가?"

"…내가 당신과 계약을 맺고 처음 무의 공간으로 밀어 넣은 바로 그 사람에게 입혀줬던 옷인데 어떻게 못 알아보겠어요. 차원의 틈에서 발견했다고 도깨비가 들고 왔더라고요."

"흠… 큰일이군."

판은 한 손으로는 턱을 괴고 나머지 한 손의 손가락을 차례대로 탁자에 두들겼다. 타다다닥. 타다다닥. 타다다닥. 한참이나 손가락 두들기는 소리만이 방 안을 메웠다. 드디어 판이 입을 열었다.

"자네에게 무의 공간을 일임했지 않나. 이런 일이 생긴 것도 다 자네가 관리를 소홀히 했기 때문일세."

판은 상자 안에 천 조각을 다시 집어넣은 후 챠밍 쪽으로 밀었다. 챠밍이 테이블을 미끄러져 오는 상자를 손으로 탁 잡았다.

"애초에 그 공간은 아무도 탈출할 수 없는 곳이니 특별히 관리할 것도 없다며 떠넘긴 거 아니었나요? 이제 와서다 내 잘못이라니 어이가 없네요?"

"자네가 관리하는 공간에서 문제가 생겼다면 자네가 책임져야 마땅하지 않은가!"

"마땅? '마땅하다'의 뜻이 뭔지는 알고 있는 거죠? 계약자체가 마땅하고는 거리가 먼 - 것으로 압니다만?"

챠밍은 먼 것이란 말을 일부러 길게 늘여 말했다. 판은입을 달싹이며 무언가를 말하려 하다가 한숨을 쉬고 고개를 절레절레 흔들었다.

"이제 자네 꿈이 문제가 아닐세."

"예예. 당신에게 일개 계약자가 꿈을 꾸건 말건 뭐가 문제겠습니까. 암요."

"무의 공간에서 누군가가 나왔다는 건, 무의 공간을 떠돌면서 차원의 틈을 벌릴 수 있을 만큼의 힘을 키웠다는걸세. 그자의 힘이 어느 정도로 커졌을지는 지금으로선 예측할 수 없어. 이승에서 힘을 쓰면 쓸수록 자신이 행사할수 있는 능력이 얼마나 큰지 깨닫게 될 걸세. 잘못하면 그자 하나로 인해 신들의 세계에 균열이 생길 거야. 그렇게되면 저승과 이승의 균형이 완전히 무너질 수 있어. 파멸이지. 그 전에 무의 공간으로 돌려보내야 해."

"심각한 일이네요."

"그러니까 자네가 그 탈주자를 잡아 와야겠네."

"뭐라는 거야."

챠밍이 심드렁하게 손으로 귀를 후볐다. 판은 탁자에 양 팔을 괴고 심각한 표정으로 챠밍을 바라보았다.

"이 세상의 멸망이 달린 일이라고 하지 않았나!"

"알아들었어요. 그렇지만 나같이 밤낮도 없이 일하는 계약자 나부랭이가 해결할 사이즈의 사건은 아닌 거 같은 데요? 그런 건 신들이 나서서 해결해야죠."

"도깨비를 붙여주겠네. 강의명도 일을 거들 수 있을 거 야. 셋이 힘을 합쳐 탈주자를 잡아 오게."

챠밍은 판의 얼굴을 뚫어지게 바라봤다. 나이가 몇 살인 지 쉬이 짐작조차 할 수 없는 그의 얼굴은 생기라고는 찾 아볼 수 없었다. 운동 부족으로 판이 늘 소화불량을 달고 산다던 도깨비의 말을 떠올렸다. 챠밍은 그의 말마따나 일 에 치여 잠시도 쉬지 못하는 그의 신세도 퍽 가엾다고 생 각했다. 그렇다고 지금 하는 일로도 벅찬데 판이 추가로 시키는 일을 할 여유 따위는 없었다.

"말도 안 되는 소리를 자꾸 하시는 거 보니 망령이라도 나셨나 봅니다? 제가 그 요구를 받아들일 이유는 전혀 없 습니다만."

"그 어떤 것이든 소원을 하나 들어주겠네."

"······."

"강의명의 무기한 종신계약이 아니어도 자네가 원하는 죽음을 얻을 수 있지. 어떤가. 이 정도면 수락할 만하지 않은가."

"급하긴 많이 급하셨구만?"

진지한 표정의 판을 보고 챠밍이 픽 웃었다. 사실 웃을 일은 아니었다. 지독한 판이 계약자 한 명을 잃어가면서라도 해결해야 하는 일이란 뜻이었다. 챠밍이 신들의 세계에 속한 자는 아니었지만 신들의 세계가 무너지면 이 세상 역시 무너질 것이 자명했다.

게다가 순영이 무의 공간을 탈출했다면 챠밍 역시 그 책임감에서 완전히 자유로울 수는 없었다. 순영도 챠밍도 순간의 복수심이 어떤 어마어마한 결과를 가져올지 상상할수 없었다. 후회하지 말라는 순영의 마지막 당부는 따르지못했다. 제 손으로 지옥보다 더한 지옥에 밀어 넣은 한때의 은인을 다시 무의 공간으로 돌려보내야 하는 운명은 꽤나 가혹한 일이었다.

"어떤 소원이든 하나를 들어준다고 했죠?"

"아무렴."

"그렇다면."

챠밍이 결심한 듯 숨을 내쉬었다.

"순영 아주머니가 삼도천을 건너게 해주세요."

"무어라?"

판이 눈을 치켜 떴다. 챠밍은 지지 않겠다는 듯 판의 눈을 똑바로 바라보았다.

"자네는 생을 마감하고 싶어했지 않나?"

"당연하죠. 오백 년 가까이 매일 매일 망자를 상대하면서 그들을 진심으로 부러워했어요. 산 것도 죽은 것도 아닌 삶을 밤낮없이 지속하는 건 무의 공간을 떠도는 것 못지않은 지옥이었답니다."

"그런데 어째서?"

판이 의아하다는 듯 고개를 갸웃하면서도 손은 서랍을 열어 종이를 꺼내고 있었다.

"오백 년이면… 아주머니의 죗값을 셈하고도 한참 넘치는 시간이죠. 순영 아주머니도 나도, 복수라는 게 얼마나 부질없는지 몰라서 저지른 일로 너무 오래 대가를 치르고 있잖아요. 그 오랜 시간 후회했던 일 중 단 하나라도 제자리로 되돌릴 수 있다면 그렇게 하고 싶네요. 너무 많이 늦었지만…."

집무실을 나서는 챠밍의 뒤로 계약서를 서랍 안에 집어넣는 판이 보였다. 판은 만족스러운 듯 콧노래를 흥얼거렸다. 문밖에서 대기하던 프레드릭은 잔뜩 화가 난 얼굴로 챠밍을 앞질러 뒤뚱거리며 뛰어갔다.

"야, 천천히 가. 아깐 미안하다니까! 그렇게 왜 사람 기분 언짢을 때 자꾸 저 망나니 신을 감싸고 돌아?"

프레드릭이 발길을 멈추고 휙 뒤를 돌아보았다. 그의 눈은 눈물이 글썽거렸다.

"난쟁이한테 난쟁이 똥자루라는 건 최악의 욕이라고 했잖습니까! 아무리 그래도 내 나이가 몇인데…."

그는 차마 말을 잇지 못하고 눈물을 뚝뚝 흘리며 울기 시작했다. 챠밍은 그의 모습을 보고 피식 웃더니 앞치마 주머니를 뒤졌다.

"미안하다고. 내 성깔 유별난 거 한두 번 겪는 것도 아니고 이젠 좀 그러려니 할 때도 되지 않았어? 자, 이건 사과의 뜻으로 주는 선물이야. 기분 풀어."

챠밍이 내민 것은 반짝거리는 스티커 몇 장이었다. 눈물을 훔치던 프레드릭이 챠밍이 내민 것을 보자 저도 모르게 입을 벌렸다. 그의 주름진 얼굴이 금세 붉게 물들고 얼굴 가득 미소를 띠었다.

"와. 이 반짝거리는 것들을 어디서 구하셨습니까?"

"내가 여기 오기 전에 이걸 사러 생전 안가던 동네 문구점까지 들렀잖아. 거기 파는 것 중에 제일 크고 반짝거리고 알록달록한 걸로만 골랐어. 이제 그만 울고 화 풀자."

"…그래도 다음에 또 그런 말씀 하시면 곤란합니다."

프레드릭이 새초롬한 표정으로 말했지만 입은 웃고 있

었다.

"알았다고, 알았다고!"

반짝이 스티커 중에 제일 크고 마음에 드는 것을 한 장 떼어 허리에 차고 있는 연장에 잘 붙인 프레드릭이 나머지 스티커를 두 손에 꼭 쥐고 앞장서 걷기 시작했다. 챠밍이 웃으며 그의 뒤를 따랐다.


챠밍 미용실에 돌아온 챠밍은 붉은 소파에 털썩 주저앉아 엉망이 된 머리카락을 정리했다. 목이 말라 물 한 모금을 마시려는데 미용실 문 밖에서 고양이 울음소리가 들렸다. 플루토였다.

— 당신 무슨 짓을 한 거야? 신들 사이에서 당신이 무의 공간을 탈출한 사람을 잡아 오기로 했다고 소문이 자자하던데?

챠밍이 연 문틈으로 검은 꼬리를 살랑거리며 들어오며 플루토가 다급하게 물었다. 챠밍은 문을 닫고 작은 그릇에 물을 담아 플루토에게 내밀었다.

"뭐, 간단하게 말하면 결자해지? 아니 판의 계략에 또 한 번 넘어간 것도 같고."

— 당신이 제대로 해내지 못하면 큰일이라고 여기저기서 수군거려. 쉽지 않을 거라던데. 당신 너무 위험한 일을 맡은 거 아냐?

챠밍이 내민 물은 쳐다도 보지 않고 플루토가 걱정스러운 표정을 지었다. 챠밍이 벽에 걸린 언덕 위의 하얀 집 그림을 바라보았다.

"그래. 나도 걱정이 많지만, 혼자가 아니니까."

## 보름달

"그래서, 결국 월세를 이십이나 올려준 거야?"

비너스 호프는 아까부터 와서 미용실의 믹스커피를 축내고 있었다. 챠밍이 지물포 여자의 머리를 가는 빗으로 빗어 부직포를 대고 플라스틱 롯드를 말면서 답했다.

"그럼 어째. 그래도 다른 곳보단 여기가 싼걸."

"그치. 요즘 이 동네 세가 얼마나 많이 올랐는데. 여기 세가 많이 싸긴 했어. 거저긴 거저지."

"거저는 무슨. 이 손바닥만 한 곳에서 누가 무슨 장사를 하겠어. 게다가 여기 도깨비터라고 소문 돌아서 계속 비어 있는 걸 내가 들어와서 오래 버틴 거라고."

"하긴. 여기가 네모반듯하지도 않고 코딱지만 해서 좀

애매하긴 해."

미용 의자에 앉은 지물포가 맞장구를 쳤다. 시시한 농담이나 주고받으며 머리를 다 말자 지물포의 머리에 비닐로 된 머리 커버를 씌우고 보라색 보자기를 덮어 씌워줬다.

"응, 한 30분 후에 오면 되지? 금방 애 아빠 밥 주고 다시 올게."

"30분 되기 전에 와. 제일 얇은 거로 말아놔서 잘못하면 흑인같이 되니까. 돈 아끼는 것도 좋지만 그건 너무 심하지 않아?"

"아유. 알았어, 알았어."

지물포 여자가 눈을 흘기며 문을 열고 나갔다. 말은 저렇게 하지만 분명 30분이 훌쩍 넘은 시간에 중화제를 바르러 올 것이 뻔했다. 파마약을 바르고 오래 둔다고 파마가 오래가는 건 아니라고 아무리 이야기해도 그 고집을 꺾을 수는 없었다. 지물포에게는 보기에 어떤가보다, 파마가 얼마나 오래 가는 지가 더 중요한 문제였다. 지물포가 나가자 때를 기다렸다는 듯 따발총 같은 말을 뱉어내던 비너스 호프는 챠밍이 내어준 과자까지 다 먹고 나서야 어슬렁어슬렁 장사를 시작하러 갔다. 대낮부터 술을 마시는 동네 한량들 셋이 예전 영일 슈퍼 자리에 생긴 편의점 앞 파라솔에서 막걸리를 놓고 동네가 시끄럽게 떠들어댔다. 여름이 지나는 자리엔 어느샌가 가을이 자리를 차지하고 있었다. 바람 끝에 기분 좋은 건조감이 느껴졌다.

"안녕하세요!"

문이 벌컥 열리며 뜨거운 땀내를 풍기는 몸뚱이 둘이 쏟아져 들어왔다. 누가 먼저 오나 내기라도 했는지 숨을 헐떡이는 사내아이들이었다.

"야, 내가 이겼어! 네가 아이스크림 사라."

"가방 잡아 끄는 게 어딨냐? 비겁한 새끼!"

"그러면 안 된다는 규칙은 정한 적 없는데? 야. 그냥 한 번 사라. 맨날 내가 샀다."

소란스럽게 정신을 쏙 빼는 아이들은 만규와 석훈이었다. 머리를 자르는 동안에도 어찌나 정신 사납게 수다를 떠는지 챠밍의 혼을 쏙 빼놨다. 두 녀석 다 똑같이 솥뚜껑 머리를 해서는 서로 자기가 더 잘생겼다고 너스레를 떨더니 석훈이 먼저 잘 빗어놓은 만규의 머리를 엉망으로 흩뜨리고 문밖으로 냉큼 도망갔다.

"야! 돈은 내고 가야지!"

챠밍이 소리를 지르자 만규가 황급히 소파에 놓인 가방 두 개를 들고 석훈을 뒤쫓으며 소리쳤다.

"다음에 머리 자를 때 한꺼번에 드릴게요!"

"야! 어린 놈들이 벌써부터 무슨 외상이냐! 야!"

챠밍이 문밖으로 머리를 내밀고 소리를 질렀지만 아이들은 주거니 받거니 가방까지 던져가며 저 멀리 뛰고 있었다. 치고받고 요란을 떨다 어깨동무 하는 아이들의 뒷모습에 챠밍이 피식 웃었다. 돈을 받지 못한다 해도 억울할 것 같지 않은 기분이었다.

그날 이후 석훈은 만규의 집에 여전히 들락거렸다. 다만, 만규를 괴롭히지 않았다. 무의 공간에 다녀간 날 저녁에도 만규의 집에 찾아간 석훈은 거실에서 조용히 앉아 만규의 눈치를 보며 티브이를 보았다. 다음날도 그 다음날도 집에 찾아와 조용히 티브이를 보다 일어나는 석훈에게 만규는 이렇게 말했다고 한다. '라면 먹고 갈래?'. 석훈은 뻘쭘하게 다시 자리에 앉아 대답했다. '그럴까?'. 석훈은 차마 미안하다는 말을 하지 못했다고 했다. 사과를 한 건 그로부터도 아주 많은 시간이 흐른 후였다.

석훈은 만규와 함께 라면을 끓여 먹고, 게임을 하고, 수다를 떨고, 그 또래라면 친구들과 하는 것을 같이 하기 시작했다. 뭐, 다른 아이들보다 물을 조금 많이 마시긴 했지만 선생님들도 깜짝 놀랄 정도로 착한 아이가 되었다. 주말엔 근처 햄버거 가게에서 아르바이트를 하며 용돈을 벌고 시간이 날 때마다 엄마에게 전화를 걸어 안부를 물었다. 그리고 솔직하게 생활이 어려워도 같이 살고 싶다고 말을 했다. 눈물을 펑펑 흘린 엄마는 그쪽 일이 정리되는 대로 할아버지 할머니 집으로 들어와 석훈과 함께 살기로 했다. 석훈의 얼굴이 점점 만규와 닮아가는 중이었다. 챠밍 미용실에서 있었던 일은 어렴풋하게 기억날 듯 말 듯, 이상한 꿈으로 여기고 있다. 처음 만규를 따라 석훈이 미용실에 들어온 날, 이유도 없이 등을 감춘 것도 그래서일 것이다.

그날 저녁 미용실 문을 닫은 챠밍은 '매주 화요일 휴무'라는 안내판을 붙이고 퇴근했다. 4층까지 있는 건물의 옥상까지 가는 길은 가깝지만 멀게 느껴졌다. 옥상 마당엔 먼저 도착한 두 사람이 번쩍이는 은박돗자리를 깔고 준비가 한창이었다. 도깨비가 챠밍을 발견하곤 손을 들었다.

"여어, 왔어?"

도깨비의 목소리에 검은 비닐에서 상추를 꺼내던 의명이 허리를 펴고 챠밍을 반겼다.

"언니, 오셨어요? 문이 잠겨있어서 상추랑 고추를 못 씻고 있었지 뭐예요. 201호까지 가서 씻어와야하나 고민하던 참이었어요. 문 열어주세요, 얼른."

챠밍이 말없이 열쇠를 꺼내 문을 열자 의명이 푸성귀를 들고 챠밍보다 앞서 밀고 들어갔다. 뒤따라 들어간 도깨비는 챠밍의 방에서 접이식 상을 꺼내어다 돗자리 위에 펼치고 김치며 쌈장 따위를 늘어놓았다.

"이게 다 뭐야. 허락도 없이 남의 집 앞에서."

"회식이요, 회식. 저번에 말했는데 계속 미뤘잖아요. 근처 식당이라도 갈까 했는데 날씨도 선선해지고 밖에서 고기 구워 먹으면 딱 좋을 거 같아서요. 여기 은근히 전망도 괜찮고."

의명이 대충 씻은 상추를 들고 물을 뚝뚝 흘리면서 나왔다. 의명의 말마따나 더위가 꺾이면서 기분 좋은 바람이 불기 시작했다. 둥근 달 주위로 별이 선명하게 보이는 하늘 아래 오랜만에 옥탑에 사람 온기가 느껴지는 날이었다. 엉성하게 차려진 상 앞에 셋이 둘러앉아 달군 프라이팬 위에 먹음직스러운 삼겹살을 올리자 치익 소리를 내며 연기가 피어올랐다. 꼴깍하는 의명의 군침 소리가 크게 들렸다. 도깨비가 집게를 든 채 어두워지는 밤하늘을 바라보았다. 하늘엔 둥근 보름달이 떠올랐다.

"해가 지니까 좀 살만하네. 이제 여름이 물러가나 봐."

"이제 좀 잘만 하겠다. 옥탑은 여름 내 타들어 가. 겨우 몇 시간 있는 집이라 에어컨 달기도 뭐하고, 괴로웠다고."

챠밍이 악착같이 달려드는 모기를 잡으려 팔을 이리저리 휘저었다. 의명은 잘 익은 고기를 상추에 싸서 볼이 미어지도록 입에 넣고 씹느라 아무 말도 하지 못했다.

"101호 이사왔더라? 이번엔 또 어떤 모자란 인간이 거기 들어온 거야?"

"아. 거기? 저기 큰 공장에 다니는 총각 둘이 출퇴근 시간 아껴보겠다고 같이 집을 구한다더라고? 월세 보증금에서 조금만 보태면 얻을 수 있는 전세가 있다고 넌지시 던졌더니 당장 계약했지 뭐."

"금세 이사 나갈 거면 차라리 좀 비워놔. 허구한 날 이사한다고 어찌나 시끄러운지 잠을 제대로 못 자겠어."

"복덕방 사장이 집을 비워두면 어떡해. 나도 먹고 살아야지."

고기를 입에 넣으며 웅얼대는 도깨비를 챠밍이 노려보았다. 도깨비가 입안 가득 고기를 씹어 꿀꺽 삼키고 안심하라는 듯 손을 들었다.

"기다려 봐. 그 총각 둘 중에 빼짝 마른 쪽이 생긴 거랑 다르게 기가 어마어마하게 강해. 그 터를 누르고도 남겠더라고. 거기서 오래 살 거야. 아마도."

"…몇 살이나 돼요? 이 오피스텔에 젊은 남자라니…. 이제 추리닝 입고 돌아다니지 말아야겠어요."

의명이 눈을 반짝였다. 도깨비가 차가운 맥주캔을 따 의명에게 내밀었다. 챠밍은 고기를 한 점 집어 의명 앞에 놓인 앞접시에 놓으며 핀잔을 주었다.

"맥주나 마셔. 이 일 하는 동안 연애하는 건 거의 불가능이야. 뭐라고 설명할 거야?"

"에엑? 그럼 앞으로 두 해 동안 솔로로 지내라고요?"

"두 해가 뭐야. 난 오백 년 넘게 혼자야."

"말도 안돼! 그리고 언니는 도깨비 아저씨 있잖아요."

"야, 되도 않는 소릴. 저런 꼰대를 어디다 갖다 붙여? 그리고 의명 씨 원래도 남친 없었잖아. 모태솔로 아녔어?"

"아, 아니에요. 먹고 사느라 일만 해서 그렇지 저도 은근히 인기 많거든요?"

"응. 일만 하는 이유가 다 있지."

"아저씨까지 왜 그래요!"

셋은 와자지껄 떠들며 캔맥주를 한 모금씩 마셨다. 밤이 깊어 갈수록 바람은 건조해지고 둥실 떠오른 달빛이 세 사람의 얼굴을 비추었다. 오백여 년만에 가져본 즐거운 시간이었다. 의명은 즐거운 듯 환한 웃음을 지으며 달을 구경했다. 도깨비가 흘끗 챠밍의 얼굴을 보았다. 챠밍도 옅은 미소를 띠고 있었다. 둘을 바라보는 도깨비는 지금의 이 평화가 오래갈 수 있기를 간절히 소망했다.

## 작가의 말

머릿속에 머물던 이야기가 활자가 되어 독자들에게 도달하기까지 오랜 시간과 여러 사람의 손을 거쳤다. 이 책은 아무것도 모르던 내가 작가라는 소리를 듣게 된지 7년 만에 처음으로 나오는 장편소설이다. 그만큼 산통도 심했다.

우스꽝스럽게도 오피스텔이란 이름이 붙었던 허름한 집, 폐지를 모아 생계를 유지하던 중국 억양의 아래층 노부부, 그 옆 건물에 있던 사다리꼴의 작고 촌스러운 미용실, 도깨비 호프라는 간판을 내건 술집, 내가 집을 구할 때 갔던 공인중개사, 성당에 갈 때마다 올랐던 특이한 모양의 육교 모두 현재도 존재하는 어느 공간이다. 중국어로 적힌 쓰레기 분리수거 현수막이 걸려 있는 동네를 배회하며 나는 초식 동물을 닮은 꿈 공장 주인이라던가, 산 사람과 죽은 사람을 상대하는 미용사라던가, 기이한 존재가 운영하는 부동산 등등 이런저런 상상을 했다. 그리고 그 우울하고 허술한 나의 동네를 배경으로 펠리치따 오피스텔과 챠밍 미용실의 단편을 썼다. 챠밍 미용실을 장편화 하자는 제안을 받고 나서야 어렴풋하던 꿈 공장의 모습이 구체화되고 챠밍 미용실의 주인과 도깨비 복덕방 사장의 과거가 완성되었다. 쓰면서 내 머릿속 상상의 세계가 구현되는 것이 신이 나 잠을 설칠 만큼 행복했다. 내가 느낀 재미를 독자들도 같이 느껴주신다면 더 바랄 것이 없겠다.

　기회가 된다면 시리즈로 생각하고 있는 후속편들도 세상에 빛을 보게 되기를 간절히 기원해본다.


　세상에 빛을 보기까지 도움을 주신 분들이 많고 많지만 특별히 이 책이 나오기까지 많은 도움을 주신 괴이학회 김선민 대표님, N사의 이영은 대표님, T사 박혜림 피디님과 영혼을 단장해드립니다, 챠밍 미용실을 출간해주신 고블 이동하 편집자님께 감사드립니다.

2024년 6월

사마란